SEROTONINA

MICHEL HOUELLEBECQ

SEROTONINA

PRZEŁOŻYŁA
BEATA GEPPERT

Mała biała owalna tabletka, dzielona na pół.

Czasami budzę się koło piątej lub szóstej rano, potrzeba jest wtedy wyjątkowo silna, to najbardziej bolesna chwila dnia. W pierwszej kolejności włączam elektryczny ekspres do kawy; poprzedniego wieczoru napełniam zbiornik wodą i wsypuję do filtra mieloną kawę (zazwyczaj Malongo, bo co do kawy nadal mam wysokie wymagania). Przed pierwszym łykiem nie zapalam papierosa, takie sobie narzuciłem ograniczenie i uważam to za swój codzienny sukces, który stał się moim głównym powodem do dumy (trzeba jednak przyznać, że dzisiejsze ekspresy do kawy działają bardzo szybko). Ulga, którą mi przynosi pierwsze sztachnięcie, jest natychmiastowa i oszałamiająco gwałtowna. Nikotyna to idealny narkotyk, prosty i twardy, niedający żadnej radości, określający się jedynie poprzez poczucie głodu i likwidację poczucia głodu.

Kilka minut później, po dwóch czy trzech papierosach, biorę tabletkę captorixu, którą popijam ćwiartką szklanki wody mineralnej, zazwyczaj volvikiem.   / 5

Mam czterdzieści sześć lat, nazywam się Florent-Claude Labrouste i nie znoszę swojego imienia; zawdzięczam je chyba dwóm członkom rodziny, których mój ojciec i matka chcieli uhonorować, każde ze swojej strony; jest to o tyle godne pożałowania, że skądinąd nie mam im nic do zarzucenia, jako rodzice byli pod każdym względem wspaniali, zrobili, co mogli, by mnie wyposażyć w broń konieczną do walki o życie, jeśli więc ostatecznie poniosłem porażkę, a moje życie kończy się w smutku i cierpieniu, nie mogę za to winić rodziców, tylko godny pożałowania ciąg okoliczności, do których pozwolę sobie jeszcze wrócić – prawdę mówiąc, to właśnie one będą przedmiotem tej książki – tak czy owak nie mam wobec rodziców żadnych pretensji z wyjątkiem tego drobnego, acz nieprzyjemnego epizodu z imieniem, bowiem nie dość, że kombinacja Florent-Claude jest śmieszna, to jeszcze nie podobają mi się jej człony; w sumie uważam, że moje imię jest kompletnie do dupy. Florent jest zbyt miękkie, zbyt podobne do żeńskiego imienia Florence, w pewnym sensie prawie androginiczne. Kompletnie nie pasuje do mojej twarzy o stanowczych, nieco brutalnych rysach, którą często uważano (w każdym razie niektóre kobiety uważały) za męską, ale na pewno pod żadnym pozorem nie uchodziła ona za twarz o urodzie botticellowskiego pedała. O imieniu Claude nawet nie wspominajmy, na sam jego dźwięk od razu przychodzą mi na myśl podrygujące na scenie Claudettes i stare klipy Claude'a François puszczane na okrągło na wieczorkach u starych ciot.

Zmiana imienia nie jest trudna, przy czym nie chodzi mi o stronę administracyjną, bo z administracyjnego punktu widzenia prawie nic nie jest możliwe, celem każdej administracji jest bowiem maksymalne ograniczenie możliwości życia człowieka, o ile nie da się całkowicie ich zniszczyć; z punktu widzenia administracji dobry obywatel to martwy obywatel, a ja mam na myśli po prostu praktyczny punkt widzenia: wystarczy zacząć się przedstawiać nowym imieniem, by po kilku miesiącach lub nawet tygodniach wszyscy się przyzwyczaili i nikomu nawet nie przychodziło do głowy, że dawniej człowiek nosił inne imię. W moim przypadku cała operacja byłaby o tyle prostsza, że moje drugie imię, Pierre, świetnie pasuje do wizerunku stanowczości i męskości, który chciałbym pokazywać światu. Niczego jednak w tym kierunku nie zrobiłem, dalej pozwalając, by używano wobec mnie tego obrzydliwego Florent- -Claude; udało mi się jedynie skłonić niektóre kobiety (dokładnie mówiąc, Camille i Kate, ale jeszcze do nich wrócę, oj, wrócę), by ograniczały się do imienia Florent, ze strony społeczeństwa nie uzyskałem natomiast niczego: zarówno w tej kwestii, jak i niemal we wszystkich pozostałych pozwoliłem się unosić okolicznościom, dając jawny dowód, że nie potrafię zapanować nad własnym życiem, a męskość, która zdawała się malować na mojej kwadratowej twarzy o ostrych, pooranych zmarszczkami rysach, jest tylko przynętą, zwykłym oszustwem, za które – prawdę powiedziawszy – nie ponoszę żadnej odpowiedzialności, to Bóg zawsze mną rozporządzał, a ja nie byłem, nigdy nie byłem niczym innym jak pozbawioną charakteru szmatą, miałem już czterdzieści sześć lat, nigdy nie potrafiłem kontrolować własnego życia i w skrócie wyglądało na to, że druga połowa mojej egzystencji będzie na wzór i podobieństwo pierwszej bolesną i rozwlekłą zapaścią.

Pierwsze znane antydepresanty (seroplex, prozac) podwyższały poziom serotoniny we krwi, hamując jej reabsorpcję przez neurony $5-HT_1$. Na początku dwa tysiące siedemnastego roku odkryto capton D-L, co otworzyło drogę dla nowej generacji leków przeciwdepresyjnych o prostszym mechanizmie działania, sprzyjającym uwalnianiu serotoniny wytworzonej przez błonę śluzową przewodu pokarmowego w procesie egzocytozy. Pod koniec roku capton D-L znalazł się w sprzedaży pod nazwą handlową Captorix. Błyskawicznie okazał się lekiem niesłychanie skutecznym, umożliwiającym pacjentom powrót do podstawowych rytuałów normalnego życia w rozwiniętym społeczeństwie (higiena osobista, życie społeczne ograniczone do stosunków dobrosąsiedzkich, proste czynności administracyjne) z nową energią, bez wzmacniania tendencji do samobójstwa lub samookaleczeń, jak to miało miejsce w przypadku antydepresantów poprzedniej generacji.

Najczęściej spotykane niepożądane skutki uboczne captorixu to nudności, zanik libido oraz impotencja.

Nigdy w życiu nie cierpiałem na nudności.

Historia zaczyna się w hiszpańskiej prowincji Almería, dokładnie pięć kilometrów na północ od El Alquián, na drodze numer N340. Był początek lata, połowa lipca, pod koniec drugiej dekady dwudziestego pierwszego wieku – Emmanuel Macron był już chyba prezydentem Republiki. Panowała piękna pogoda i straszliwy upał, jak zwykle na południu Hiszpanii o tej porze roku. Było wczesne popołudnie, a mój mercedes G350 TD z napędem na cztery koła stał na parkingu stacji benzynowej Repsolu. Właśnie nabrałem do pełna oleju napędowego i stałem oparty o maskę, sącząc coca-colę zero z ponurą świadomością, że następnego dnia przyjedzie Yuzu, kiedy przy stanowisku do pompowania kół zatrzymał się volkswagen garbus.

Wysiadły z niego dwie dwudziestolatki, nawet z daleka było widać, że są śliczne, ostatnio zapomniałem, do jakiego stopnia dziewczyny bywają śliczne, doznałem szoku jak pod wpływem jakiegoś nienaturalnego, przesadnie teatralnego zdarzenia. Powietrze było tak rozgrzane, że aż zdawało się wibrować, podobnie jak asfalt na parkingu: w takich właśnie warunkach pojawiają się miraże. A przecież te dziewczyny były absolutnie rzeczywiste i kiedy jedna z nich ruszyła w moim kierunku, wpadłem w panikę. Była jasną szatynką o długich, lekko falujących włosach, na czole miała cienką skórzaną przepaskę w kolorowe geometryczne wzory. Biały bawełniany pas materiału jako tako przykrywał jej piersi, a króciutka przymarszczona spódniczka, też z białej bawełny, wyglądała na gotową, by się unieść przy najlżejszym podmuchu – tyle że żadnego podmuchu nie było. Pan Bóg bywa łaskawy i miłosierny.

Była spokojna, uśmiechnięta i wyglądało na to, że zupełnie się nie boi; powiedzmy sobie jasno – to ja się bałem. W jej wzroku były życzliwość i szczęście; od pierwszego spojrzenia wiedziałem, że w swoim życiu miała tylko przyjemne doświadczenia ze zwierzętami, z ludźmi, nawet z pracodawcami. Dlaczego w to letnie popołudnie zmierzała w moim kierunku, taka młoda i godna pożądania? Ona i jej przyjaciółka chciały sprawdzić ciśnienie w swoich oponach (przepraszam, źle się wyraziłem, w oponach swojego samochodu). Słuszna ostrożność, zalecana przez organizacje bezpieczeństwa drogowego właściwie we wszystkich cywilizowanych krajach świata, a nawet w niektórych pozostałych. Czyli że ta dziewczyna była nie tylko dobra i godna pożądania, ale również ostrożna i rozsądna; mój podziw dla niej rósł z sekundy na sekundę. Czy mógłbym jej odmówić pomocy? Oczywiście, że nie.

Jej towarzyszka bardziej pasowała do standardo-
wych oczekiwań wobec Hiszpanki: kruczoczarne włosy,

ciemne oczy, matowa cera. Wyglądała mniej jak wyluzo-
wana hipiska, to znaczy też wyglądała na wyluzowaną,
ale mniej na hipiskę, za to miała w sobie coś z małej
puszczalskiej, w lewym nozdrzu nosiła srebrne kółko,
pas materiału okrywający jej piersi był kolorowy z agre-
sywną grafiką i sloganami, które można by uznać za
punkowe lub rockowe, nie pamiętam, na czym polega
różnica, powiedzmy dla uproszczenia, że były punk-
rockowe. W przeciwieństwie do koleżanki miała na
sobie szorty, co było jeszcze gorsze, nie rozumiem, dlaczego szyją tak obcisłe szorty, trudno było nie gapić się
na jej tyłek. Trudno było, więc się gapiłem, ale szybko
skupiłem uwagę na sytuacji. Pierwsza sprawa, wyjaśniłem, to sprawdzić, jakie powinno być ciśnienie w oponach w danym modelu samochodu: zazwyczaj jest to
napisane na małej metalowej tabliczce przyspawanej
u dołu lewych przednich drzwi.

Tabliczka faktycznie była na miejscu i poczułem, że
szacunek dziewczyn do moich męskich kompetencji
wzrasta. Ich samochód był niezbyt załadowany – można
wręcz powiedzieć, że miały zaskakująco mało bagażu,
dwie lekkie torby podróżne, pewnie kilka par stringów
i kosmetyki – więc ciśnienie 2,2 bara powinno w zupeł-
ności wystarczyć.

Pozostawało już tylko dopompować. Od razu stwierdziłem, że w lewym przednim kole ciśnienie wynosi
zaledwie 1,0 bara. Zwróciłem się do nich z powagą,
a nawet lekką surowością, na którą zezwalał mój wiek:
dobrze zrobiły, że poprosiły o pomoc właśnie mnie, była
najwyższa pora, znalazły się bowiem w prawdziwym

niebezpieczeństwie, zbyt niskie ciśnienie może spowodować utratę przyczepności i poślizg, a w takiej sytuacji o wypadek nietrudno. Zareagowały z niewinną emocją, szatynka położyła mi dłoń na przedramieniu.

Nie da się ukryć, że kompresory na stacjach benzynowych są cholernie upierdliwe w użyciu, trzeba uważać na syczenie i często macać, zanim się założy końcówkę na wentyl; prawdę mówiąc, bzykanie jest łatwiejsze, bardziej intuicyjne, jestem pewien, że w tej kwestii by się ze mną zgodziły, ale nie wiedziałem, jak wejść w temat, w końcu więc dopompowałem lewą przednią oponę, z rozpędu lewą tylną, a dziewczyny przykucnęły koło mnie i śledziły każdy mój ruch, ćwierkając w tym swoim narzeczu jakieś *chulo* i *claro que si*; potem przekazałem im pałeczkę, zachęcając, by pod moim ojcowskim nadzorem zajęły się pozostałymi kołami.

Brunetka – czułem, że jest bardziej impulsywna – z marszu zaatakowała prawe przednie i tu sprawy przybrały trudniejszy obrót, bo kiedy uklękła, jej oblepione szortami, idealnie okrągłe pośladki zaczęły się rytmicznie poruszać, kiedy próbowała utrzymać kontrolę nad końcówką, szatynka chyba współczuła mojemu zmieszaniu, bo nawet w pewnej chwili siostrzanym gestem objęła mnie w pasie.

Przyszła w końcu pora na prawe tylne koło, którym zajęła się szatynka. Napięcie erotyczne nieco osłabło, a w jego miejsce pojawiło się delikatne napięcie miłosne, ponieważ wszyscy troje zdawaliśmy sobie sprawę, że to już ostatnie i teraz nie będą miały innego wyjścia,

jak ruszyć w dalszą drogę.

Przez kilka minut pozostały jednak ze mną, przeplatając podziękowania wdzięcznymi gestami, a ich postawa nie była czysto teoretyczna, przynajmniej tak mi się teraz, po upływie wielu lat wydaje, kiedy sobie przypominam, że niegdyś prowadziłem jakieś życie erotyczne. Porozmawiały ze mną o mojej narodowości (jestem Francuzem, jeśli jeszcze o tym nie wspominałem), o rozrywkach, które mogę polecić w regionie, chciały się przede wszystkim dowiedzieć, czy znam tu jakieś sympatyczne lokale. W pewnym sensie tak, naprzeciwko mojego kondominium mieścił się bar tapas serwujący bardzo solidne śniadania. A trochę dalej klub nocny, który ewentualnie można było uznać za sympatyczny. No i u mnie, mogłem je przenocować przynajmniej przez jedną noc i mam wrażenie (chociaż patrząc na sprawę z dystansu, chyba trochę konfabuluję), że mogłoby być naprawdę sympatycznie. Ale nic z tego nie powiedziałem, wdałem się w jakieś ogólniki i wyjaśnienia, że region jest w sumie miły (to akurat była prawda) i jestem tu szczęśliwy (to akurat była nieprawda, a zbliżający się przyjazd Yuzu na pewno w niczym nie mógł pomóc).

W końcu odjechały, radośnie machając rękami na pożegnanie, garbus zawrócił na parkingu i ruszył w kierunku szosy.

W tym momencie różne rzeczy mogły się przydarzyć. Gdyby to była jakaś komedia romantyczna, po kilku sekundach dramatycznego wahania (ważna by była gra aktorska, myślę, że Kev Adams dobrze by sobie

poradził) wskoczyłbym za kierownicę swojego mercedesa z napędem na cztery koła, dogoniłbym garbusa
na autostradzie, wyprzedziłbym go, machając trochę
głupkowato ramieniem (jak to mają w zwyczaju aktorzy
w komediach romantycznych), garbus by się zatrzymał
na pasie awaryjnym (swoją drogą w klasycznej kome-
dii romantycznej samochodem jechałaby tylko jedna
dziewczyna, zapewne szatynka), po czym nastąpiłoby
mnóstwo wzruszających gestów wśród mijających nas
o kilka metrów ciężarówek. W tej scenie scenarzysta
powinien ostro popracować nad dialogami.

Gdyby to był pornol, ciąg dalszy byłby jeszcze bardziej przewidywalny, za to waga dialogów mniejsza.
Wszyscy mężczyźni pragną dziewczyn świeżych, ekologicznych i lubiących trójkąty, no, powiedzmy, prawie
wszyscy, a w każdym razie ja.

Była to jednak rzeczywistość, więc wróciłem do domu.
Miałem wzwód, co biorąc pod uwagę przebieg popołudnia, niespecjalnie dziwiło. Poradziłem sobie z nim
w powszechnie przyjęty sposób.

Te dwie dziewczyny, zwłaszcza szatynka, mogły nadać sens mojemu pobytowi w Hiszpanii, a banalne i rozczarowujące zakończenie popołudnia okrutnie podkreśliło coś, co i tak było oczywiste: brak jakiegokolwiek powodu, żebym dalej tam mieszkał. Kupiłem to mieszkanie razem z Camille i dla niej. Kupiłem je w czasie, gdy mieliśmy wspólne plany, myśleliśmy o założeniu rodziny, o kupnie romantycznego młyna w Creuse czy o czym tam jeszcze, może tylko nie rozważaliśmy produkcji bachorów, choć nie byliśmy od tego bardzo dalecy. Mój pierwszy, a zarazem jedyny w życiu zakup nieruchomości.

Od początku jej się tutaj spodobało: mała spokojna miejscowość wypoczynkowa dla naturystów, położona z dala od wielkich kompleksów turystycznych rozsianych od Andaluzji po Lewant, zamieszkana przede wszystkim przez emerytów z Europy Północnej, Niemców, Holendrów, niewielką grupę Skandynawów, no i oczywiście nieuniknionych Anglików; o dziwo nie było tam Belgów, choć wszystko – architektura, rozkład sklepów w centrach handlowych, wystrój barów – zdawało się pożądać ich obecności, był to autentycznie belgijski zakątek. Większość mieszkańców to emerytowani nauczyciele, urzędnicy w szerokim tego słowa znaczeniu i przedstawiciele wolnych zawodów. Spokojnie zmierzali do kresu swoich dni, nigdy się nie spóźniali na posiłki, dobrodusznie obnosili sflaczałe tyłki, obwisłe cycki i bezczynne fiuty, kursując między barem a plażą. Nie zdarzało im się robić afer, nie wywoływali sąsiedzkich konfliktów i grzecznie rozkładali ręczniki na plastikowych krzesełkach w barze No Problemo, zanim z przesadną uwagą zanurzyli nos w ubogim menu (w całej miejscowości było przyjęte, by kłaść na krześle ręcznik, zapobiegając kontaktowi mebli publicznego użytku z intymnymi, niekiedy mokrymi częściami ciała gości).

Inna, mniej liczna, ale bardziej aktywna grupa klientów składała się z hiszpańskich hipisów (znakomicie reprezentowanych – jak sobie boleśnie uświadomiłem – przez te dwie dziewczyny, które poprosiły mnie o pomoc przy dopompowaniu kół). Nie będzie od rzeczy na chwilę zboczyć z tematu i nawiązać do niedawnej historii Hiszpanii. Po śmierci generała Franco w siedemdziesiątym piątym roku Hiszpania (a dokładniej hiszpańska młodzież) stanęła przed wyborem między dwiema przeciwstawnymi tendencjami. Pierwsza, rodem prosto z lat sześćdziesiątych, wysoko stawiała takie wartości jak wolna miłość, nagość, wyzwolenie pracowników i tak dalej w tym duchu. Druga, która miała definitywnie zapanować w latach osiemdziesiątych, ceniła sobie współzawodnictwo, hard porno, cynizm i rynki giełdowe; trochę rzecz jasna upraszczam, ale bez uproszczeń trudno dojść do czegokolwiek. Przedstawiciele pierwszego kierunku, którego porażka była zaprogramowana, wycofywali się stopniowo do rezerwatów takich jak ta skromna miejscowość dla naturystów, w której kupiłem mieszkanie. Czy ta zaplanowana porażka miała w końcu miejsce? Niektóre zjawiska wiele lat po śmierci generała Franco, na przykład ruch *indignados*, kazały sądzić, że wręcz przeciwnie. Podobnie jak – wracając do bliższych nam czasów – pojawienie się tych dwóch dziewczyn na stacji Repsolu pod El Alquián w owo posępne i niepokojące popołudnie; czy samiczka *indignado* to *indignada*? Czy zatem znalazłem się w towarzystwie dwóch czarujących *indignadas*? Nigdy się tego nie dowiem, nie potrafiłem zbliżyć się do ich życia, a przecież mogłem zaproponować, że im pokażę tę miejscowość dla naturystów, byłyby tutaj w swoim naturalnym środowisku, może brunetka by sobie pojechała, a ja zostałbym szczęśliwy z szatynką; powiedzmy, że w moim wieku wszelkie obietnice szczęścia stają się już nieco mętne, ale przez kilka nocy po tym spotkaniu śniło mi się, że szatynka wraca i dzwoni do moich drzwi. Wróciła do mnie, moje błąkanie się po świecie dobiegło końca, wróciła, by jednym ruchem uratować mojego fiuta, moje jestestwo, moją duszę. „Do mojego domostwa śmiało i swobodnie wkracza, by rządzić"*.

---

* Nikołaj Niekrasow, Λ *kiedy z mroku zabłąkania* [wszystkie przypisy pochodzą od tłumacza].

Czasami w moim śnie mówiła, że brunetka czeka w samochodzie i chce wiedzieć, czy może wejść na górę i do nas dołączyć, ale ta wersja snu stawała się coraz rzadsza, scenariusz upraszczał się, a pod koniec nie było już żadnego scenariusza i gdy tylko otwierałem drzwi, zanurzaliśmy się w rozświetloną przestrzeń nie do opowiedzenia. Takie oto senne majaki powtarzały się przez ponad dwa lata – ale nie uprzedzajmy faktów.

Na razie następnego dnia po południu miałem jechać po Yuzu na lotnisko w Almeríi. Nigdy tu nie była, ale nie miałem najmniejszych wątpliwości, że znienawidzi to miejsce. Do nordyckich emerytów zapała tylko odrazą, a do hiszpańskich hipisów pogardą, żadna bowiem z tych kategorii (które bez większych problemów ze sobą współistnieją) nie spełniała jej elitarystycznej wizji życia społecznego i świata jako takiego, wszyscy ci ludzie nie mieli żadnej k l a s y, ja zresztą też nie miałem k l a s y, tylko pieniądze, nawet całkiem sporo pieniędzy na skutek okoliczności, o których być może opowiem, jeśli znajdę na to czas; powiedziawszy to, powiedziałem w zasadzie wszystko, co było do powiedzenia o moich relacjach z Yuzu, naturalnie powinienem ją rzucić, to oczywiste, nigdy zresztą nie powinniśmy być razem, tyle że – jak już mówiłem – potrzebowałem dużo, bardzo dużo czasu, by znowu zapanować nad własnym życiem, do czego zazwyczaj nie byłem zdolny.

Miejsce na lotnisku znalazłem bez problemu, parking był przewymiarowany, zresztą wszystko w regionie było przewymiarowane, przewidziane na kolosalny sukces turystyczny, który nigdy nie nastąpił.

Od miesięcy nie sypiałem z Yuzu i pod żadnym pozorem nie zamierzałem do tego wracać z przyczyn, które zapewne później wyjaśnię, w sumie kompletnie nie rozumiałem, po co w ogóle zorganizowałem te wakacje, więc czekając na plastikowej ławce w hali przylotów, już kombinowałem, w jaki sposób skrócić je do minimum – założyłem dwa tygodnie, ale jeden absolutnie wystarczy, będę musiał nałgać o jakichś obowiązkach zawodowych, zdzira nie będzie mieć na to żadnej odpowiedzi, totalnie zależała od mojej forsy, co jednak dawało mi pewne prawa.

Samolot z Paryża przyleciał o czasie, przyjemnie klimatyzowana hala przylotów była niemal kompletnie pusta – w prowincji Almería turystyka zdecydowanie podupadała. W chwili, gdy na tablicy zaanonsowano, że samolot właśnie wylądował, omal nie wstałem i nie ruszyłem na parking – Yuzu nie znała adresu i nie miałaby szans mnie znaleźć. Szybko jednak rozsądek wziął górę: któregoś dnia i tak muszę wrócić do Paryża, choćby ze względów zawodowych, swoją pracą w Ministerstwie Rolnictwa byłem praktycznie równie zniesmaczony jak swoją japońską kochanką, ewidentnie przechodziłem trudny okres, ostatecznie ludzie popełniają samobójstwo z mniej istotnych przyczyn.

Jak zwykle była straszliwie wypacykowana, prawie otynkowana, szkarłatna szminka i fioletowy cień do powiek podkreślały jej jasną cerę – „porcelanową", jak napisałby w swojej powieści Yves Simon, a ja przypomniałem sobie, że nigdy nie wystawiała się na słońce; skoro blada cera (niech będzie porcelanowa, pozostając przy słownictwie Yves'a Simona) jest przez Japonki uważana za szczyt szyku, a co innego można robić w hiszpańskiej miejscowości nadmorskiej, jak nie wystawiać się na słońce, to cały ten projekt wakacyjny wyglądał po prostu absurdalnie, od razu wieczorem postanowiłem się zająć zmianą rezerwacji hotelowych w drodze powrotnej, nawet tydzień to za dużo, może oszczędzić kilka dni urlopu na wiosenne podziwianie kwitnących wiśni w Kioto?

Z szatynką wszystko wyglądałoby inaczej, niczym posłuszna córa Izraela rozebrałaby się na plaży bez żadnego skrępowania czy pogardy i nie przeszkadzałyby jej fałdy na tłustych cielskach niemieckich emerytek (taki już los kobiet, o czym ona świetnie wiedziała, aż do nadejścia Chrystusa w glorii i chwale), wystawiłaby na słońce (i na widok niemieckich emerytów, którzy nie uroniliby z niego ani sekundy) chwalebny spektakl swoich idealnie okrągłych pośladków oraz skromnej, acz wydepilowanej cipki (jako że Pan Bóg nie sprzeciwia się upiększaniu), a mnie by znowu stanął, stanąłby mi jak każdemu ssakowi, ale ona nie obciągnęłaby mi na plaży, bo to przecież miejscowość rodzinna, a ona nie chciałaby szokować niemieckich emerytek ćwiczących hatha jogę nad wodą o wschodzie słońca, chociaż ja bym czuł, że ma na to ochotę, co przydałoby życia mojej męskości, poczekałaby, aż znajdziemy się w wodzie jakieś pięćdziesiąt metrów od plaży (gdzie dno obniża się bardzo łagodnie), i tam zaoferowałaby swoją wilgotną cipkę mojemu triumfującemu fallusowi, a potem poszlibyśmy do restauracji w Garruchy na *arroz con bogavantes*, romantyzm i pornografia nareszcie razem, a dobroć Stwórcy ujawniłaby się z pełną mocą; moje myśli tak oto błąkały się po bezdrożach, zdołałem jednak przybrać zadowoloną minę na widok Yuzu wkraczającej do hali przylotów w środku zbitego stada australijskich backpackerów.

Daliśmy sobie leciutkiego buziaka, w każdym razie nasze policzki delikatnie się o siebie otarły, ale to chyba i tak było za dużo, Yuzu natychmiast usiadła, otworzyła kosmetyczkę (której zawartość była ściśle zgodna z przepisami dotyczącymi bagażu podręcznego wszystkich linii lotniczych) i zabrała się do poprawiania makijażu, nie zwracając uwagi na taśmę z bagażami – najwyraźniej to ja miałem targać jej walizki.

Siłą rzeczy znałem je na pamięć, to była jakaś słynna marka, nie pamiętam, Zadig et Voltaire albo Pascal et Blaise, w każdym razie pomysł polegał na odtworzeniu na tkaninie mapy z czasów Renesansu, na której kształty świata ziemskiego były dość przybliżone, ozdobione staroświeckimi napisami typu „w tuteyszey okolicy pono mieszkają elefanty", w każdym razie były to bardzo szykowne walizki, których ekskluzywność potęgował brak kółek w przeciwieństwie do wulgarnych samsonite'ów dla kadry kierowniczej średniego szczebla, więc faktycznie trzeba było je t a r g a ć podobnie jak kufry wiktoriańskich elegantek.

Hiszpania, jak inne kraje Europy Zachodniej pogrążona w śmiertelnym procesie zwiększania wydajności, zlikwidowała prawie wszystkie zawody niewykwalifikowane, które kiedyś czyniły życie mniej uciążliwym, skazując tym samym większość ludności na masowe bezrobocie. Tego rodzaju walizki, z logo Zadig et Voltaire lub Pascal et Blaise, miały sens tylko w społeczeństwach, w których nadal istniała funkcja t r a g a r z a.

Najwyraźniej sytuacja ta nie miała już miejsca, choć właściwie owszem, pomyślałem, ściągając z taśmy dwa bagaże Yuzu (walizkę i niemal równie ciężką torbę podróżną, w sumie ważące pewnie ze czterdzieści kilo): to j a byłem tragarzem.

Szoferem też byłem ja. Kiedy wyjechaliśmy na autostradę A7, Yuzu wyjęła z torebki iPhone'a, podłączyła słuchawki i zakryła oczy opaską nasączoną nawilżającym tonikiem z aloesem. W kierunku południowym, prowadzącym na lotnisko, autostrada ta bywała niebezpieczna, nierzadko jakiś łotewski czy bułgarski kierowca tira tracił kontrolę nad pojazdem. W odwrotnym kierunku ciągnęły stada ciężarówek zaopatrujących Europę Północną w warzywa uprawiane pod folią i zbierane przez nielegalnych malijskich imigrantów, które tu zaczynały swoją podróż, kierowcy nie byli więc jeszcze wykończeni brakiem snu; bez problemów wyprzedziłem ze trzydzieści ciężarówek, aż zbliżyliśmy się do zjazdu numer 537. Przy wejściu w długi zakręt prowadzący do wiaduktu nad Rambla del Tesoro na jakichś pięciuset metrach brakowało barierki ochronnej; aby definitywnie zakończyć sprawę, wystarczyłoby powstrzymać się od kręcenia kierownicą. W tym miejscu zbocze było bardzo strome, a biorąc pod uwagę prędkość naszej jazdy, można było liczyć na idealny lot: samochód nawet by się nie stoczył po skalistym zboczu, tylko roztrzaskał sto metrów niżej, krótka chwila czystej grozy i koniec, oddałbym Panu swą zbłąkaną duszę.

Była piękna pogoda, szybko zbliżaliśmy się do wejścia w zakręt. Zamknąłem oczy, zaciskając ręce na kierownicy, na kilka sekund, na pewno mniej niż pięć, poczułem absolutny spokój i paradoksalną równowagę, jakbym się znalazł poza czasem.

Odruchowym konwulsyjnym ruchem skręciłem gwałtownie w lewo. Była już najwyższa pora: prawe przednie koło zahaczyło o kamieniste pobocze. Yuzu zdarła opaskę i słuchawki. „Co się dzieje? Co się dzieje?" – powtarzała ze złością, ale i ze strachem, a ja zacząłem bawić się jej strachem. „Wszystko w porządku..." – powiedziałem najspokojniej, jak umiałem, z aksamitną intonacją kulturalnego seryjnego mordercy, biorąc za niemal niedościgły wzór Anthony'ego Hopkinsa, w każdym razie faceta, jakiego na pewnym etapie życia powinno się spotkać. „Wszystko w porządku..." – powtórzyłem z podświadomie jeszcze większym spokojem.

W rzeczywistości nic nie było w porządku: właśnie poniosłem porażkę przy drugiej próbie, by się uwolnić.

Tak jak się spodziewałem, Yuzu obojętnie przyjęła moją decyzję, aby skrócić wakacje do jednego tygodnia, starając się tylko nie okazywać przesadnej satysfakcji, a moje wyjaśnienia z kategorii zawodowych od razu ją przekonały: prawdę powiedziawszy, miała je kompletnie w dupie. Pretekst, którego użyłem, nie był tak naprawdę pretekstem, ponieważ wyjechałem, nie złożywszy syntetycznej noty o producentach moreli z Roussillon, jako że daremność tej misji wzbudziła mój niesmak: po podpisaniu właśnie negocjowanych umów o swobodnej wymianie handlowej z krajami Mercosur producenci moreli z Roussillon bez wątpienia nie będą mieli cienia szansy, ochrona produktu znakiem „Nazwa «czerwona morela z Roussillon» zastrzeżona" będzie żałosną farsą, zalanie rynku morelami argentyńskimi nieuniknione, a producentów moreli z Roussillon już można było uznać za wirtualnie martwych, nie zostanie ani jeden, który mógłby policzyć trupy.

Chyba jeszcze nie wspomniałem, że pracowałem jako urzędnik w Ministerstwie Rolnictwa, gdzie moim podstawowym zadaniem było redagowanie not i raportów dla doradców do spraw negocjacji, najczęściej na szczeblu europejskich organów administracyjnych, czasem w ramach szerszych negocjacji handlowych, w których to notach i raportach chodziło o „definiowanie, wspieranie i reprezentowanie pozycji francuskiego rolnictwa". Status pracownika kontraktowego gwarantował mi wysokie uposażenie, znacznie wyższe, niż obowiązujące ustawodawstwo pozwoliłoby przyznać urzędnikowi na etacie. W pewnym sensie wynagrodzenie to było uzasadnione, francuskie rolnictwo jest bowiem na tyle złożone i wielorakie, że niewiele osób ma obcykane wyzwania stojące przed wszystkimi branżami rolnymi, a moje raporty były zazwyczaj wysoko oceniane, chwalono moją umiejętność szybkiego przechodzenia do spraw zasadniczych, do niegubienia się w gąszczu liczb, do wychwytywania elementów kluczowych. Z drugiej strony, broniąc pozycji francuskiego rolnictwa, mogłem zaliczyć tylko szereg spektakularnych klęsk, nie były to jednak moje klęski, lecz bardziej bezpośrednio doradców do spraw negocjacji, rzadkiego i zbędnego gatunku, którego powtarzające się porażki nie potrafiły zachwiać jego butą; zdarzało mi się, choć szczęśliwie rzadko (zazwyczaj kontaktowaliśmy się drogą mailową), osobiście spotykać z takimi osobnikami i kontakty te zawsze wzbudzały mój głęboki niesmak, w większości nie byli to inżynierowie agronomowie, tylko absolwenci szkół handlowych, a ja od początku czułem obrzydzenie do handlu i wszystkiego, co z nim

związane, samo określenie „wyższe studia handlowe"

stanowiło w moich oczach profanację wyższych studiów, ale w końcu to normalne, że na stanowiskach doradców do spraw negocjacji zatrudnia się młodych ludzi po wyższych studiach handlowych, ostatecznie zawsze chodzi o to samo, niezależnie od tego, czy negocjujemy w sprawie prowansalskich moreli, telefonów komórkowych, czy rakiet Ariane, negocjacje to odrębny świat podlegający własnym prawom, na zawsze niedostępny dla nienegocjatorów.

Zgarnąłem swoje notatki o producentach moreli z Roussillon, zasiadłem w pokoju na górze (apartament był dwupoziomowy) i przez tydzień praktycznie nie widywałem Yuzu; przez dwa pierwsze dni schodziłem na dół, żeby się z nią zobaczyć i podtrzymać iluzję wspólnego łoża, ale potem machnąłem ręką, zacząłem jadać sam w rzeczywiście sympatycznym barze tapas, w którym nie udało mi się spędzić czasu przy jednym stoliku z szatynką z El Alquián, wraz z upływem dni przywykłem do przesiadywania tam całymi popołudniami, czyli przez czas handlowo obojętny, lecz społecznie nieskracalny, który w Europie oddziela obiad od kolacji. Panowała tam przyjemna atmosfera, bywali ludzie tacy jak ja, ale w jeszcze gorszej wersji, jako że mieli o dwadzieścia czy trzydzieści lat więcej i na nich wyrok został już wydany, byli p o k o n a n i, popołudniami do baru przychodziło dużo wdowców, u naturystów też się trafia wdowieństwo, ale przede wszystkim przychodziły wdowy oraz całkiem sporo wdowców homoseksualistów, których delikatniejszy na zdrowiu towarzysz życia odleciał do pedalskiego raju, wyglądało zresztą na to, że w tym barze tapas, który obrali seniorzy, by dokonać żywota, rozróżnienie orientacji seksualnej straciło jakikolwiek sens na rzecz rozróżnienia czysto narodowego: przy stolikach na tarasie łatwo było odróżnić strefę Anglików od strefy Niemców, ja byłem jedynym Francuzem, natomiast Holendrzy zachowywali się jak rasowe kurwy, siadali byle gdzie, to naród wielojęzycznych, oportunistycznych sklepikarzy, nigdy dość przypominania tej prawdy. Wszyscy stopniowo tępieli w miarę spożywanych *cervezas* i *platos combinados*, zazwyczaj panował dość senny nastrój, a rozmowy prowadzono ściszonym tonem. Od czasu do czasu wpadała jednak banda młodocianych *indignados* przyłażących prosto z plaży, dziewczyny miały jeszcze mokre włosy, i poziom hałasu w lokalu odrobinę wzrastał. Nie mam pojęcia, co w tym czasie robiła Yuzu, bo na słońcu się nie wylegiwała, pewnie oglądała w sieci japońskie seriale, do dziś się zresztą zastanawiam, co ona w ogóle rozumiała z całej sytuacji. Prosty *gaijin* jak ja, który nawet nie pochodzi z jakiegoś szczególnego środowiska, tylko potrafi przynosić do domu godziwe, choć nie oszałamiające pieniądze, powinien w zasadzie czuć się do głębi zaszczycony, że dano mu szansę dzielić życie nie dość, że z Japonką, to do tego z młodą, seksowną Japonką, pochodzącą ze znakomitej japońskiej rodziny, mającą kontakty z najświetniejszymi kręgami artystycznymi obu półkul; teoria była nie do zbicia, a ja byłem zaledwie godny rozwiązywać rzemyki u jej sandałów, to oczywiste, problem jednakowoż polegał na tym, że okazywałem totalną obojętność wobec jej statusu, podobnie jak wobec swojego: pewnego wieczoru, zszedłszy do lodówki po piwo, natknąłem się na nią w kuchni i warknąłem „spierdalaj, tłusta krowo", po czym wyciągnąłem sześciopak san miguela i napoczęte chorizo; w każdym razie w tamtym tygodniu musiała się czuć trochę wytrącona z równowagi, bo przypominanie o swoim statusie społecznym nie jest łatwe, kiedy istnieje ryzyko, że rozmówca w odpowiedzi beknie lub pierdnie ci prosto w twarz; na pewno wielu ludziom mogła się zwierzyć ze swoich kłopotów, choć nie rodzinie, która natychmiast wykorzystałaby sytuację i namawiała ją, żeby wracała do Japonii, ale może jakimś przyjaciółkom lub znajomym, przez te kilka dni chyba sporo rozmawiała na Skypie, podczas gdy ja miałem coraz większą ochotę machnąć ręką na producentów moreli z Roussillon zmierzających prostą drogą do samozagłady, moja ówczesna obojętność wobec producentów moreli z Roussillon wydaje mi się dzisiaj zwiastunem obojętności, którą okazałem, kiedy się decydowały losy producentów nabiału z Calvadosu i Manche, a zarazem bardziej fundamentalnej obojętności, którą później nabyłem wobec własnego losu, a która już wówczas kazała mi łaknąć towarzystwa seniorów, co wbrew pozorom wcale nie było takie łatwe, gdyż ci bez trudu demaskowali mnie jako fałszywego seniora, doznałem odprawy nie tylko ze strony kilku angielskich emerytów (skądinąd nic szczególnego, Anglicy do nikogo się dobrze nie odnoszą, są prawie takimi samymi rasistami jak Japończycy, tyle że w wersji lajtowej), ale i holenderskich, którzy odrzucali mnie oczywiście nie z powodu swojej ksenofobii (jakim cudem Holender miałby być ksenofobem? to po prostu oksymoron, Holandia nie jest przecież krajem, co najwyżej przedsiębiorstwem), lecz dlatego, że nie chcieli mnie wpuścić do swojego świata seniorów, nie zdołałem się sprawdzić jako senior, nie mogli się przede mną swobodnie zwierzać ze swoich problemów z prostatą czy bajpasami, o dziwo byłem znacznie lepiej przyjmowany przez *indignados*, ich młodości towarzyszyła autentyczna naiwność i przez te kilka dni mogłem przejść na ich stronę, p o w i n i e n e m był zresztą przejść na ich stronę, była to moja ostatnia szansa, a jednocześnie mogłem ich wiele nauczyć, miałem rozległą wiedzę o nieprawidłowościach w przemyśle rolno-spożywczym, w kontakcie ze mną ich aktywizm zyskałby na spójności, zwłaszcza że polityka Hiszpanii wobec GMO była nadzwyczaj wątpliwa, Hiszpania należała do najbardziej liberalnych i nieodpowiedzialnych krajów europejskich w odniesieniu do GMO, cała Hiszpania, wszystkie hiszpańskie *campos* mogły z dnia na dzień zamienić się w bomby genetyczne, wystarczyłaby jedna dziewczyna, zawsze wystarczy jedna dziewczyna, lecz nie zdarzyło się nic, co pozwoliłoby mi zapomnieć o szatynce z El Alquián, zresztą patrząc na to z pewnego dystansu, nie ośmieliłbym się zwalić winy na żadną z *indignadas*, tak naprawdę nawet nie pamiętam ich stosunku do mnie, chyba traktowały mnie z jakąś powierzchowną życzliwością, choć przypuszczam, że i ja byłem tylko powierzchownie dostępny, gdyż kompletnie mnie rozwaliły zarówno powrót Yuzu, jak i przekonanie, że muszę się jej pozbyć, i to jak najszybciej, nie byłem więc w stanie zwrócić uwagi na kogokolwiek, a nawet gdybym na któ-rąś z nich zwrócił uwagę, nie uwierzyłbym w realność jej wdzięków, wszystkie wyglądały jak bohaterki doku-mentu o Oberlandzie Berneńskim znalezionego w sieci przez somalijskiego uchodźcę. Moje dni płynęły coraz bardziej boleśnie w braku namacalnych wydarzeń i ja-kiegokolwiek sensu życia, w końcu kompletnie porzuci-łem producentów moreli z Roussillon; nie chodziłem już zbyt często do kawiarni w obawie przed natknięciem się na jakąś *indignada* z gołymi cyckami. Patrzyłem na pla-my słońca przesuwające się po płytach chodnikowych, wypijałem kolejne flaszki brandy Cardenal Mendoza i to by było na tyle.

Mimo nieznośnej pustki, w jakiej spędzałem czas, z lękiem spoglądałem na zbliżającą się chwilę powrotu, kiedy przez parę dni podróży będę zmuszony spać w jednym łóżku z Yuzu, ostatecznie trudno, żebyśmy brali oddzielne pokoje, nie czułem się na siłach, by do tego stopnia brać na klatę *Weltanschauung* recepcjonistów, a nawet całego personelu hotelowego, będziemy więc bez przerwy ze sobą sklejeni, dwadzieścia cztery godziny na dobę, i ta udręka potrwa przez bite cztery dni. W czasach Camille pokonywałem całą drogę w dwa dni, po pierwsze, dlatego, że zmienialiśmy się za kierownicą, ale również dlatego, że w tamtym czasie w Hiszpanii nikt nie przestrzegał ograniczeń prędkości, nie było jeszcze punktów karnych, a koordynacja europejskich biurokracji była mniej doskonała, stąd pewna pobłażliwość wobec drobnych wykroczeń popełnianych przez cudzoziemców. Sto pięćdziesiąt czy sto sześćdziesiąt kilometrów na godzinę zamiast tych żałosnych stu dwudziestu pozwalało nie tylko skrócić całkowity czas podróży, ale przede wszystkim jechać każdego dnia dłużej i bezpieczniej. Na wlokących się w nieskończoność prostych jak drut hiszpańskich autostradach, prawie pustych, prażących się w słońcu, przecinających koszmarnie nudne krajobrazy, zwłaszcza między Walencją a Barceloną (tyle że jazda drogami krajowymi też niewiele pomagała, bo odcinek między Albacete a Madrytem był również nudny jak flaki z olejem), na tych hiszpańskich autostradach, gdzie nawet picie kawy przy każdej nadarzającej się okazji i palenie papierosa za papierosem z trudem pozwalały uniknąć zaśnięcia, a po dwóch czy trzech godzinach jazdy oczy same się zamykały i tylko uzyskany dzięki prędkości zastrzyk adrenaliny pozwalał na utrzymanie czujności, to absurdalne ograniczenie skutkowało bezpośrednio zwiększeniem liczby śmiertelnych wypadków, nie chcąc więc ryzykować utraty życia – choć być może byłoby to niezłe rozwiązanie – musiałem się ograniczać do odcinków nie dłuższych niż pięćset, sześćset kilometrów dziennie.

Już w czasach Camille trudno było znaleźć przydrożny hotel akceptujący palaczy, tyle że z wymienionych powyżej przyczyn cały przejazd przez Hiszpanię zajmował zaledwie jeden dzień, a dojazd do Paryża drugi; udało nam się w końcu znaleźć na trasie kilka nieprawomyślnych hoteli, jeden na wybrzeżu baskijskim, drugi na Côte Vermeille, trzeci też w Pirenejach Wschodnich, ale bardziej w głąb lądu, a dokładnie w położonej w górach miejscowości Bagnères-de-Luchon, i to chyba z tego ostatniego, Château de Riell, zachowałem najbardziej bajkowe wspomnienia ze względu na kiczowaty, pseudoegzotyczny, niewiarygodny wystrój wszystkich pokoi.

Legalny ucisk nie był jeszcze tak doskonały jak dzisiaj, pozostawało kilka dziur w sieci, poza tym byłem młodszy, miałem nadzieję nie wykraczać poza granice legalności, wciąż wierzyłem w wymiar sprawiedliwości mojego kraju, ufałem w globalnie życzliwy charakter jego ustawodawstwa i nie zdążyłem jeszcze nabyć know-how rasowego *guerillero*, który w przyszłości pozwolił mi z pełną obojętnością traktować wszystkie czujniki dymu: wystarczy odkręcić pokrywkę, dwa razy ciachnąć kombinerkami, żeby przerwać obwód alarmu, i po herbacie. Trudniej oszukać sprzątaczki, które mają węch idealnie wytrenowany do namierzania zapachu dymu papierosowego, a wtedy jedyne rozwiązanie to hojny napiwek, który zawsze pozwala kupić ich milczenie, tyle że w takich warunkach pobyt wychodzi dość drogo, a człowiek nigdy nie może być pewien, że nie zostanie zdradzony.

Pierwszy nocleg przewidziałem w Paradorze de Chinchon, co było całkiem niezłym wyborem, paradory zazwyczaj są całkiem niezłym wyborem, a zwłaszcza ten: luksusowy hotel z charakterem w szesnastowiecznym klasztorze, z oknami pokoi wychodzącymi na kamienne patio z fontanną, ze wspaniałymi hiszpańskimi fotelami z ciemnego drewna we wszystkich korytarzach i recepcji. Yuzu usiadła, zakładając nogę na nogę z charakterystyczną dla siebie zblazowaną wyższością i nie zwracając najmniejszej uwagi na wystrój wnętrza, natychmiast włączyła smartfona, z góry gotowa wnieść skargę, jeśli nie będzie dostępu do sieci. Dostęp był, co stanowiło raczej dobrą nowinę, bo to mogło ją zająć przez cały wieczór. Musiała jednak wstać, choć nie bez pewnego zniecierpliwienia, by osobiście okazać paszport i kartę pobytu we Francji oraz złożyć podpis we wskazanych miejscach, w sumie na trzech formularzach, które jej podał hotelarz – administracja paradorów była zdumiewająco biurokratyczna i drobiazgowa; w przeciwieństwie do wyobrażeń zachodniego turysty o recepcji hotelu z charakterem nie podawano tu powitalnych drinków, natomiast kserowano paszporty; sprawy chyba niewiele się zmieniły od czasów Franco, choć paradory były hotelami z charakterem, a nawet ich niemal idealnym archetypem: wszystko, co w Hiszpanii mogło uchodzić za średniowieczny zamek lub renesansowy klasztor, zamieniano na paradory. Ta wizjonerska polityka prowadzona od tysiąc dziewięćset dwudziestego ósmego roku nabrała rozmachu po dojściu do władzy pewnego człowieka. Francisco Franco, niezależnie od nieco dyskusyjnych aspektów jego działalności politycznej, mógł uchodzić za prawdziwego wynalazcę turystyki opartej na hotelach z charakterem, i to w skali światowej, lecz jego dzieło nie sprowadzało się tylko do tego, jako że ten uniwersalny umysł położył później podwaliny pod autentyczną turystykę masową (wspomnijmy choćby Benidorm! wspomnijmy Torremolinos! czy w latach sześćdziesiątych istniało na świecie cokolwiek porównywalnego?), w rzeczywistości Francisco Franco był prawdziwym gigantem turystyki i w tej kwestii miał ostatecznie zostać doceniony, zaczęło się to zresztą w kilku szwajcarskich szkołach hotelarskich, a z ekonomicznego punktu widzenia frankizm stał się przedmiotem ciekawych prac napisanych na Harvardzie i Yale, ukazujących, w jaki sposób *caudillo* – przeczuwając, że Hiszpania nie zdoła dogonić pociągu rewolucji przemysłowej, na który, bądźmy szczerzy, karczemnie się spóźniła – śmiało postanowił przeskoczyć kilka etapów i od razu zainwestować w trzecią, końcową fazę europejskiej gospodarki, czyli w fazę sektora usług i turystyki, dając tym samym swojemu krajowi decydującą przewagę konkurencyjną w chwili, gdy pracownicy w nowych krajach uprzemysłowionych, zyskując wyższą siłę nabywczą, zechcą z niej skorzystać w Europie, wydając pieniądze albo na hotele z charakterem, albo na turystykę masową, w zależności od swojego statusu, przy czym trzeba przyznać, że na razie w Paradorze de Chinchon nie było ani jednego Chińczyka, tylko jakaś para angielskich akademików, która czekała za nami w kolejce do recepcji, ale Chińczycy na pewno kiedyś tu się pojawią, nie miałem cienia wątpliwości, może tylko warto byłoby uprościć formalności, gdyż mimo należnego szacunku odczuwanego wobec dzieła *caudillo* w dziedzinie turystyki pewne rzeczy uległy tymczasem ewolucji i trudno już sobie wyobrazić, by szpiedzy przybywający z zimna próbowali wślizgnąć się w niewinne stado zwykłych turystów wzorem swojego przywódcy i pierwszego spośród nich, Władimira Putina.

Po dopełnieniu formalności oraz parafowaniu i podpisaniu wszystkich formularzy przeżyłem chwilę masochistycznej radości na widok ironicznego, by nie rzec pogardliwego, spojrzenia, jakie rzuciła mi Yuzu, kiedy podałem recepcjoniście kartę stałego klienta *Amigos de Paradores*, żeby zatwierdził moje punkty: wiedziałem, że jeszcze dostanie dziwka za swoje. Ruszyłem do pokoju, ciągnąc swoją walizkę Samsonite; Yuzu kroczyła za mną z dumnie uniesioną głową, zostawiwszy swoje oba bagaże Zadig et Voltaire (lub Pascal et Blaise, za cholerę nie pamiętam) na samym środku holu. Udawałem, że tego nie widzę, a ledwo weszliśmy do pokoju, wyciągnąłem z minibarku puszkę cruzcampo i zapaliłem papierosa – nie miałem żadnych obaw, bowiem szereg doświadczeń przekonał mnie, że czujniki dymu w paradorach również pochodzą z czasów frankistowskich, właściwie z samej końcówki czasów frankistowskich, i wszyscy mają je kompletnie w dupie, że to tylko spóźnione i powierzchowne ustępstwo wobec norm międzynarodowej turystyki oparte na złudzeniu, że pojawi się amerykańska klientela, która i tak nigdy nie dotrze ani do Europy, ani tym bardziej do paradorów, z europejskich miast tylko do Wenecji przyjeżdżało trochę Amerykanów, tak więc przyszła pora, by europejscy specjaliści do spraw turystyki zaczęli się rozglądać po krajach nowszych i mniej cywilizowanych, dla których rak płuc to jakaś marginalna i słabo udokumentowana niedogodność. Przez kilkanaście minut nie działo się praktycznie nic, Yuzu pokręciła się po pokoju, sprawdziła w smartfonie, czy nadal ma zasięg, oraz stwierdziła, że żaden napój w minibarku nie dorasta do jej statusu: ani piwo, ani coca-cola (zwykła, nawet nie light), ani woda mineralna. Po czym rzuciła tonem, który nawet nie udawał pytającego: „Nie przynoszą moich bagaży", na co odpowiedziałem, że nie mam pojęcia, po czym otworzyłem drugą puszkę cruzcampo. Japończycy nie potrafią się czerwienić, to znaczy mechanizm psychologiczny istnieje, ale kolor bardziej przypomina ochrę, w każdym razie z godnością przełknęła afront, przez minutę się trzęsła, ale go przełknęła, odwróciła się bez słowa i ruszyła w kierunku drzwi. Wróciła parę minut później, ciągnąc za sobą walizkę, podczas gdy ja dopijałem drugie piwo. Kiedy po kolejnych pięciu minutach wróciła z torbą, właśnie otworzyłem trzecie – po podróży strasznie mi się chciało pić. Zgodnie z oczekiwaniami przez resztę wieczoru nie odezwała się do mnie ani słowem, co pozwoliło mi skoncentrować się na jedzeniu; właściciele paradorów nie tylko wykorzystali narodowe dziedzictwo architektoniczne, ale i od początku postawili sobie za zadanie, by pokazać całe bogactwo regionalnej kuchni hiszpańskiej, co w moich oczach często przynosiło niezwykle smakowite, acz zazwyczaj nieco tłuste efekty.

Przy następnym noclegu jeszcze wyżej postawiłem poprzeczkę i wybrałem hotel z sieci Relais Châteaux, mianowicie zamek Brindos w gminie Anglet, niedaleko Biarritz. Tym razem dostaliśmy powitalnego drinka, kelnerzy byli liczni i usłużni, w porcelanowych miseczkach wyłożono ciasteczka cynamonowe i makaroniki, a w minibarku czekała butelka schłodzonego szampana Ruinart; pod każdym względem był to kurewsko dobry hotel z sieci Relais Châteaux na kurewsko fajnym wybrzeżu baskijskim i wszystko mogło się dobrze ułożyć, gdybym sobie nagle nie przypomniał, przechodząc przez salę klubową z głębokimi fotelami uszakami i stolikami, na których leżały sterty „Figaro Magazine", „Côte Basque", „Vanity Fair" i innych czasopism, że byłem tutaj z Camille na zakończenie naszego ostatniego lata przed rozstaniem, na skutek czego minimalny i przejściowy przypływ życzliwości do Yuzu (która w tym bardziej sprzyjającym otoczeniu wróciła do lepszej formy, zaczęła nawet mruczeć jak kotka, rozkładając stroje na łóżku z ewidentnym zamiarem, by podczas kolacji wyglądać o l ś n i e w a j ą c o) znikł, kiedy tylko doszedłem do nieuniknionego porównania ich postaw. Camille z rozdziawionymi ustami i uniesioną głową przeszła przez kolejne salony, przyglądając się oprawionym w ramy obrazom, ścianom z nieotynkowanego kamienia i ozdobnym żyrandolom. Wszedłszy do pokoju, stanęła jak wryta pod wrażeniem olbrzymiego, idealnie zasłanego łoża *king size*, po czym przysiadła nieśmiało na brzeżku, sprawdzając jego miękkość i sprężystość. Okna apartamentu wychodziły na jezioro, Camille od razu chciała nam zrobić zdjęcie, a kiedy otwierając drzwiczki minibarku, zapytałem, czy chce kieliszek szampana, krzyknęła „Och taaak!..." z wyrazem najwyższego szczęścia, i wiedziałem, że smakuje każdą sekundę tego szczęścia dostępnego dla klas średnio-wyższych, moja sytuacja przedstawiała się natomiast inaczej: bywałem już w hotelach tej kategorii, w takich właśnie hotelach zatrzymywał się mój ojciec, kiedy jechaliśmy na wakacje do Méribel, na przykład w zamku Igé w departamencie Saône-et-Loire lub w Domaine de Clairefontaine w Chonas-l'Amballan, sam należałem do klasy średnio-wyższej, podczas gdy ona pochodziła z klasy po prostu średniej, a do tego spauperyzowanej przez kryzys.

Nie miałem już ochoty na spacer nad jeziorem w oczekiwaniu na kolację, sama myśl głęboko mnie odstręczała niczym jakaś profanacja, z pewną więc niechęcią włożyłem marynarkę (jednakowoż po osuszeniu butelki szampana), by udać się do oznaczonej jedną gwiazdką w przewodniku Michelin restauracji hotelowej, w której John Argand oferował kreatywne wariacje wokół kuchni baskijskiej w postaci karty pod nazwą Ryneczek Johna. Restauracje tego typu byłyby do wytrzymania, gdyby kelnerzy nie nabrali ostatnio maniery szczegółowego opowiadania o składzie najdrobniejszej przystaweczki tonem pełnym na wpół gastronomicznej, na wpół literackiej emfazy, wypatrując u klienta jakichkolwiek oznak wspólnictwa lub przynajmniej zainteresowania, jak sądzę po to, by posiłek przemienić we wspólne doświadczenie towarzyskie, chociaż sam sposób, w jaki po zakończeniu przemowy rzucają słowa „przyjemnej degustacji!", zazwyczaj skutecznie odbiera mi apetyt.

Kolejna, jeszcze bardziej godna pożałowania innowacja wprowadzona od czasu mojego pobytu z Camille to zainstalowanie czujników dymu we wszystkich pokojach. Zauważyłem je już od progu, a jednocześnie zorientowałem się, że biorąc pod uwagę wysokość pokoju – co najmniej trzy, może nawet cztery metry – nie zdołam ich wyłączyć. Po jedno- czy dwugodzinnych

wahaniach odkryłem w szafie dodatkowe koce i poszedłem spać na balkon; szczęśliwie noc była ciepła, miałem
za sobą znacznie boleśniejsze doświadczenie podczas
kongresu w Sztokholmie poświęconego hodowli świń.
Jedna z porcelanowych miseczek na ciasteczka mogła
mi posłużyć za popielniczkę; wystarczyło rano ją wy-
myć, a pety upchnąć w doniczkach z hortensjami.

Trzeci dzień podróży wlókł się w nieskończoność, na
autostradzie A10 co rusz natykaliśmy się na roboty dro-
gowe, a przy wyjeździe z Bordeaux wpadliśmy w dwu-
godzinny korek. Byłem w stanie ostrego rozdrażnienia,
kiedy wreszcie dojechaliśmy do Niort, jednego z najbrzydszych miast, jakie w życiu widziałem. Yuzu nie
potrafiła ukryć zaskoczenia, kiedy się zorientowała, że
będziemy nocować w hotelu Mercure Marais Poitevin.
Dlaczego narażałem ją na takie upokorzenie? Na próżno zresztą, jako że recepcjonistka z ledwie skrywaną
satysfakcją poinformowała nas, że „na życzenie klientów" hotel został ostatnio przeznaczony tylko dla niepalących – tak, to prawda, zdaje sobie sprawę, że strony
internetowej jeszcze nie zaktualizowano.

Następnego dnia po południu po raz pierwszy w życiu
odczułem ulgę na widok blokowisk paryskiego przedmieścia. Jako młody człowiek, wyjeżdżając co niedziela wieczór z Senlis, gdzie spędziłem jakże szczęśliwe
lata dzieciństwa, jadąc do centrum Paryża na zajęcia
na uniwersytecie, przejeżdżając przez Villiers-le-Bel,
Sarcelles, Pierrefitte-sur-Seine i Saint-Denis, widząc po

obu stronach drogi coraz większą gęstość zaludnienia i coraz więcej osiedli mieszkaniowych, słysząc w autobusie narastającą agresję rozmów i rosnące zagrożenie przemocą, za każdym razem miałem niezwykle silne uczucie powrotu do piekła – do piekła, które ludzie sami sobie zbudowali dla własnej wygody. Teraz było inaczej: niezbyt błyskotliwy, ale bezsporny awans społeczny pozwalał mi trzymać się z dala, oby definitywnie, od wszelkiego kontaktu fizycznego, a nawet wzrokowego z niebezpiecznymi klasami społecznymi, tak więc teraz żyłem we własnym piekle – w piekle, które sam sobie zbudowałem dla własnej wygody.

Mieszkaliśmy w dużym trzypokojowym mieszkaniu na dwudziestym dziewiątym piętrze wieżowca Totem, betonowo-szklanej budowli o strukturze plastra miodu, stojącej na czterech olbrzymich słupach z surowego betonu, przypominającej te obrzydliwe z wyglądu grzyby, podobno bardzo smaczne, które chyba nazywają się smardze. Wieżowiec Totem stał w samym centrum dzielnicy Beaugrenelle, na wprost Wyspy Łabędziej. Nienawidziłem i samego wieżowca, i całej dzielnicy, lecz Yuzu uwielbiała tego gigantycznego betonowego smardza, w którym „od razu się zakochała", jak oznajmiała wszystkim naszym gościom, przynajmniej na początku; może zresztą dalej tak mówiła, ale ja od dawna już nie chciałem poznawać gości Yuzu, więc tuż przed ich przyjściem zamykałem się w pokoju i przez cały wieczór nie wychylałem z niego nosa.

Od kilku miesięcy spaliśmy oddzielnie, zostawiłem jej „sypialnię małżeńską" (sypialnia małżeńska to pokój jak każdy inny, tyle że z garderobą i łazienką, co sygnalizuję wszystkim czytelnikom należącym do niższych warstw społecznych), a sam przeniosłem się do „pokoju gościnnego" i używałem przylegającej do niego łazienki, która całkowicie odpowiadała moim potrzebom: zęby, prysznic i szlus.

Nasz związek doszedł do fazy terminalnej i nic nie mogło go uratować, a zresztą nikomu już na tym nie zależało, trzeba jednak przyznać, że dysponowaliśmy czymś, co powszechnie nosi nazwę „widoku zapierającego dech w piersiach". Z okien salonu i sypialni małżeńskiej rozciągał się widok na Sekwanę, szesnastą dzielnicę Paryża, Lasek Buloński, park Saint-Cloud i tak dalej; przy ładnej pogodzie można było zobaczyć Wersal. Okna mojego pokoju wychodziły na pobliski Novotel, a za nim na dużą część Paryża, lecz widok mnie nie interesował, nigdy nie rozsuwałem podwójnych zasłon, bowiem nie cierpiałem nie tylko dzielnicy Beaugrenelle, ale i całego Paryża; wstrętem napawało mnie to miasto zaświnione ekologicznymi burżujami, może też byłem burżujem, ale przynajmniej nie ekologicznym: jeździłem dieslem z napędem na cztery koła – pewnie nie zrobiłem zbyt wiele dobrego w swoim życiu, ale przynajmniej przyłożyłem się do zniszczenia planety – oraz systematycznie sabotowałem selektywną zbiórkę odpadów wprowadzoną przez administrację, wywalając puste butelki do pojemnika na papier, a odpady komunalne do pojemnika na szkło. Trochę się pyszniłem swoim brakiem postawy obywatelskiej, ale była w tym również złośliwa zemsta za nieprzyzwoitą wysokość czynszu oraz opłat za media i eksploatację – uregulowawszy czynsz i opłaty oraz przelawszy na konto Yuzu miesięczną pensję, o którą poprosiła „na zaspokajanie potrzeb domowych" (przede wszystkim chodziło o zamawiane do domu sushi), miałem z głowy dziewięćdziesiąt procent swoich zarobków, w związku z czym moje dorosłe życie sprowadzało się do powolnego przejadania spadku po ojcu, który jako żywo na to nie zasłużył, przyszła więc chyba pora, żeby skończyć z tymi głupotami.

Od czasu, gdy ją poznałem, Yuzu pracowała w Japońskim Ośrodku Kultury przy Quai Branly, pięćset metrów od naszego mieszkania, zawsze jednak jeździła tam rowerem, idiotycznym holenderskim rowerem, z którym ładowała się później do windy i stawiała go w salonie. Przypuszczam, że robotę załatwili jej rodzice. Nie wiem dokładnie, czym się zajmowali, lecz bez wątpienia byli bogaci (jedynaczka bogatych rodziców zawsze kończy jak ktoś w rodzaju Yuzu, niezależnie od kraju i kultury), choć może nie nieprzyzwoicie bogaci: nie sądzę, by jej ojciec był prezesem Sony lub Toyoty, raczej urzędnikiem wyższego szczebla.

Została zatrudniona, jak mi wyjaśniła, by „odmłodzić i zmodernizować" program imprez kulturalnych. Nic szczególnego – z ulotki, którą wziąłem, kiedy po raz pierwszy odwiedziłem ją w pracy, zionęło nudą: warsztaty origami, ikebany i tenkoku, spektakle kamishibai i bębnów taiko, wykłady o grze w go i ceremonii herbacianej (według szkoły Urasenke i Omotosenke), nieliczni goście z Japonii uważani za żywe, acz niewysokiej rangi skarby narodowe, z których większość miała co najmniej dziewięćdziesiąt lat i należałoby ich raczej nazywać umierającymi skarbami narodowymi. Krótko mówiąc, aby wywiązać się z kontraktu, wystarczyło zorganizować jedną czy dwie wystawy mangi, jeden czy dwa festiwale nowych tendencji w japońskim kinie porno: *it was quite an easy job.*

Sześć miesięcy wcześniej przestałem chodzić na imprezy organizowane przez Yuzu. Było to po wystawie Daikichi Amano, fotografika i filmowca pokazującego obrazy nagich dziewcząt pokrytych obrzydliwymi stworzeniami typu węgorze, ośmiornice, karaluchy, pierścienice... Na jednym z wideo młoda Japonka chwytała zębami wysuwające się z muszli toaletowej macki ośmiornicy. Chyba nigdy w życiu nie widziałem czegoś równie wstrętnego. Niestety jak zwykle, zanim się zainteresowałem wystawionymi dziełami, zacząłem od bufetu; dwie minuty później pomknąłem do łazienki Japońskiego Ośrodka Kultury, gdzie wyrzygałem cały ryż i surową rybę.

Weekendy były prawdziwą katorgą, za to w dni powszednie niemal się nie widywaliśmy. Kiedy wychodziłem do Ministerstwa Rolnictwa, Yuzu jeszcze spała snem sprawiedliwego, rzadko wstawała wcześniej niż w południe, a kiedy wracałem koło siódmej wieczorem, prawie nigdy jej nie było. Zapewne to nie praca zajmowała ją o tak późnej porze, nic zresztą dziwnego, miała zaledwie dwadzieścia sześć lat, a ja o dwadzieścia więcej, z wiekiem pragnienie życia towarzyskiego maleje, aż w końcu człowiek stwierdza, że ma to już za sobą, poza tym zainstalowałem sobie w pokoju dekoder SFR z dostępem do kanałów sportowych, mogłem oglądać ligę francuską, angielską, niemiecką, hiszpańską i włoską, co dawało całkiem pokaźną liczbę godzin poświęconych rozrywce – może gdyby miał dekoder SFR, Blaise Pascal inaczej by śpiewał – a wszystko za taką samą cenę jak u innych operatorów, więc nie rozumiałem, czemu w swoich reklamach SFR nie stawia mocniejszego akcentu na tę rewelacyjną ofertę sportową, ale w końcu to ich biznes.

Bardziej naganny z punktu widzenia powszechnie przyjętej moralności był jednak fakt, że Yuzu dość często bywała na „libertyńskich wieczorkach", i nie miałem w tym względzie żadnych wątpliwości. Na samym początku naszego związku nawet jej towarzyszyłem na jednym z takich wieczorków. Impreza odbywała się w pałacyku przy Quai Béthune na Wyspie Świętego Ludwika. Nie mam pojęcia, ile taki pałacyk może być wart na rynku, pewnie ze dwadzieścia milionów euro, w każdym razie w życiu czegoś takiego nie widziałem. Uczestników było koło setki, mniej więcej dwóch mężczyzn na jedną kobietę, generalnie mężczyźni młodsi od kobiet i o wyraźnie niższym statusie społecznym, większość z „podmiejskim" wyglądem, pomyślałem nawet przez chwilę, że pewnie im za to płacą, ale chyba jednak nie, dla większości facetów możliwość pieprzenia się za darmo to jak manna z nieba, a do tego szampan i ptifurki w trzech położonych w amfiladzie salonach, w których spędziłem cały wieczór. / 47

W salonach nie uprawiano seksu, ale niesłychanie erotyczne stroje kobiet oraz widok par lub grupek regularnie oddalających się w kierunku schodów na górę lub do piwnicy nie pozostawiały miejsca na jakiekolwiek wątpliwości.

Gdzieś po godzinie, kiedy stało się jasne, że nie mam najmniejszego zamiaru korzystać z czegokolwiek poza bufetem, Yuzu wezwała Ubera. W drodze powrotnej nie robiła mi wyrzutów, ale i nie okazywała żalu czy wstydu; prawdę mówiąc, ani słowem nie wspomniała o wieczorze i nigdy do niego nie wracała.

Jej milczenie zdawało się potwierdzać hipotezę, że nie zrezygnowała z tego rodzaju rozrywek, pewnego wieczoru chciałem jednak uzyskać pełną jasność, co było absurdalne, bo każdej chwili mogła wrócić do domu, a poza tym grzebanie w komputerze swojej partnerki nie jest czynem chwalebnym; pragnienie wiedzy to dziwna sprawa, choć pragnienie to może zbyt mocne słowo, poza tym tego wieczoru nie było żadnych ciekawych meczów.

Sortując jej maile według wielkości, bez problemu zidentyfikowałem te, do których załączono filmiki. Na pierwszym moją partnerkę otaczał klasyczny zestaw kilkunastu facetów: jednemu obciągała, drugiemu robiła loda, trzeci bzykał ją od przodu, czwarty od tyłu, a pozostali spokojnie czekali na swoją kolej, zakładając prezerwatywy przed penetracją waginalną czy analną; nikt nie odzywał się ani słowem. W pewnym momencie spróbowała wziąć do ust dwa penisy, ale nie do końca jej się udało. Chwilę później obaj uczestnicy spuścili się na jej twarz, którą zalała sperma, a ona zamknęła oczy.

Wszystko było fajnie, jeśli mogę tak powiedzieć, nie byłem zbytnio zaskoczony, ale coś mnie zafrapowało – otóż od razu rozpoznałem wystrój wnętrza: wideo zostało nakręcone u mnie w mieszkaniu, konkretnie w sypialni małżeńskiej, a to już nie za bardzo mi się podobało. Prawdopodobnie skorzystała z jednego z moich wyjazdów do Brukseli, z czym definitywnie skończyłem ponad rok wcześniej, czyli cała impreza odbyła się na samym początku naszego związku, kiedy jeszcze się pieprzyliśmy, i to często, chyba nigdy przedtem nie pieprzyłem się tyle co wtedy, właściwie była permanentnie gotowa do pieprzenia, z czego wywnioskowałem, że jest we mnie zakochana, może popełniłem jakiś błąd w analizie, co się zdarza wielu facetom, a może to nie był żaden błąd, tylko większość kobiet tak funkcjonuje (jak to się pisze w książkach o psychologii dla laików), taka jest ich logika działania (jak to się mówi w debatach politycznych na kanale Public Sénat), a Yuzu po prostu stanowiła przypadek szczególny.

Jak się okazało, zaiste stanowiła swego rodzaju przypadek szczególny, o czym świadczyło drugie wideo. Tym razem impreza nie odbywała się u mnie, ale i nie w pałacyku na Wyspie Świętego Ludwika. O ile minimalistyczny, czarno-biały wystrój pałacyku miał klasę, o tyle to miejsce było urządzone na bogato, po burżujsku, meblami chippendale, i wyglądało jak mieszkanie przy avenue Foch należące do zamożnego ginekologa lub znanego prezentera telewizyjnego, w każdym razie

Yuzu masturbowała się na kanapie, po czym zsunęła się na podłogę pokrytą dywanem w pseudoperskie wzory, gdzie dorwał ją doberman w średnim wieku, który zaczął ją posuwać z wigorem charakterystycznym dla tej rasy. Kamera zmieniła kierunek i podczas gdy doberman dalej ją posuwał (w naturze psy ejakulują bardzo szybko, ale cipka kobiety musi się znacznie różnić od cipki suki, biedak nie odnajdował więc znanych sobie punktów odniesienia), Yuzu zabrała się za gliglanie fiuta bulteriera, po czym wzięła go do ust. Bulterier, zapewne znacznie młodszy od dobermana, ejakulował po niecałej minucie, a na jego miejscu pojawił się bokser.

Po tym skromnym gangbangu kynologicznym wyłączyłem wideo, byłem zniesmaczony, choć głównie w imieniu psów, ale jednocześnie nie mogłem nie dostrzec, że dla Japonki (na tyle, na ile zdołałem rozgryźć mentalność tego narodu) stosunek z człowiekiem Zachodu niewiele się różni od kopulacji ze zwierzęciem. Zanim wyszedłem z sypialni małżeńskiej, zapisałem wszystkie filmy na pendrivie. Twarz Yuzu dawała się bez trudu rozpoznać, zaczynałem szkicować nowy plan, jak się uwolnić, po prostu (najlepsze są zawsze najprostsze pomysły) wyrzucając ją przez okno.

Praktyczna realizacja wcale nie byłaby trudna. Najpierw trzeba było ją upić pod pretekstem, że to trunek wyjątkowej jakości, na przykład prezent od lokalnego producenta nalewki na mirabelkach z Wogezów; na takie argumenty była bardzo czuła, bo w głębi serca nigdy nie przestała być turystką. Japończycy i w ogóle Azjaci kiepsko znoszą alkohol ze względu na złe funkcjonowanie dehydrogenazy aldehydowej-2 odpowiedzialnej za utlenianie etanolu do aldehydu octowego. W ciągu pięciu minut wpadnie w stan pijackiego otępienia, co już wielokrotnie widywałem; wystarczy otworzyć okno i przenieść jej ciało, ważyła poniżej pięćdziesięciu kilo (mniej więcej tyle samo co jej bagaże), bez problemu ją przeciągnę pod okno, a dwadzieścia dziewięć pięter nie wybacza.

Mógłbym oczywiście udawać, że był to wypadek spowodowany nadużyciem alkoholu, co wyglądałoby całkiem wiarygodnie, lecz miałem ogromne, może przesadne zaufanie do policji mojego kraju, w początkowym projekcie zakładałem więc, że się przyznam do winy: uważałem, że filmy będą stanowić dostateczną okoliczność łagodzącą. Kodeks karny z tysiąc osiemset dziesiątego roku w artykule trzysta dwudziestym czwartym mówi: „zabójstwo popełnione przez jedno z małżonków na drugim nie jest wybaczalne (...), niemniej, w przypadku zdrady małżeńskiej, o której mowa w artykule trzysta trzydziestym szóstym, zabójstwo popełnione przez jedno z małżonków na drugim oraz na wspólniku tego ostatniego, o ile para została zaskoczona in flagranti w domu rodzinnym, uchodzi za uzasadnione". Inaczej mówiąc, gdybym w dniu tamtej imprezy wparował do domu z kałachem, a żylibyśmy w czasach Napoleona, bez problemu zostałbym uniewinniony. Tyle że nie żyliśmy już w czasach Napoleona ani nawet *Rozwodu po włosku*, a w wyniku szybkiego wyszukiwania w sieci ustaliłem, że średnia kara za zabójstwo w afekcie popełnione na współmałżonku wynosi siedemnaście lat mamra; niektóre feministki chcą pójść jeszcze dalej, domagają się orzekania surowszych kar poprzez wprowadzenie do kodeksu karnego pojęcia „feminicydu", co wydało mi się dość zabawne, przywodząc na myśl insektycyd lub pestycyd. Uznałem, że siedemnaście lat to jednak przesada.

Z drugiej strony pomyślałem, że życie w więzieniu nie musi być wcale takie złe, znikają wszelkie kłopoty administracyjne, człowiek ma zapewnioną pełną opiekę medyczną, natomiast podstawowa niedogodność polega na ciągłym byciu bitym i sodomizowanym przez współwięźniów, chociaż, jak się nad tym zastanowić, może ofiarami padają głównie pedofile upokarzani i gwałceni przez kolegów z celi lub młode śliczne chłopaczki z anielskimi tyłeczkami, delikatni światowcy, którzy głupio wpadli za jedną ścieżkę koksu; ja byłem krępy, umięśniony i niestroniący od alkoholu, czyli odpowiadałem profilowi przeciętnego pensjonariusza zakładu karnego. *Upokarzani i gwałceni* to niezły tytuł, taka szmirowata wersja Dostojewskiego, chyba zresztą Dostojewski napisał o świecie zakładów karnych coś, co dałoby się przerobić, tyle że nie miałem czasu na sprawdzanie, musiałem podjąć szybką decyzję, a wydawało mi się, że facet, który zabił kobietę, by „pomścić swój honor", powinien się cieszyć pewnym szacunkiem współwięźniów, przynajmniej tak mi podpowiadała moja słaba znajomość psychologii więziennego świata.

Z trzeciej strony pewne sprawy w świecie ludzi wolnych raczej lubiłem, na przykład wycieczki do supermarketu G20, gdzie mieli czternaście odmian humusu, lub spacery po lesie; jako dziecko bardzo lubiłem spacerować po lesie, powinienem robić to częściej, niepotrzebnie straciłem kontakt ze swoim dzieciństwem, w sumie dłuższy pobyt za kratkami nie był może najlepszym rozwiązaniem, ale chyba przeważył humus. Nie zapominając, rzecz jasna, o moralnych aspektach morderstwa.

O dziwo, rozwiązanie pojawiło mi się przed oczami przy oglądaniu Public Sénat – kanału, po którym nie spodziewałem się niczego szczególnego, a już zwłaszcza czegoś takiego. Dokument pod tytułem *Zaginieni z własnej woli* odtwarzał losy różnych osób, które pewnego dnia zupełnie nieoczekiwanie postanowiły zerwać wszelkie więzi z rodziną, przyjaciółmi, pracą zawodową: w poniedziałkowy poranek facet w drodze do biura porzuca samochód na dworcowym parkingu i wsiada do pierwszego lepszego pociągu, zdając się na los szczęścia, jeśli chodzi o wybór stacji końcowej; inny wychodzi z przyjęcia i zamiast wrócić do domu, wynajmuje pokój w najbliższym hotelu, a przez następne pół roku błąka się po paryskich hotelach, co tydzień zmieniając adres.

Liczby robiły wrażenie: każdego roku we Francji ponad dwanaście tysięcy osób dobrowolnie znika, porzuca rodzinę i zaczyna nowe życie, czasem na drugim końcu świata, czasem nie opuściwszy własnego miasta. Byłem zafascynowany i resztę nocy spędziłem w internecie, chcąc się dowiedzieć czegoś więcej w przekonaniu, że oto spotkałem się ze swoim przeznaczeniem: ja również zostanę zaginionym z własnej woli, zresztą mój przypadek był nadzwyczaj prosty, nie musiałem uciekać od żony i rodziny, od żadnej spójnej komórki społecznej, jedynie od cudzoziemskiej konkubiny, niemającej żadnego prawa, by mnie ścigać. Wszystkie artykuły w internecie podkreślały natomiast jedną sprawę, wyraźnie zaznaczoną też w dokumencie: we Francji każda pełnoletnia osoba ma prawo „swobodnie się przemieszczać", a porzucenie rodziny nie stanowi przestępstwa. Zdanie to należałoby wyryć wielkimi literami na wszystkich gmachach publicznych: we Francji porzucenie rodziny nie stanowi przestępstwa. Wszyscy wysuwali to na pierwszy plan i dokumentowali imponującymi dowodami: jeśli osoba uznana za zaginioną zostanie skontrolowana przez policję lub żandarmerię, obie służby mają kategoryczny zakaz przekazywania komukolwiek nowego adresu danej osoby bez jej wyraźnej zgody; w dwa tysiące trzynastym roku zniesiono procedurę poszukiwania w interesie rodziny. Niesamowite, że w kraju, w którym swobody obywatelskie z roku na rok ograniczano, ustawodawstwo zachowało tę jedną, fundamentalną, a nawet w moim przekonaniu bardziej fundamentalną i filozoficznie bardziej niepokojącą niż prawo do samobójstwa.

Przez całą noc nie spałem, a od świtu podjąłem stosowne działania. Nie mając w głowie żadnego określonego celu, uznałem, że los skieruje mnie gdzieś na wieś, wybrałem więc Crédit Agricole. Konto otworzyli mi natychmiast, ale na dostęp internetowy i książeczkę czekową musiałem poczekać tydzień. Zamknięcie konta w BNP zajęło mi jakiś kwadrans, a przelew pozostałych środków na nowe konto zrobiono od razu. Przeniesienie stałych zleceń, które chciałem utrzymać (ubezpieczenie auta, ubezpieczenie zdrowotne), wymagało zaledwie kilku maili. Z mieszkaniem zeszło mi trochę więcej czasu, wymyśliłem historyjkę o nowej pracy w Argentynie, w rozległej winnicy leżącej w prowincji Mendoza, a wszyscy w agencji uznali, że to fantastyczna okazja; zawsze, kiedy ktoś mówi o wyjeździe z Francji, wszyscy uważają to za fantastyczną okazję, tacy już są Francuzi, nawet jeśli chodzi o przeprowadzkę do Grenlandii, uważają, że to fantastyczna okazja, więc co dopiero Argentyna, a gdyby chodziło o Brazylię, to wszyscy pracownicy agencji padliby chyba na podłogę z wrażenia. Umowę wynajmu mieszkania mogłem rozwiązać z dwumiesięcznym okresem wypowiedzenia, za te dwa miesiące postanowiłem zapłacić przelewem, zaś co do kontroli stanu mieszkania, i tak nie mogłem być obecny, ale nie było to konieczne.

Pozostawała kwestia pracy. Pracowałem w Ministerstwie Rolnictwa na kontrakcie odnawianym co roku na początku sierpnia. Szef mojego działu był zdziwiony, że dzwonię w czasie urlopu, ale zgodził się ze mną spotkać tego samego dnia. W przypadku tego akurat człowieka, znakomitego znawcy problematyki rolnej, postanowiłem się uciec do jakiegoś bardziej wyszukanego kłamstwa, choć ogólnie opartego na pierwszym. Wymyśliłem więc historyjkę o posadzie doradcy do spraw „eksportu produktów rolnych" przy ambasadzie Argentyny. „Ach, Argentyna..." – westchnął ponuro. Od kilku lat argentyński eksport produktów rolnych dosłownie eksplodował we wszystkich dziedzinach, a był to dopiero początek: eksperci uważali, że licząca czterdzieści cztery miliony mieszkańców Argentyna może wyżywić sześćset milionów ludzi, co nowy rząd świetnie zrozumiał; dewaluując peso, te skurwiele zaleją Europę swoimi produktami, a do tego nie mają żadnych ograniczeń w zakresie GMO, więc zasadniczo mieliśmy przechlapane.

– Ich mięso jest przepyszne – zauważyłem pojednawczym tonem.

– Gdyby chodziło tylko o mięso... – westchnął szef działu, coraz bardziej pochmurniejąc.

Zboża, soja, słonecznik, cukier, orzechy arachidowe, owoce, rzecz jasna mięso, ale i mleko: oto dziedziny, w których Argentyna mogła naprawdę zrobić kuku Europie, i to całkiem niedługo.

– A więc przechodzi pan na stronę wroga... – skonkludował pozornie beztroskim tonem, naznaczonym jednak goryczą, a ja ostrożnie przemilczałem jego słowa. – Należy pan do naszych najlepszych ekspertów, zapewne ich propozycja jest finansowo interesująca – dodał głosem pozwalającym się spodziewać rychłego wybuchu, więc i teraz uznałem, że lepiej nie odpowiadać, spróbowałem tylko zrobić minę wskazującą, że ma rację, przykro mi, współczuję mu i skromnie powstrzymam się od odpowiedzi; w sumie taka mina nie miała prawa się udać.

– No dobrze... – powiedział i postukał palcami po stole.

Tak się złożyło, że byłem na urlopie, który się kończył równo z upływem okresu mojego kontraktu; technicznie rzecz biorąc, nie miałem już po co wracać. Szef był trochę zdezorientowany, trochę zaskoczony, ale pewnie nie zdarzyło mu się to po raz pierwszy. Ministerstwo Rolnictwa nieźle płaci swoim pracownikom kontraktowym, o ile mają wystarczające kompetencje operacyjne, znacznie lepiej niż pracownikom etatowym, ale oczywiście nie jest w stanie dorównać płacom w sektorze prywatnym ani nawet w ambasadzie innego kraju, o ile ta postanowiła wdrożyć plan zdobycia danego rynku, jej budżet jest wówczas prawie nieograniczony; pamiętam kolegę z roku, któremu ambasada Stanów Zjednoczonych zaproponowała kokosy, zawiódł zresztą na całej linii, wina kalifornijskie wciąż kiepsko się sprzedawały we Francji, a wołowina ze Środkowego Zachodu nikogo nie rzuciła na kolana w przeciwieństwie do wołowiny argentyńskiej, sam nie wiem dlaczego, konsument to kapryśny ptaszek, znacznie bardziej kapryśny od krowy, niektórzy doradcy do spraw komunikacji odtworzyli jednak całkiem wiarygodny scenariusz: według nich wizerunek kowboja był już nadmiernie wyeksploatowany, wszyscy wiedzieli, że Środkowy Zachód to jakieś dziwaczne terytorium zastawione fabrykami mięsa, a codzienny popyt na burgery jest w Ameryce stanowczo za duży, bądźmy realistami, nikt by go nie zaspokoił, łapiąc krowy na lasso. Natomiast wizerunek *gaucho* (czy latynoskie fantazje nie grały tu pewnej roli?) nadal pobudzał wyobraźnię europejskiego konsumenta, który oczami duszy widział prerie po horyzont, dumne i wolne zwierzęta galopujące po pampasach (warto by tylko sprawdzić, czy krowy galopują), tak czy owak przed wołowiną argentyńską ścieliła się nadzwyczaj obiecująca przyszłość.

W ostatniej chwili, zanim od niego wyszedłem, mój były już szef działu uścisnął mi dłoń i odważnie życzył powodzenia na nowej drodze życia zawodowego. Zgarnięcie rzeczy z własnego gabinetu zajęło mi najwyżej dziesięć minut. Była szesnasta: w ciągu mniej niż jednego dnia przeorganizowałem całą swoją egzystencję.

Bez większych kłopotów zlikwidowałem ślady swojego dotychczasowego życia społecznego, z internetem wszystko było łatwiejsze, wszystkie faktury, deklaracje podatkowe i inne formalności można już było załatwiać drogą elektroniczną, adres pocztowy stał się zbędny, wystarczyło mieć adres e-mail. Pozostawało jeszcze ciało, które miało pewne potrzeby, a najtrudniejsze w tej mojej ucieczce było znaleźć hotel akceptujący palaczy. Musiałem wykonać ze sto telefonów, za każdym razem narażając się na triumfalną pogardę telefonistki, która odczuwała niemal namacalną przyjemność i złośliwą satysfakcję, odpowiadając: „Nie, proszę pana, to niemożliwe, nasz hotel przyjmuje tylko niepalących gości, dziękujemy za skontaktowanie się z nami", w każdym razie dwa dni spędziłem na poszukiwaniach i dopiero o świcie trzeciego dnia, kiedy poważnie zastanawiałem się nad przejściem na status bezdomnego (bezdomny mający siedemset tysięcy euro na koncie to zjawisko oryginalne, a nawet niepozbawione pewnej pikanterii), przypomniałem sobie nagle hotel Mercure Marais Poitevin w Niort, gdzie jeszcze niedawno przyjmowano palaczy – może to dawało jakieś szanse.

Po kilkugodzinnym przeszukiwaniu internetu dowiedziałem się, że choć niemal wszystkie hotele Mercure w Paryżu są w całości przeznaczone dla niepalących, zachowało się jednak kilka wyjątków. Tak więc wyzwolenie miało nadejść nie ze strony jakiegoś hotelu spoza znanych sieci, ale dzięki wstrętowi podwładnego do poleceń wydawanych przez przełożonego, dzięki czemuś na kształt niesubordynacji, buntu indywidualnego sumienia, który został już wielokrotnie opisany w egzystencjalistycznych sztukach teatralnych powstałych zaraz po drugiej wojnie światowej.

Hotel mieścił się przy avenue de la Sœur-Rosalie w trzynastej dzielnicy, niedaleko placu d'Italie, nie znałem ani tej ulicy, ani tej siostrzyczki, ale plac d'Italie mi odpowiadał, był wystarczająco daleko od Beaugrenelle, mała szansa, że przypadkiem natknę się na Yuzu, która nie opuszczała okolicy Marais i Saint-Germain, plus kilka niegrzecznych imprez w szesnastej lub siedemnastej dzielnicy Paryża i na tym koniec jej wędrówek po mieście, przy placu d'Italie byłem równie spokojny jak w Vesoul czy Romorantin.

Wyjazd zaplanowałem na poniedziałek pierwszego sierpnia. Trzydziestego pierwszego lipca wieczorem zasiadłem w salonie, czekając na powrót Yuzu. Zastanawiałem się, ile czasu będzie potrzebowała, by zrozumieć, co się dzieje, by sobie uzmysłowić, że odchodzę na dobre i nigdy nie wrócę. Tak czy owak jej dalszy pobyt we Francji był uwarunkowany dwumiesięcznym okresem wypowiedzenia umowy wynajmu mieszkania. Nie miałem pojęcia, ile zarabia w Japońskim Ośrodku Kultury, ale na pewno nie tyle, żeby opłacać czynsz, a nie bardzo potrafiłem sobie wyobrazić, żeby się przeprowadziła do jakiejś nędznej kawalerki, musiałaby się pozbyć trzech czwartych ciuchów i kosmetyków, bo chociaż garderoba i łazienka w sypialni małżeńskiej były duże, zdołała zapełnić wszystkie szafy po sam czubek, a ilość rzeczy, które uważała za niezbędne dla podtrzymania swojego statusu kobiety, była wprost powalająca, kobiety zazwyczaj nie wiedzą, że mężczyźni bardzo tego nie lubią, a nawet ich to brzydzi, wzbudzając w nich podejrzenie, że nabyli produkt sfałszowany, którego uroda daje się utrzymać jedynie przy użyciu najróżniejszych sztuczek, szybko przez mężczyznę uznawanych za niemoralne (niezależnie od początkowej wyrozumiałości, jaką macho okazuje wobec znanych kobiecych przywar), tak czy owak spędzała w łazience wprost niebywale dużo czasu, z czego zdałem sobie sprawę podczas naszych wspólnych wakacji: obliczyłem, że między poranną toaletą (koło południa), lekkimi poprawkami w połowie popołudnia a niekończącym się, doprowadzającym mnie do szału ceremoniałem wieczornej kąpieli (jak mi kiedyś wyznała, używała osiemnastu różnych toników, kremów i balsamów) poświęcała tym zabiegom sześć godzin dziennie, co było tym bardziej nieprzyjemne, że nie wszystkie kobiety są takie, znałem kontrprzykłady, przeszył mnie rozdzierający smutek na wspomnienie szatynki z El Alquián i jej minimalistycznego bagażu, niektóre kobiety sprawiają wrażenie bardziej naturalnych, naturalniej dopasowanych do świata, czasem potrafią nawet udawać obojętność wobec własnej urody, co stanowi oczywiście kolejne oszustwo, ale przynosi oczekiwane rezultaty, na przykład Camille spędzała w łazience maksymalnie pół godziny dziennie i byłem pewien, że z szatynką z El Alquián byłoby dokładnie tak samo.

Nie mogąc opłacać czynszu, Yuzu będzie skazana na powrót do Japonii, chyba że postanowi się prostytuować, do czego bez wątpienia miała kwalifikacje, jej usługi seksualne stały na bardzo wysokim poziomie, zwłaszcza w kluczowej dziedzinie robienia loda, bardzo starannie wylizywała żołądź, nigdy nie tracąc z pola widzenia jąder, brakowało jej jedynie głębokiego gardła ze względu na niewielkie usta, ale moim zdaniem głębokie gardło to tylko obsesja jakiejś maniakalnej mniejszości; jeśli facet chce, żeby jego fiut był całkowicie otoczony ciałem, wystarczy go wsadzić do cipki, w końcu do tego została stworzona, a przewaga, jaką mają usta dzięki językowi, i tak znika w zamkniętym świecie głębokiego gardła, gdzie język *ipso facto* zostaje pozbawiony możliwości działania, zresztą nie ma co się spierać, faktem jest, że Yuzu obciągała nieźle, chętnie i w dowolnych okolicznościach (ileż moich podróży samolotem zostało uprzyjemnionych jej zaskakującymi obciągankami!), ale naprawdę wyjątkowe talenty miała w dziedzinie stosunków analnych, jej tyłeczek był bardzo zapraszający i łatwo dostępny, wystawiała go zresztą z cudowną chęcią, a przy seksie analnym u prostytutek zawsze obowiązuje dodatkowa opłata, prawdę mówiąc, za stosunek analny mogła żądać znacznie więcej niż zwykła dziwka, jej prawdopodobną stawkę oceniałem na siedemset euro za godzinę i pięć tysięcy za noc; autentyczna elegancja i ograniczony, acz wystarczający poziom kultury czyniły z niej idealną *escort girl*, którą bez trudu można zabrać do restauracji, nawet na ważną kolację biznesową, nie wspominając już o jej pracy w Japońskim Ośrodku Kultury, źródle ciekawych konwersacji; jak wiadomo, środowiska biznesowe przepadają za rozmowami o sztuce, wiedziałem zresztą, że niektórzy moi koledzy z ministerstwa podejrzewają, że właśnie dlatego związałem się z Yuzu, wszystkie Japonki z definicji uchodzą przecież za dziewczyny z klasą, ale ona – co mogę powiedzieć bez cienia fałszywej skromności – miała wybitną klasę, wiem, że mnie za to podziwiano, i potwierdzam to w pełnej rozciągłości, a na zakończenie dodam szczerze, bo już definitywnie straciłem ochotę na opowiadanie kłamstw, że zadurzyłem się w Yuzu nie ze względu na jej zalety jako luksusowej *escort girl*, ale po prostu ze względu na jej talenty zwykłej kurewki.

W rzeczywistości jednak nie wierzyłem, że Yuzu zostanie kurwą. W przeszłości często chadzałem na kurwy, czasem sam, czasem w towarzystwie kobiet, z którymi aktualnie dzieliłem życie, i uważałem, że Yuzu brakuje podstawowej cechy niezbędnej do uprawiania tego wspaniałego zawodu: hojności. Kurwa z zasady nie wybiera sobie klientów, to niepodważalny aksjomat, lecz daje rozkosz wszystkim bez różnicy i tym sposobem osiąga wielkość.

Yuzu mogła się znajdować w centrum gangbangów, ale to sytuacja szczególna, kiedy wielość kutasów na jej usługach wprawia kobietę w stan narcystycznego upojenia, przy czym bez wątpienia najbardziej podniecające to być otoczoną mężczyznami, którzy trzepią konia w oczekiwaniu na swoją kolej, zainteresowanych odsyłam do książki *Życie seksualne Catherine M.* autorstwa Catherine Millet, która znakomicie opisuje ten temat, w każdym razie poza gangbangami Yuzu sama wybierała sobie kochanków, wybierała ich nadzwyczaj starannie, kilku z nich miałem okazję poznać, zazwyczaj byli to artyści (ale nie artyści wyklęci, raczej wręcz przeciwnie), niekiedy decydenci do spraw kultury, w każdym razie raczej młodzi, raczej przystojni, raczej eleganccy i raczej bogaci, czyli całkiem spory krąg ludzi w takim mieście jak Paryż, gdzie kilka tysięcy facetów odpowiada tej charakterystyce, powiedziałbym, że może nawet jakieś piętnaście tysięcy, z czego ona na pewno zaliczyła kilkuset, w tym kilkudziesięciu podczas trwania naszego związku, ogólnie rzecz biorąc, można powiedzieć, że nieźle się bawiła w czasie swojego pobytu we Francji, no ale teraz skończyło się i po balu, panno Lalu.

Ani razu podczas trwania naszego związku nie była w Japonii ani nie miała zamiaru się tam wybrać, byłem świadkiem paru jej rozmów telefonicznych z rodzicami, wydawały mi się chłodne i formalne, w każdym razie krótkie, więc przynajmniej w tym względzie nie naraziła mnie na koszty. Podejrzewałem (nie zwierzała mi się, lecz okruchy prawdy wypłynęły podczas kolacji, które urządzaliśmy na początku naszej znajomości, kiedy jeszcze chcieliśmy mieć przyjaciół i żyć w wyrafinowanym, ciepłym i wymagającym kręgu społecznym, otóż prawda częściowo wypłynęła, gdyż inne kobiety, które Yuzu uważała za należące do tej samej sfery co ona, na przykład projektantki mody lub łowczynie talentów, również bywały na tych kolacjach, a ich obecność pozytywnie wpływała na jej wybuchy szczerości), otóż podejrzewałem, że jej rodzice w odległej i nieokreślonej Japonii wiążą z nią pewne plany matrymonialne, a nawet bardzo konkretne plany matrymonialne (ponoć było tylko dwóch możliwych pretendentów, a może wręcz jeden), z których ona z trudem będzie mogła się wykręcić lub nawet wcale nie będzie mogła, / 65 gdy tylko wróci pod kuratelę rodziców, chyba że postanowiłaby stworzyć *kanji* i znaleźć się w sytuacji *hiroku* (słowa trochę wymyślam, choć może nie do końca, bo pamiętam kombinacje dźwięków pojawiające się w jej rozmowach telefonicznych z rodzicami), tak czy owak jej los będzie przypieczętowany w chwili, gdy Yuzu postawi stopę na międzynarodowym lotnisku Narita w Tokio.

Takie jest życie.

Może na tym etapie powinienem powiedzieć parę słów o miłości, raczej adresowanych do kobiet, gdyż kobiety słabo rozumieją, czym dla mężczyzn jest miłość, nieustannie są skonsternowane ich postawą i zachowaniami, a czasem dochodzą do błędnego wniosku, jakoby mężczyźni byli niezdolni do miłości, rzadko zdając sobie sprawę, że to samo słowo dla mężczyzn i dla kobiet odnosi się do zupełnie innej rzeczywistości.

U kobiety miłość to twórcza, tektoniczna potęga, kobieca miłość należy do najbardziej wstrząsających zjawisk naturalnych, jakie przyroda jest w stanie roztoczyć przed naszymi oczami, to spektakl, który trzeba oglądać w poczuciu trwogi, to energia na miarę trzęsienia ziemi lub tsunami, źródło innego ekosystemu, innego środowiska, innego uniwersum, swoją miłością kobieta stwarza całkiem nowy świat; jakieś wegetujące w samotności stworzenia taplały się w swojej niepewnej egzystencji, aż pojawiła się kobieta i stworzyła

warunki do powstania pary, nowej komórki społecznej,

uczuciowej i genetycznej, której przeznaczeniem jest usunięcie wszelkich śladów poprzednich stworzeń, i ta nowa komórka jest, jak zauważył Platon, doskonała w swojej istocie, niekiedy może się przekształcić w rodzinę, ale to właściwie detal w przeciwieństwie do tego, co sądził Schopenhauer, w każdym razie kobieta w pełni się oddaje temu zadaniu, zużywa się w nim i poświęca – jak to mówią – całym ciałem i duszą, zresztą dla niej ta różnica między ciałem a duszą nie jest zbyt istotna, to tylko męskie dzielenie włosa na czworo bez żadnych konsekwencji. Temu zadaniu, które w sumie żadnym zadaniem nie jest, ponieważ to jedynie czysty przejaw instynktu życiowego, kobieta bez namysłu potrafiłaby poświęcić życie.

Mężczyzna z założenia ma w sobie więcej rezerwy, podziwia i szanuje tę eksplozję uczuć, choć nie w pełni ją rozumie, a całe to zawracanie głowy uważa za nieco dziwaczne. Stopniowo jednak zmienia się, pozwala się zassać stworzonemu przez kobietę kłębowisku namiętności i rozkoszy, a dokładniej mówiąc, uznaje bezwarunkową i czystą wolę kobiety i rozumie, że jej wola – nawet jeśli kobieta domaga się hołdu w postaci częstych, najchętniej codziennych penetracji waginalnych jako warunku koniecznego, by ta wola się objawiła – jest wolą z samej swej natury dobrą, gdzie fallus, właściwe jądro jej istnienia, zmienia status, stając się również warunkiem narodzin miłości, jako że mężczyzna nie posiada innych środków wyrazu i tym przedziwnym sposobem szczęście fallusa staje się dla kobiety celem samym w sobie, który nie toleruje żadnych

ograniczeń co do stosowanych metod. Niezwykła rozkosz dawana mu przez kobietę stopniowo zmienia mężczyznę, który żywi do niej wdzięczność i podziw, jego
wizja świata ulega transformacji, mężczyzna w sposób
dla siebie samego nieoczekiwany dochodzi do kan-
towskiego wymiaru s z a c u n k u, aż w końcu zaczyna
patrzeć na świat inaczej, życie bez kobiety (a dokładniej bez tej kobiety, która mu daje tyle rozkoszy) staje się naprawdę niemożliwe, jest jak karykatura życia,
i w tym momencie mężczyzna zaczyna naprawdę kochać. U mężczyzny miłość jest więc zakończeniem, speł-
nieniem, a nie jak u kobiety początkiem, narodzinami,
i warto mieć to na względzie.

Rzadko, ale zdarza się czasami u mężczyzn wyjątkowo wrażliwych i obdarzonych bogatą wyobraźnią,
że miłość pojawia się od pierwszej chwili, czyli *love at
first sight* absolutnie nie jest mitem; wówczas jednak
mężczyzna poprzez niesłychany wysiłek antycypacji od
razu wyobraża sobie wszystkie rozkosze, które kobieta
może mu dać w ciągu następnych lat (jak to się mówi:
dopóki śmierć ich nie rozłączy), zaś on już (i od-zawsze-
-już, jak powiedziałby Heidegger w dniach dobrego nastroju) ujrzał chwalebny koniec, i to właśnie tę chwa-
lebną nieskończoność wspólnych rozkoszy zobaczyłem
w spojrzeniu Camille (ale do Camille jeszcze wrócę),
a także w bardziej przypadkowy sposób (a zarazem
z mniejszą siłą, tyle że byłem przecież o dziesięć lat
starszy, w chwili naszego spotkania seks zdążył całkowicie zniknąć z mojego życia, nie zajmował już w nim
żadnego miejsca, byłem zrezygnowany, właściwie nie

byłem już mężczyzną) w spojrzeniu zbyt krótko wymienionym z szatynką z El Alquián, z wiecznie bolesnym wspomnieniem szatynki z El Alquián, zapewne ostatniej możliwości szczęścia, jaką życie postawiło na mej drodze.

Niczego takiego nie przeżyłem z Yuzu, zdobywała mnie stopniowo, a i to sposobami, które można uznać za drugorzędne, należące do dziedziny powszechnie uznawanej za perwersję, przede wszystkim swoim bezwstydem, swoją umiejętnością masturbowania mnie (oraz masturbowania siebie) w dowolnych okolicznościach, o reszcie nie miałem pojęcia, widywałem w swoim życiu ładniejsze cipki, jej cipka była trochę zbyt skomplikowana, miała zbyt wiele fałdek (mimo młodego wieku można by ją nawet pod pewnymi względami uznać za sflaczałą), z perspektywy czasu najlepszy wydaje mi się jej tyłeczek, nieustanna dyspozycyjność jej tyłeczka, niby wąskiego, ale jakże zapraszającego, człowiek bez przerwy miał przed sobą wybór spośród trzech otworów, a która kobieta może się pochwalić takimi możliwościami? Z drugiej zaś strony jak w ogóle można uważać za kobiety te, które nie mogą się pochwalić takimi możliwościami?

Ktoś mógłby mi zarzucić, że zbyt dużą wagę przywiązuję do seksu, jednak nie sądzę. Nawet mając świadomość, że z czasem, w normalnie przebiegającym życiu inne radości stopniowo zajmują jego miejsce, seks pozostaje jedyną aktywnością, w której człowiek osobiście i bezpośrednio angażuje swoje organy, a więc przejście przez seks, przez intensywny seks jest nieodzowne, /69 by nastąpiło miłosne złączenie, bez niego nic nie jest możliwe, a cała reszta zazwyczaj łagodnie z niego wynika. I coś jeszcze: otóż seks jest momentem niebezpiecznym, w którym człowiek naprawdę gra o wysoką stawkę. I nie chodzi mi o AIDS, choć ryzyko śmierci potrafi dodać autentycznego pieprzyku, lecz raczej o prokreację stanowiącą znacznie poważniejsze zagrożenie, ze swojej strony we wszystkich związkach bardzo szybko rezygnowałem z używania prezerwatywy; prawdę mówiąc, brak prezerwatywy stał się warunkiem koniecznym, by pojawiło się pożądanie, w którym istotną rolę odgrywał strach przed poczęciem; dobrze wiedziałem, że jeśli nieszczęśliwym zbiegiem okoliczności zachodni świat zdoła skutecznie oddzielić prokreację od seksu (jak czasami przychodziło mu do głowy), pogrąży nie tylko prokreację, ale i seks, a tym samym pogrąży sam siebie, katoliccy identytaryści dobrze to przewidzieli, nawet jeśli ich poglądy zawierały dziwaczne aberracje etyczne, choćby na przykład opory przed tak niewinnymi praktykami jak triolizm lub sodomia, a tymczasem, sącząc kolejne kieliszki koniaku w oczekiwaniu na Yuzu, która przecież nie była katoliczką, a tym bardziej katolicką identytarystką, czułem, że coraz bardziej plącze mi się w głowie, była już dziesiąta wieczorem, nie miałem zamiaru przesiedzieć tak całej nocy, z drugiej strony trochę mi było głupio odchodzić, nie zobaczywszy się z nią ostatni raz; aby zabić czas, zrobiłem sobie kanapkę z tuńczykiem, koniak mi się skończył, ale miałem jeszcze butelkę calvadosu.

Dzięki calvadosowi moje rozważania stawały się coraz głębsze, calvados jest alkoholem mocnym, pełnym i niesłusznie zapomnianym. Zdrady (mówiąc delikatnie) Yuzu sprawiły mi oczywiście przykrość, moja męska pycha doznała uszczerbku, ale najgorsze było podejrzenie, że wszystkie inne kutasy lubi tak samo jak mojego; oto pytanie, które w takich momentach mężczyźni zawsze sobie zadają, więc ja również je sobie postawiłem, po czym niestety musiałem na nie odpowiedzieć twierdząco; nie da się ukryć, że nasza miłość została tym faktem zbrukana, a komplementy pod adresem mojego fiuta, które na początku naszej znajomości tak mnie wbijały w dumę (wygodny, nieprzesadnych rozmiarów, wyjątkowo niestrudzony), widziałem teraz w innym świetle, jako wynik chłodnej obiektywnej oceny, sformułowanej raczej na skutek częstego zadawania się z wieloma fiutami niż lirycznej emanacji rozgrzanego miłosnym uniesieniem umysłu zakochanej kobiety, co – muszę przyznać z pokorą – bardziej by mi odpowiadało; nie miałem jakichś szczególnych ambicji w odniesieniu do własnego kutasa, wystarczyłoby mi wiedzieć, że jest kochany, a ja również bym go kochał; oto jak wyglądała moja sytuacja względem własnego kutasa.

Jednak to nie w tym momencie moja miłość do niej definitywnie zgasła, lecz w sytuacji pozornie bardziej błahej, a w każdym razie zdecydowanie krótszej: wymiana zdań między nami, która nastąpiła po jednej z jej rozmów telefonicznych z rodzicami, potrwała najwyżej minutę. Dzwoniła do nich co dwa tygodnie, tym razem wspomniała coś o swoim powrocie do Japonii, nie miałem co do tego wątpliwości, naturalnie zapytałem, o co chodzi, ale jej odpowiedź zabrzmiała uspokajająco, jeszcze długo nie miała zamiaru wracać, w każdym razie nie będzie to moje zmartwienie, i wtedy zrozumiałem, w ułamku sekundy zrozumiałem, oślepiający błysk białego światła odebrał mi jasność myślenia, po chwili wróciłem do normalnego stanu, zabrałem się do krótkiego przesłuchania, które natychmiast potwierdziło moje pierwotne podejrzenie: w ramach idealnego planu na życie już rozważała swój powrót do Japonii, jednak nie teraz, lecz za dwadzieścia, może trzydzieści lat, a konkretnie zaraz po mojej śmierci, czyli w swoim planie na życie uwzględniła moją śmierć, wzięła ją pod uwagę.

Zareagowałem w sposób zapewne nieracjonalny, Yuzu była ode mnie młodsza o dwadzieścia lat, można więc było zakładać, że mnie przeżyje, i to znacznie, ale bezwarunkowa miłość uważa takie zdarzenia za niemożliwe, a nawet kategorycznie je wypiera, bezwarunkowa miłość jest zbudowana właśnie na tej niemożności, na tym wyparciu, i w tej fazie nie ma znaczenia, czy ową miłość pieczętuje wiara w Chrystusa, czy wiara w opracowywany przez Google'a projekt nieśmiertelności, w przypadku bezwarunkowej miłości ukochany człowiek nie może umrzeć, z definicji jest nieśmiertelny, realizm Yuzu świadczył o braku miłości i to kalectwo, ten brak miały charakter definitywny, w ułamku sekundy wyszła z ram miłości romantycznej i bezwarunkowej, by wejść w ramy układu, od tej chwili wiedziałem, że

wszystko skończone, nasz związek się rozpadł, należy

więc wszystkie sprawy jak najszybciej doprowadzić do końca, bo nigdy już nie będę odnosić wrażenia, że mam u swego boku kobietę, ale raczej tarantulę, która wysysa ze mnie życiodajne płyny, chociaż pozornie wygląda jak kobieta, ma piersi, ma tyłeczek (o którego zaletach miałem już okazję wspomnieć), nawet cipkę (wobec której wyraziłem pewne zastrzeżenia), lecz to wszystko straciło jakiekolwiek znaczenie, w moich oczach stała się tarantulą, jadowitym pająkiem, który dzień po dniu wstrzykiwał we mnie paraliżującą, śmiertelną truciznę, musi więc jak najszybciej zniknąć z mojego życia.

Butelka calvadosu też się skończyła, już dawno minęła jedenasta, może w sumie najlepszym rozwiązaniem byłoby wyjść, wcale się z nią nie spotykając. Podszedłem do okna: zapewne ostatni tego dnia stateczek turystyczny zawracał u krańca Wyspy Łabędziej; w tej właśnie chwili zdałem sobie sprawę, że bardzo szybko zapomnę o Yuzu.

Kiepsko spałem tej nocy, miałem nieprzyjemne sny, w których omal nie spóźniałem się na samolot, co zmuszało mnie do różnych niebezpiecznych działań, jak skok z ostatniego piętra wieżowca Totem, by spróbować dotrzeć na Roissy drogą powietrzną – chwilami musiałem machać ramionami, chwilami wystarczyło szybować, z trudem dawałem sobie radę, przy najmniejszym spadku koncentracji mogłem się rozbić o ziemię, miałem trudny moment nad Jardin des Plantes, gdzie moja wysokość spadła do kilku metrów i ledwo mi się udało nie wylądować w zagrodzie drapieżników. Interpretacja tego kretyńskiego, choć spektakularnego snu była absolutnie jasna: bałem się, że nie zdołam uciec.

Obudziłem się równo o piątej, miałem ochotę na kawę, ale nie mogłem ryzykować, hałasując w kuchni. Yuzu prawdopodobnie już wróciła. Niezależnie od tego, w jaki sposób spędzała wieczory, nigdy nie nocowała poza domem: zasnąć, nie wklepawszy w siebie osiemnastu kremów, toników i balsamów, było nie do pomyślenia. Pewnie już spała, ale piąta to trochę wcześnie, najmocniej spała koło siódmej, ósmej rano, musiałem więc poczekać. Zdecydowałem się na wczesną rejestrację w hotelu Mercure, pokój miał być do mojej dyspozycji od dziewiątej, na pewno gdzieś w pobliżu znajdę otwartą kafejkę.

Poprzedniego wieczoru spakowałem walizkę, więc przed wyjściem nie miałem już nic do roboty. Ze smutkiem stwierdziłem, że nie mam do zabrania żadnych osobistych pamiątek: żadnych listów, fotografii ani nawet książek, wszystko trzymałem na swoim macbooku, cienkim prostopadłościanie ze szczotkowanego aluminium, moja przeszłość ważyła tysiąc sto gramów. Uprzytomniłem sobie również, że przez dwa lata znajomości nie dostałem od Yuzu żadnego prezentu, absolutnie niczego.

A potem uprzytomniłem sobie coś jeszcze bardziej zaskakującego: poprzedniego wieczoru, wciąż na nowo przeżywając milczącą zgodę Yuzu na moją śmierć, na kilka minut zapomniałem o okolicznościach śmierci rodziców. Dla romantycznych kochanków pozostawało jeszcze trzecie rozwiązanie, niezależnie od hipotetycznej transhumanistycznej nieśmiertelności czy równie hipotetycznego nadejścia niebiańskiej Jerozolimy, rozwiązanie do natychmiastowego wprowadzenia w życie, niewymagające ani poważnych badań genetycznych, ani gorących modłów do Najwyższego – rozwiązanie, które dwadzieścia lat wcześniej wybrali moi rodzice.

Notariusz z Senlis, którego klientami byli wszyscy notable miasta, i absolwentka École du Louvre, która postanowiła zadowolić się rolą żony i matki: na pierwszy rzut oka moi rodzice nie sprawiali wrażenia ludzi mogących przeżyć szaloną historię miłosną. Jak wielokrotnie stwierdziłem, pozory rzadko mylą – tym razem jednak owszem.

W przeddzień swoich sześćdziesiątych czwartych urodzin mój ojciec, od kilku tygodni cierpiący na uporczywe bóle głowy, poszedł do naszego lekarza rodzinnego, który skierował go na tomografię komputerową. Trzy dni później ojciec dostał wyniki: na zdjęciach widać spory guz, ale na tym etapie trudno powiedzieć, czy to nowotwór, trzeba zrobić biopsję.

Tydzień później przyszły wyniki biopsji, które nie pozostawiały cienia wątpliwości: agresywny, szybko rozwijający się nowotwór, mieszanina glejaka wielopostaciowego i gwiaździaka anaplastycznego. Rak mózgu jest rzadki, ale bardzo często śmiertelny, przeżywalność po roku nie przekracza dziesięciu procent, a jego przyczyny pozostają nieznane.

Biorąc pod uwagę umiejscowienie guza, operacja nie wchodziła w grę; tylko chemoterapia i radioterapia przynosiły niekiedy dobre wyniki.

Warto zauważyć, że ani ojciec, ani matka nie uznali za stosowne poinformować mnie o zaistniałej sytuacji; dowiedziałem się o wszystkim przypadkiem, kiedy przyjechałem do Senlis z wizytą i zapytałem matkę o kopertę z laboratorium, którą zapomniała schować.

Inna sprawa, nad którą wiele później rozmyślałem: rodzice prawdopodobnie zdążyli podjąć decyzję, zanim ich odwiedziłem, może nawet zamówić truciznę przez internet.

Odnaleziono ich tydzień później leżących obok siebie na łożu małżeńskim. Ojciec, który zawsze się starał nie sprawiać ludziom kłopotów, wysłał do żandarmerii list informujący o ich zamiarze, a do koperty wsadził komplet kluczy.

Wzięli truciznę wcześnie wieczorem w czterdziestą rocznicę ślubu. Zgon nastąpił szybko, jak mnie zapewnił miły oficer żandarmerii – szybko, choć nie natychmiast; ich pozycja w łóżku wskazywała, że pragnęli do końca trzymać się za ręce, lecz w konwulsjach agonalnych ich dłonie rozłączyły się.

Nigdy nie stwierdzono, w jaki sposób zdobyli truciznę, matka skasowała całą historię wyszukiwania w domowym komputerze (to na pewno ona się tym zajęła, ojciec nie cierpiał informatyki i w ogóle wszystkiego, co choćby z daleka przypominało postęp technologiczny; dopóki mógł, nie zgadzał się na zakup komputera do kancelarii, wszystkim zresztą zajmowała się jego sekretarka, bo on chyba nigdy w życiu nie dotknął klawiatury). Oczywiście, jak powiedział oficer żandarmerii, jeśli bardzo mi zależy, można odnaleźć ślady zamówienia, bowiem w chmurze nic nie ginie definitywnie, więc jest to możliwe, ale czy na pewno konieczne?

Nie wiedziałem, że można zostać pochowanymi we dwoje w jednej trumnie, istnieje tyle przepisów sanitarnych w każdej kwestii, że wszystko wydaje się zakazane, ale nie, najwyraźniej to akurat było możliwe, chyba że ojciec *post mortem* wykorzystał swoje znajomości, pisząc kilka listów; jak już mówiłem, znał większość grubych ryb w mieście, a nawet w całym departamencie, w każdym razie tak właśnie zostali pochowani, razem w jednej trumnie w północnym narożniku cmentarza w Senlis. W chwili śmierci matka miała pięćdziesiąt dziewięć lat i była zdrowa jak ryba. Ksiądz mnie trochę wkurzył swoim kazaniem, w którym opowiadał głodne kawałki o doskonałości miłości ziemskiej jako preludium do jeszcze większej doskonałości miłości Bożej, uważałem za nieprzyzwoite ze strony Kościoła katolickiego, że podejmuje próbę zawłaszczenia ludzi; stając wobec autentycznej miłości, ksiądz powinien się zamknąć, oto co miałem ochotę mu powiedzieć, zresztą co ten pajac mógł rozumieć z miłości, która łączyła moich rodziców? Sam nie byłem pewien, czy ją naprawdę rozumiem, w ich gestach i uśmiechach zawsze czułem coś wyłącznego i osobistego, do czego nigdy nie będę miał dostępu. Nie chcę przez to powiedzieć, że mnie nie kochali. Na pewno kochali, z każdego punktu widzenia byli wspaniałymi rodzicami, uważnymi, obecnymi, ale bez przesady, hojnymi w razie konieczności, była to jednak miłość innego rodzaju: zawsze pozostawałem poza magicznym kręgiem, który we dwójkę tworzyli (ich poziom porozumienia był naprawdę zaskakujący, jestem pewien, że przynajmniej dwa razy byłem świadkiem telepatycznej więzi, która ich łączyła). Nie mieli innych dzieci i pamiętam, jak po maturze, wy-

bierając się do klasy przygotowawczej na agronomię

w liceum Henryka IV, tłumaczyłem im, że Senlis jest słabo obsługiwane przez transport publiczny, byłoby więc wygodniej, gdybym wynajął pokój w Paryżu, i doskonale pamiętam ulotny, choć zauważalny, wyraz ulgi na twarzy matki; pierwsza myśl, która jej przyszła do głowy, to że wreszcie pozostaną we dwoje. Ojciec nawet nie próbował ukryć radości, natychmiast się do tego zabrał i tydzień później wprowadziłem się do aż nazbyt luksusowej kawalerki przy ulicy des Écoles, pięć minut piechotą od liceum, znacznie większej, jak się szybko zorientowałem, od pokoików, którymi musieli się zadowalać moi koledzy.

Dokładnie o siódmej rano wstałem i po cichutku przeszedłem przez salon. Masywne drzwi antywłamaniowe
otwierały się równie bezszelestnie jak drzwi od skarbca
bankowego.

Był pierwszy dzień sierpnia, samochodów w Paryżu
niezbyt wiele, więc nawet udało mi się zaparkować na
avenue de la Sœur-Rosalie, kilka metrów od wejścia do
hotelu. W przeciwieństwie do głównych osi tej części
miasta (avenue d'Italie, avenue des Gobelins, boulevard Auguste-Blanqui, boulevard Vincent-Auriol...),
które odchodząc od placu d'Italie, zbierały większość
ruchu samochodowego południowo-wschodnich dzielnic Paryża, avenue de la Sœur-Rosalie kończyła się po
pięćdziesięciu metrach na ulicy Abel-Hovelacque, która
również nie miała większego znaczenia dla ruchu. Nazwa „avenue" mogłaby w tym przypadku wyglądać na
uzurpację, gdyby nie jej zaskakująca, zupełnie zbędna
szerokość oraz porośnięty drzewami pas zieleni między pustymi w tej chwili jezdniami; w pewnym sensie

avenue de la Sœur-Rosalie bardziej przypominała jakąś

prywatną aleję czy pseudoaleję (Velázquez, Van Dyck, Ruysdael) na obrzeżach parku Monceau, było w niej coś luksusowego, a wrażenie to jeszcze narastało przy wejściu do hotelu Mercure – wielkiej bramie otwierającej się na ozdobiony posągami wewnętrzny dziedziniec, który bardziej pasowałby do luksusowego hotelu średniej kategorii. Było wpół do ósmej rano, a na placu d'Italie otwarto już trzy kafejki: Café de France, Café Margeride (serwującą specjalności z regionu Cantal, ale na specjalności z regionu Cantal było ciut za wcześnie) oraz Café O'Jules na rogu ulicy Bobillot. Mimo debilnej nazwy wybrałem tę ostatnią, gdyż jej właściciel wpadł na oryginalny pomysł, by przetłumaczyć *happy hours* na „szczęśliwe godziny"; byłem pewien, że Alain Finkielkraut zaaprobowałby mój wybór.

Na sam widok menu wpadłem w zachwyt i musiałem zrewidować złą opinię, jaką sobie wyrobiłem na podstawie nazwy: użycie imienia Jules pozwoliło na zgoła innowacyjne podejście do karty dań, w której kreatywność łączyła się z niosącą znaczenie kontekstualizacją, co dawało się dostrzec już w karcie sałatek: „Jules na Południu" (sałata, pomidor, jajko na twardo, krewetki, ryż, oliwki, anchois, papryka) sąsiadował w niej z „Jules'em w Norwegii" (sałata, pomidor, wędzony łosoś, krewetki, jajko w koszulce, tosty). Poczułem, że wkrótce (może już w południe) ulegnę wdziękom „Jules'a na fermie" (sałata, szynka, cantal, pieczone ziemniaczki, orzechy włoskie, jajko na twardo), chyba że bardziej mnie urzeknie „Jules pastuszek" (sałata, pomidor, kozi ser na ciepło, miód, smażone plastry bekonu).

Ogólnie rzecz biorąc, proponowane dania drwiły sobie z przestarzałych polemik, kładąc podwaliny pod pokojowe współistnienie kuchni tradycyjnej (zapiekana zupa cebulowa, filety ze śledzia z ziemniakami) i nowatorskiej gastronomii typu fusion (krewetki panko w salsa verde, bajgle z Aveyron). Podobne zamiłowanie do syntezy dawało się dostrzec w karcie koktajli, w której poza klasycznymi recepturami można było znaleźć kilka niezwykłych wynalazków, takich jak „zielone piekło" (malibu, wódka, mleko, sok ananasowy, nalewka z mięty), „zombi" (ciemny rum, likier morelowy, sok cytrynowy, sok ananasowy, grenadyna) czy też zaskakujący, acz zachwycająco prosty „Bobillot beach" (wódka, sok ananasowy, syrop truskawkowy). Krótko mówiąc, czułem, że w tej knajpce spędzę nie tylko szczęśliwe godziny, ale i szczęśliwe dni, tygodnie, może nawet lata.

Koło dziewiątej, spożywszy „*breakfast* z naszego regionu", zostawiwszy napiwek, który miał mi zaskarbić życzliwość kelnerów, ruszyłem w kierunku recepcji hotelu Mercure, gdzie przyjęto mnie w sposób potwierdzający moje dobre przeczucia. Zanim zdążyłem wyrazić swoje oczekiwania, a recepcjonistka poprosić mnie o kartę Visa, sama z własnej inicjatywy potwierdziła, że zgodnie z życzeniem zarezerwowano mi pokój dla palących. „Przyjechał pan na tydzień?" – zapytała z autentycznym zainteresowaniem, a ja przytaknąłem.

Powiedziałem, że tydzień, choć mogłem podać dowolny inny okres: jedynym moim pragnieniem było uwolnić się od toksycznego związku, który mnie zabijał, mój projekt dobrowolnego zniknięcia w pełni się udał, no i teraz dotarłem tutaj, zachodni mężczyzna w kwiecie wieku, bez większych trosk finansowych przez najbliższych kilka lat, bez bliskich czy przyjaciół, pozbawiony zarówno osobistych planów, jak i rzeczywistych zainteresowań, głęboko rozczarowany dotychczasowym życiem zawodowym, mający za sobą sporo różnych doświadczeń na polu uczuciowym, których jedynym punktem wspólnym był fakt, że się skończyły – w sumie pozbawiony jakiejkolwiek racji życia i racji śmierci. Mogłem z tego skorzystać i zacząć wszystko od nowa, „odbić się od dna", jak to mówią w głupawych programach telewizyjnych i piszą w równie głupawych artykułach o psychologii publikowanych w popularnych czasopismach; mogłem także wpaść w letargiczną bezczynność. Od razu się zorientowałem, że pokój hotelowy popycha mnie raczej w tym drugim kierunku: był naprawdę mały, najwyżej dziesięć metrów kwadratowych: zajmujące niemal całą powierzchnię podwójne łóżko, wokół którego ledwo można było przejść, pod przeciwległą ścianą wąska konsola z nieśmiertelnym telewizorem i tradycyjnym zestawem powitalnym, czyli elektrycznym czajnikiem, tekturowymi kubeczkami i rozpuszczalną kawą w saszetkach. W tej ograniczonej przestrzeni udało się jeszcze upchnąć minibarek i krzesło naprzeciwko lustra trzydzieści centymetrów na trzydzieści. To wszystko. To był mój nowy dom.

Czy mogłem być szczęśliwy w samotności? Raczej nie. Czy w ogóle mogłem być szczęśliwy? To jedno z tych pytań, których moim zdaniem lepiej unikać.

Jedyny problem życia hotelowego polega na tym, że codziennie trzeba wychodzić z pokoju, a więc z łóżka, żeby pokojowa mogła posprzątać. Czas, który trzeba spędzić na zewnątrz, jest nieokreślony, gdyż klienci nigdy nie są informowani o rozkładzie dnia pokojowych. Samo sprzątanie nie trwa długo, osobiście więc wolałbym, żeby mi podano konkretną godzinę opuszczenia pokoju, ale tego nie przewidziano, co zresztą w pewnym sensie rozumiem: byłoby to niezgodne z wartościami wyznawanymi w hotelarstwie, przypominałoby raczej zasady obowiązujące w więziennictwie. Musiałem więc zaufać zmysłowi inicjatywy i reaktywności pokojowej, czy też pokojowych.

Mogłem im jednak ułatwić życie, pozostawiając wskazówkę w postaci zawieszki na klamce, odwróconej z napisu „Ćśś, teraz śpię. *Please do not disturb.*" (z rysunkiem buldoga drzemiącego na wykładzinie podłogowej) na „Teraz nie śpię. *Please make up the room.*" (tym razem dwie kury sfotografowane na tle teatralnej kurtyny, w stanie radosnego, niemal agresywnego pobudzenia).

Po kilku próbach doszedłem do wniosku, że dwugodzinna nieobecność wystarczy. Dość szybko opracowałem codzienną rundę, która rozpoczynała się wizytą w O'Jules, gdzie między dziesiątą a dwunastą nie było wielu gości. Potem ruszałem avenue de la Sœur-Rosalie w kierunku małego, okrągłego, porośniętego drzewami placyku, przy ładnej pogodzie siadałem na jednej z ławek między drzewami; zazwyczaj byłem sam, lecz czasami na jednej z nich siedział jakiś emeryt, niekiedy w towarzystwie pieska. Następnie skręcałem w prawo w ulicę Abel-Hovelacque, zatrzymując się na rogu avenue des Gobelins, by wejść do Carrefour City. Od pierwszej wizyty miałem przeczucie, że sklep ten odegra istotną rolę w moim nowym życiu. Dział żywności orientalnej nie był co prawda zaopatrzony równie obficie jak supermarket G20 w pobliżu wieżowca Totem, gdzie jeszcze niedawno bywałem częstym klientem, ale za to oferował osiem odmian humusu, w tym abu-gosh premium, misadot, za'atar oraz niezwykle rzadki musabbaha; jeśli chodzi o sandwicze, to zastanawiam się, czy tutejsza oferta nie była nawet lepsza. Dotychczas sądziłem, że segment minimarketów w Paryżu i najbliższej okolicy jest całkowicie zdominowany przez sieć Daily Monop', choć powinienem się spodziewać, że jeśli marka typu Carrefour wchodzi na nowy rynek, to na pewno nie po to – jak przypomniał ostatnio jej prezes w wywiadzie udzielonym portalowi Challenges – by „odgrywać rolę statysty". /85

Wyjątkowo długie godziny otwarcia również świadczyły o zamiarze podboju rynku: od siódmej do dwudziestej trzeciej w dni powszednie i soboty oraz od ósmej do trzynastej w niedziele; nawet Arabowie tak się nie starają. Skrócone godziny otwarcia w niedziele były zresztą wynikiem ostrego konfliktu, zapoczątkowanego postępowaniem wdrożonym przez dzielnicową inspekcję pracy – jak przeczytałem na wywieszonym w sklepie zawiadomieniu, którego autorzy niezwykle zjadliwymi słowami stygmatyzowali „obłąkańczą decyzję" podjętą przez sąd pierwszej instancji; sklep musiał się jej podporządkować pod groźbą kary, której „horrendalna wysokość mogłaby zniszczyć Państwa lokalną placówkę handlową". Wolność handlu, a tym samym wolność konsumenta przegrały bitwę, ale wojna nadal trwała, jak można było wnioskować z bojowego tonu zawiadomienia.

Czasami odwiedzałem kafejkę La Manufacture mieszczącą się naprzeciwko Carrefour City; niektóre piwa z małych browarów wyglądały zachęcająco, choć nie przepadałem za takimi imitacjami „robociarskiego bistra" w dzielnicy, z której ostatni robotnicy zniknęli zapewne na początku lat dwudziestych. Wkrótce miałem poznać znacznie gorsze lokale w ponurej okolicy Butte-aux-Cailles, ale wówczas jeszcze o tym nie wiedziałem.

Następnie szedłem jakieś pięćdziesiąt metrów avenue des Gobelins i docierałem do skrzyżowania z avenue de la Sœur-Rosalie, przy czym był to jedyny wielkomiejski odcinek mojej rundy, na którym zagęszczenie
ruchu pieszych i samochodów pozwoliło mi pewnego

dnia odczuć, że nastąpił piętnasty sierpnia, od którego rozpoczyna się powakacyjne wznowienie życia społecznego, kończące się definitywnie pierwszego września.

Czy naprawdę byłem aż tak nieszczęśliwy? Gdyby niepojętym cudem jedna z istot ludzkich, z którymi pozostawałem w kontakcie (recepcjonistka w hotelu Mercure, kelner w kafejce O'Jules, sprzedawczyni w Carrefour City), zapytała mnie o nastrój, określiłbym go jako „raczej smutny", lecz był to smutek spokojny, stabilny, niepodlegający żadnym wahaniom – smutek, który można by uznać za ostateczny. Nie wpadałem jednak w tę pułapkę; wiedziałem, że życie może mi jeszcze przynieść wiele niespodzianek, zarówno paskudnych, jak i zachwycających, któż to mógł wiedzieć.

Tak czy owak nie odczuwałem na razie żadnych pragnień, co wielu filozofów – takie przynajmniej odnosiłem wrażenie – uważa za stan godny pozazdroszczenia; buddyści pozostają zresztą na tej samej długości fali. Natomiast inni filozofowie, podobnie jak wszyscy psycholodzy, uważają taki brak pragnień za patologiczny i szkodliwy dla zdrowia. Po miesiącu pobytu w hotelu Mercure wciąż nie byłem zdolny do zajęcia stanowiska w tej klasycznej debacie. Co tydzień przedłużałem pobyt, co dawało mi poczucie wolności (przy czym ten akurat stan jest postrzegany pozytywnie przez wszystkie systemy filozoficzne). Moim zdaniem byłem w całkiem niezłej formie. W jednej tylko kwestii mój stan psychiczny szczerze mnie niepokoił: mianowicie w kwestii dbania o swoje ciało, a mówiąc po prostu – higieny osobistej. Udawało mi się myć zęby, to jeszcze wchodziło w grę, ale na myśl o prysznicu lub kąpieli odczuwałem autentyczny wstręt, wolałbym już nie mieć ciała, perspektywa posiadania ciała, konieczności poświęcania mu czasu i uwagi coraz bardziej mnie odstręczała. Nawet jeśli niesłychany wzrost liczby bezdomnych doprowadził zachodnie społeczeństwa do obniżenia wymagań w tym zakresie, zdawałem sobie sprawę, że zbyt silny smród musi sprawić, że zacznę się niestosownie wyróżniać.

Nigdy nie byłem u psychiatry, w sumie nie za bardzo wierzyłem w skuteczność tej korporacji, na stronie Doctolib wybrałem więc pierwszego z brzegu, który przyjmował w trzynastej dzielnicy, żeby przynajmniej ograniczyć stratę czasu na przejazdy.

Opuszczenie ulicy Bobillot i skręcenie w ulicę de la Butte-aux-Cailles (obie schodziły się przy placu Verlaine) oznaczało opuszczenie świata zwykłej konsumpcji oraz wejście do świata naleśnikarni i barów alternatywnych dla aktywistów (Le Temps des Cerises i Le Merle Moqueur znajdowały się praktycznie naprzeciw siebie) między sklepami ekologicznymi i *fair trade* a butikami proponującymi piercing i fryzury afro; intuicyjnie zawsze wiedziałem, że lata siedemdziesiąte wcale we Francji nie przeminęły, tylko dokonały strategicznego przegrupowania. Niektóre graffiti były zupełnie niezłe, więc poszedłem ulicą aż do końca, mijając skręt w ulicę des Cinq-Diamants, przy której przyjmował doktor Lelièvre.

Z półdługimi kręconymi włosami przetykanymi nitkami siwizny przypominał typowego bojownika przeciw eksmisjom, lecz zawiązana na szyi muszka przeczyła temu wrażeniu, podobnie jak luksusowy wystrój gabinetu, tak więc szybko zmieniłem o nim zdanie: zapewne był tylko sympatykiem.

Kiedy opowiedziałem mu o swoim życiu w ostatnim czasie, przyznał, że istotnie potrzebuję pomocy medycznej, oraz zapytał, czy zdarzają mi się myśli samobójcze. Nie, odpowiedziałem, śmierć mnie nie interesuje. Ukrył grymas niezadowolenia, a jego głos nabrał ostrego tonu, gdyż najwyraźniej nie wzbudziłem w nim sympatii. Istnieje lek przeciwdepresyjny nowej generacji (po raz pierwszy usłyszałem wówczas nazwę Captorix, w moim dalszym życiu lek ten miał odegrać jakże istotną rolę), który w moim przypadku mógł się okazać skuteczny, pierwsze efekty powinny się pojawić za tydzień lub dwa, tyle że jest to lek podawany pod ścisłym nadzorem lekarza, muszę więc koniecznie pojawić się u niego za miesiąc.

Gorliwie przytaknąłem, starając się nie wyciągać ręki po receptę z nadmierną pazernością; byłem absolutnie zdecydowany nigdy więcej nie pojawić się u tego palanta.

Wróciwszy do domu, to znaczy do pokoju hotelowego, starannie przestudiowałem ulotkę, z której się dowiedziałem, że prawdopodobnie zostanę impotentem, a moje libido zaniknie. Działanie captorixu polegało na zwiększaniu wydzielania serotoniny, ale wygrzebane w internecie informacje o hormonach odpowiedzialnych za funkcjonowanie psychiczne były poplątane i niespójne. Niektóre stwierdzenia miały jakiś sens, na przykład: „Żaden ssak nie decyduje, budząc się rano, czy pozostanie w grupie, czy od niej odejdzie na resztę życia" lub: „Gady nie czują przywiązania do innych gadów, jaszczurki nie ufają jaszczurkom". Mówiąc bardziej konkretnie, serotonina to hormon związany z szacunkiem wobec własnej osoby, z poczuciem uznania w łonie grupy. Tyle że jest to hormon wytwarzany w kiszkach, obecny u bardzo wielu stworzeń, łącznie z amebami. A o jakim szacunku wobec własnej osoby może być mowa w przypadku ameby? O jakim poczuciu uznania w łonie grupy? Coraz bardziej skłaniałem się ku wnioskowi, że w tych sprawach wiedza medyczna jest niepewna i przybliżona, a antydepresanty należą do jakże licznych leków, które działają (lub nie działają) nie wiadomo dokładnie dlaczego.

W moim przypadku chyba podziałało, ale prysznic to już byłoby stanowczo za wiele, choć udało mi się w końcu przekonać do letniej kąpieli, a nawet lekkiego namydlenia ciała. W sprawie libido niewiele się zmieniło, zresztą od czasu szatynki z El Alquián, niezapomnianej szatynki z El Alquián, nie odczuwałem niczego, co by choć z daleka przypominało pożądanie.

Tak więc na pewno nie z powodu niepohamowanej chuci kilka dni później zadzwoniłem po południu do Claire. W takim razie dlaczego? Nie mam pojęcia. Nie kontaktowaliśmy się od ponad dziesięciu lat; prawdę mówiąc, spodziewałem się, że zmieniła numer telefonu.

Jednak nie, nie zmieniła. Adresu też nie zmieniła, ale to akurat było normalne. Na dźwięk mojego głosu trochę się zdziwiła, choć w sumie nie za bardzo, i zaproponowała, żebyśmy tego samego wieczoru poszli na kolację do restauracji w jej dzielnicy.

Kiedy poznałem Claire, miałem dwadzieścia siedem lat, okres studiów był już za mną, dziewczyn zaliczyłem sporo – przede wszystkim cudzoziemek. Trzeba sobie uświadomić, że w tamtych czasach nie istniały jeszcze stypendia Erasmusa, które później miały tak bardzo ułatwić kontakty seksualne między europejskimi studentami, a jednym z nielicznych miejsc, gdzie można było poderwać zagraniczną studentkę, był międzynarodowy kampus uniwersytecki przy boulevard Jourdan, gdzie jakimś cudem Wydział Agronomii dysponował własnym akademikiem, w którym codziennie odbywały się koncerty i imprezy. Poznawszy tam cieleśnie wiele dziewcząt z rozmaitych krajów, nabrałem przekonania, że miłość może się rozwinąć tylko na bazie jakiejś różnicy, że ludzie do siebie podobni nie mogą się w sobie zakochać; wiele jest różnic, które w praktyce mogą tę sprawę załatwić: jak wiadomo, duża różnica wieku może wzbudzić niesłychanie gwałtowną namiętność, różnica ras nadal nie traci na skuteczności, przydaje się nawet zwykła różnica narodowości czy języka. Nie jest dobrze, kiedy zakochani mówią tym samym językiem, nie jest dobrze, kiedy mogą się naprawdę porozumieć, wymieniać poglądy, gdyż mowa nie służy do tworzenia miłości, lecz do tworzenia podziałów i nienawiści, z każdym wypowiadanym słowem ludzie się od siebie oddalają, podczas gdy bezkształtna, bezrozumna paplanina zakochanych, mówienie do swojej kobiety lub swojego mężczyzny tak, jak zwracałoby się do ulubionego pieska, tworzą znakomity podkład dla trwałej i bezwarunkowej miłości. Gdybyśmy jeszcze potrafili ograniczać się do tematów przyziemnych i konkretnych – gdzie są klucze od garażu? o której przychodzi elektryk? – dałoby się wyżyć, ale wszystko, co ponad to, prowadzi do rozłąki, utraty miłości, rozwodu.

Miałem więc wiele kobiet, głównie Hiszpanek i Niemek, kilka dziewczyn z Ameryki Południowej, jedną Holenderkę, okrąglutką i apetyczną jak reklama goudy. I wreszcie była Kate, moja ostatnia młodzieńcza miłość, ostatnia i najpoważniejsza; można powiedzieć, że po niej moja młodość się skończyła, nigdy więcej nie przeżywałem stanów zazwyczaj kojarzonych z „młodością", tą czarującą beztroską (lub – jeśli ktoś woli – z tą ohydną nieodpowiedzialnością), z uczuciem, że świat jest nieokreślony i otwarty; po niej definitywnie spadła na mnie rzeczywistość.

Kate była Dunką i zapewne najinteligentniejszą osobą, jaką kiedykolwiek poznałem; nie wspominam o tym dlatego, że uważam to za istotne – w przyjaźni, a tym bardziej w miłości, zalety intelektualne nie mają najmniejszego znaczenia, ważą znacznie mniej od dobroci serca; mówię o tym głównie dlatego, że jej niezwykła bystrość intelektualna, jej wykraczające poza średnią zdolności kojarzenia stanowiły prawdziwy fenomen. Kiedy ją poznałem, miała dwadzieścia siedem lat, czyli pięć lat więcej ode mnie, a jej doświadczenie życiowe było znacznie rozleglejsze od mojego; u jej boku czułem się jak mały chłopiec. Po ukończonych w rekordowo krótkim czasie studiach na Wydziale Prawa znalazła pracę jako adwokat do spraw biznesowych w jednej z londyńskich kancelarii. Pamiętam, jak po naszej pierwszej nocy powiedziałem: *So, you should have met some kind of yuppies...*, a ona na to, miękkim głosem: *Florent, I was a yuppie*, do dziś pamiętam tę odpowiedź i jej małe jędrne piersi w porannym świetle, i za każdym razem, kiedy ta scena do mnie wraca, mam ochotę zdechnąć, ale nie mówmy o tym. Po dwóch latach zrozumiała, że yuppizm nie odpowiada jej aspiracjom, zamiłowaniom, spojrzeniu na życie, więc postanowiła wrócić na studia, tym razem na medycynę. Nie pamiętam dokładnie, czym się zajmowała w Paryżu, chyba pracowała w jednym z tamtejszych szpitali, który zyskał światowy rozgłos dzięki leczeniu jakiejś choroby tropikalnej i tylko temu zawdzięczał obecność Kate. Aby pokazać zdolności tej dziewczyny, wspomnę tylko, że w dniu, w którym się poznaliśmy – wpadła na mnie, a ja zaoferowałem, że zaniosę jej bagaże do pokoju na trzecim piętrze w pawilonie duńskim, potem wypiliśmy piwo, potem jeszcze jedno i tak dalej – okazało się, że właśnie przyjechała do Paryża i nie mówi ani słowa po francusku, a po dwóch tygodniach porozumiewała się bez najmniejszych problemów.

Ostatnie zdjęcie Kate, jakie mam, siedzi gdzieś u mnie w komputerze, ale nie muszę go włączać, żeby sobie przypomnieć, wystarczy mi zamknąć oczy. Boże Narodzenie spędziliśmy u niej, to znaczy u jej rodziców, nie w Kopenhadze, nazwa miasta mi umknęła, w każdym razie chciałem wracać do Francji powoli, pociągiem, początek podróży był dziwny, pociąg sunął po Bałtyku, zaledwie dwa metry oddzielały nas od szarej powierzchni wody, od czasu do czasu silniejsza fala uderzała w okna naszego przedziału, w całym składzie byliśmy sami, między dwiema abstrakcyjnymi przestrzeniami, niebem i morzem, nigdy w życiu nie byłem tak szczęśliwy, może moje życie powinno się zakończyć właśnie wtedy, jedna większa fala, Bałtyk, nasze ciała na zawsze złączone, lecz nic takiego nie nastąpiło, pociąg dojechał do miejsca przeznaczenia (Rostock? Stralsund?), Kate postanowiła spędzić ze mną kilka dni, nazajutrz miała początek roku akademickiego, ale uznała, że jakoś to załatwi.

Ostatnie zdjęcie Kate, jakie mam, zostało zrobione w parku zamkowym w małym niemieckim miasteczku Schwerin, stolicy landu Meklemburgia-Pomorze Przednie, alejki pokrywa gruba warstwa śniegu, w oddali widać wieżyczki zamku, Kate odwraca się do mnie i uśmiecha, prawdopodobnie zawołałem, żeby się odwróciła, bo chciałem jej zrobić zdjęcie, patrzy na mnie wzrokiem pełnym miłości, ale również wyrozumiałości i smutku, bo już zapewne wie, że ją zdradzę i nasza historia się skończy.

Tego samego wieczoru poszliśmy na kolację do piwiarni w Schwerinie, pamiętam kelnera, który nas obsługiwał, chudego czterdziestolatka, nerwowego i nieszczęśliwego, zapewne wzruszonego naszą młodością i miłością, jaka z nas emanowała, zwłaszcza z Kate, w pewnym momencie, postawiwszy talerze na stole, kelner przestał nas obsługiwać, obrócił się do mnie (to znaczy do nas obojga, ale bardziej do mnie, musiał we mnie wyczuć słabsze ogniwo) i powiedział po francusku (chyba sam był Francuzem, choć w jaki sposób Francuz mógł się zatrudnić jako kelner w piwiarni w Schwerinie, życie ludzi to prawdziwa zagadka), no więc powiedział nieoczekiwanie poważnym, wręcz uroczystym tonem: „Pozostańcie oboje tacy, jacy jesteście. Proszę was, nie zmieniajcie się”.

Mogliśmy wtedy uratować świat, mogliśmy go uratować w mgnieniu oka, *in einem Augenblick*, lecz tego nie zrobiliśmy, w każdym razie ja tego nie zrobiłem, miłość nie zatriumfowała, zdradziłem miłość, a kiedy nie jestem w stanie zasnąć, co się zdarza niemal każdej nocy, w swojej biednej głowie ponownie słyszę powitanie nagrane na jej automatycznej sekretarce: *Hello, this is Kate, leave me a message*, a jej głos brzmi tak świeżo, jakbym się zanurzał pod wodospadem w tchnące pyłem letnie popołudnie, człowiek od razu czuje się obmyty z wszelkiego brudu, zaniedbania i zła.

Ostatnie sekundy nastąpiły na dworcu głównym we Frankfurcie, Frankfurter Hauptbahnhof, musiała już wracać do Kopenhagi, studia czekały, trochę przesadziła, w każdym razie nie mogła ze mną jechać do Paryża, pamiętam, jak stałem w drzwiach wagonu, a ona na peronie, kochaliśmy się przez całą noc do jedenastej rano, kiedy już naprawdę trzeba było iść na dworzec, kochała się ze mną i robiła mi loda aż do kompletnego wyczerpania, a siły miała dużo, w tamtych czasach mnie również stawał bez problemu, tak czy owak nie o to chodziło, nie t y l k o o to chodziło, chodziło o to, że w pewnej chwili, stojąc na peronie, Kate zaczęła nagle płakać, właściwie nie tyle płakać, ile parę łez spłynęło jej po policzku, patrzyła na mnie przez ponad minutę, aż do odjazdu pociągu, nawet na sekundę nie odrywając ode mnie wzroku, i nagle, mimowolnie, po jej twarzy zaczęły płynąć łzy, a ja się nie ruszyłem, nie zeskoczyłem na peron, tylko czekałem, aż się zamkną drzwi.

Dlatego właśnie zasługuję na śmierć, a nawet na znacznie większą karę, i nie mogę sam przed sobą tego ukrywać: skończę życie jako człowiek nieszczęśliwy, zgorzkniały i samotny, na co w pełni zasługuję. Jak mężczyzna, który poznał Kate, mógł się od niej odwrócić? Niepojęte. W końcu do niej zadzwoniłem, zostawiwszy sam nie wiem ile jej wiadomości bez odpowiedzi, a wszystko z powodu jakiejś obleśnej Brazylijki, która na pewno zapomniała o mnie nazajutrz po powrocie do São Paulo, zadzwoniłem do Kate, ale zadzwoniłem do niej z b y t p ó ź n o, następnego dnia wyjeżdżała do Ugandy w ramach jakiejś misji humanitarnej, Europejczycy bardzo ją zawiedli, a zwłaszcza ja.

Wcześniej czy później człowiek zaczyna się interesować rozliczeniem kosztów. Claire też przeżyła swój melodramat, przeszła przez wiele lat burzliwych, nigdy nie zbliżywszy się do szczęścia, ale komu się to udaje? Na Zachodzie nikt już nie będzie szczęśliwy, myślała, nikt i nigdy, przyszła pora, by uznać szczęście za jakiś starożytny majak, do szczęścia nie ma już po prostu warunków historycznych.

Niezadowolona, a w życiu osobistym wręcz zrozpaczona, Claire poznała jednak niezwykłe radości związane z nieruchomościami. Kiedy jej matka oddała swą małą podłą duszę Bogu – a raczej nicości – właśnie się rozpoczynało trzecie tysiąclecie i dla Zachodu, uprzednio określanego jako judeochrześcijański, było to być może o jedno tysiąclecie za dużo, w takim samym znaczeniu, w jakim się mówi o bokserach, że stoczyli o jedną walkę za dużo, w każdym razie na Zachodzie uprzednio określanym jako judeochrześcijański myśl ta zyskała wielu zwolenników, mówię o tym zresztą tylko po to, by usytuować sprawę w jej historycznym kontekście, tyle że Claire się tym wszystkim nie przejmowała, miała inne zmartwienia, głównie swoją karierę aktorską, i dopiero później, stopniowo, rozliczenie kosztów zajęło główne miejsce w jej życiu, ale nie uprzedzajmy faktów.

Poznaliśmy się wieczorem trzydziestego pierwszego grudnia tysiąc dziewięćset dziewięćdziesiątego dziewiątego roku, spędzałem sylwestra u poznanego w pracy specjalisty do spraw komunikacji w sytuacjach kryzysowych – w owym czasie pracowałem w Monsanto, a była to firma praktycznie bez przerwy pozostająca w kryzysie komunikacyjnym. Nie wiem, skąd facet znał Claire, właściwie chyba jej nie znał, tylko sypiał z jedną z jej przyjaciółek, może zresztą przyjaciółka to za dużo powiedziane, raczej z aktorką grającą w tej samej sztuce.

Claire była wówczas tuż przed swoim pierwszym wielkim sukcesem teatralnym – skądinąd zresztą ostatnim. Dotychczas musiała się zadowalać statystowaniem w nisko- i średniobudżetowych francuskich filmach oraz udziałem w słuchowiskach we France Culture. Tym razem dostała główną rolę kobiecą w sztuce Georges'a Bataille'a, będącej dokonaną przez reżysera adaptacją jego różnych tekstów teoretycznych i literackich. Reżyser, jak sam mówił w rozlicznych wywiadach, postawił sobie za cel ponowne odczytanie Bataille'a w świetle nowych seksualności wirtualnych. Deklarował, że tym, co szczególnie go pociąga, jest masturbacja. Nie usiłował zacierać różnic, a nawet przeciwieństw między postawą Bataille'a i Geneta.

Sztukę wystawiał subwencjonowany teatr w jednej ze

wschodnich dzielnic Paryża. Krótko mówiąc, można się było spodziewać szerokiego oddźwięku medialnego.

Poszedłem na premierę. Sypiałem z Claire dopiero od dwóch miesięcy, ale już się do mnie wprowadziła; nie da się ukryć, że wynajmowała beznadziejny pokój, a prysznic na klatce schodowej, który dzieliła z dwudziestką innych lokatorów, był tak brudny, że w końcu zapisała się do Club Med Gym tylko po to, żeby móc się tam myć. Sam spektakl nie zrobił na mnie wielkiego wrażenia, za to Claire owszem – przez całą sztukę wydzielała jakiś chłodny erotyzm, projektant kostiumów i oświetleniowiec zrobili kawał dobrej roboty, człowiek miał ochotę nie tyle ją przelecieć, ile dać się przelecieć jej, czuło się, że tę kobietę każdej chwili może dopaść niepowstrzymany impuls, by przelecieć faceta, tak właśnie zresztą to wyglądało w naszym życiu codziennym, na jej twarzy nie było niczego widać, po czym nagle kładła rękę na moim penisie, w kilka sekund rozpinała mi rozporek, klękała i robiła mi loda lub zdejmowała majteczki i zaczynała się masturbować; na ile pamiętam, mogło się to zdarzyć gdziekolwiek, kiedyś taka scena nastąpiła w poczekalni miejskiego urzędu skarbowego, gdzie siedziała jakaś Murzynka z dwójką bachorów, którą trochę to zaszokowało, w każdym razie w sprawach seksualnych Claire była w stanie permanentnej gotowości. Krytycy jednogłośnie piali peany, a sztuka została zaszczycona recenzją na całą stronę w dziale kultury „Le Monde" i na dwie w „Libération". W tym koncercie pochwał poświęcono Claire całkiem sporo miejsca, zwłaszcza w „Libération" porównywano ją do / 99 jasnowłosych i zimnych bohaterek Hitchcocka, które w środku płonęły emocjami, takie porównania w stylu omlet niespodzianka, jakie już tyle razy miałem okazję czytać, więc bez trudu zorientowałem się, o co chodzi, choć nigdy nie widziałem żadnego filmu Hitchcocka, należałem raczej do pokolenia *Mad Maxa*, tak czy owak w przypadku Claire porównania te brzmiały całkiem celnie.

W przedostatniej scenie, którą reżyser najwyraźniej uważał za kluczową, Claire podciągała kieckę i z szeroko rozłożonymi nogami masturbowała się obrócona twarzą do publiczności, podczas gdy inna aktorka czytała długi tekst Georges'a Bataille'a, w którym, o ile dobrze zrozumiałem, była głównie mowa o odbycie. Na krytyku z „Le Monde" właśnie ta scena zrobiła szczególne wrażenie, wychwalał hieratyzm, jakim Claire wykazała się w swojej interpretacji. Słowo „hieratyzm" wydawało mi się nieco zbyt mocne, ale powiedzmy, że była spokojna i zupełnie nie wyglądała na podnieconą – faktycznie zresztą nie była, jak mi wyznała wieczorem po premierze.

I tak zaczęła się jej kariera, a tę pierwszą radość uzupełniła druga, kiedy pewnej marcowej niedzieli samolot Air France, lot AF232 do Rio de Janeiro, rozbił się na środku Atlantyku. Nikt nie przeżył katastrofy, a na liście pasażerów znajdowała się matka Claire. Natychmiast powołano komórkę wsparcia psychologicznego dla bliskich ofiar.

„I wtedy do mnie dotarło, że jestem dobrą aktorką – oświadczyła Claire wieczorem po pierwszym spotkaniu z psychologami. – Odegrałam zdruzgotaną córkę i chyba naprawdę udało mi się ukryć rozpierającą mnie radość".

Mimo nienawiści, jaką do siebie pałały, jej matka (Claire nie miała co do tego wątpliwości) była zbyt egocentryczna, by zadać sobie trud sporządzenia testamentu, choćby minutę poświęcając temu, co będzie po jej śmierci, tak czy owak trudno wydziedziczyć własne dzieci, a jako jedynaczka Claire miała pełne i niezbywalne prawo do pięćdziesięcioprocentowego zachowku, tak więc nie musiała się niczego obawiać; i rzeczywiście, miesiąc po tej cudownej katastrofie lotniczej weszła w posiadanie spadku, przede wszystkim przepięknego mieszkania przy passage du Ruisseau-de-Ménilmontant w dwudziestej dzielnicy Paryża. Przeprowadziliśmy się dwa tygodnie później, po wyrzuceniu rzeczy jej starej, która tak naprawdę wcale nie była stara, miała raptem czterdzieści dziewięć lat, a katastrofa, w której straciła życie, nastąpiła podczas podróży do Brazylii, dokąd leciała na wakacje z facetem mającym dwadzieścia sześć lat, dokładnie tyle co ja.

Mieszkanie mieściło się w dawnej fabryce drutu, która zamknęła podwoje na początku lat siedemdziesiątych, przez kilka lat stała pusta, po czym została wykupiona przez ojca Claire, przedsiębiorczego architekta, umiejącego wywęszyć intratne okazje, który przerobił ją na lofty. Wchodziło się przez wielką bramę zabezpieczoną potężną kratą; zamiast kodu wejściowego zainstalowano biometryczny system identyfikacji tęczówki, natomiast goście dzwonili wideodomofonem.

Pokonawszy tę pierwszą barierę, wchodziło się na duży brukowany dziedziniec otoczony dawnymi zabudowaniami przemysłowymi podzielonymi między kilkunastu właścicieli. Loft, który przypadł matce Claire, był jednym z największych: olbrzymi salon o powierzchni około stu i wysokości sześciu metrów, połączony z kuchnią wyposażoną w centralną wyspę, do tego wielka łazienka z kabiną prysznicową bez brodzika i wanną z jacuzzi, dwie sypialnie, w tym jedna na antresoli, a druga z przylegającą do niej garderobą, oraz wychodzący na ogród gabinet. Całość miała nieco ponad dwieście metrów.

Nawet jeśli wówczas termin ten był właściwie nieznany, pozostali właściciele dokładnie odpowiadali temu, co w późniejszych latach zaczęto nazywać hipsterami, tak więc mogli się tylko ucieszyć, gdy ich sąsiadką została aktorka teatralna; można się zastanawiać, czym byłby teatr bez hipsterów, dziennik „Libération" nie był jeszcze czytany wyłącznie przez podrzędnych aktorów w pogoni za rolą, ale również przez część (co prawda topniejącą) ich publiczności, a „Le Monde" utrzymywał wciąż swój poziom sprzedaży i prestiż, w każdym razie Claire została przez sąsiadów przyjęta entuzjastycznie. Miałem jednak świadomość, że mój przypadek jest nieco delikatniejszy – Monsanto musiało im się wydawać firmą równie godną szacunku jak CIA. Dobre kłamstwo powinno częściowo opierać się na rzeczywistości, natychmiast więc rozpowiedziałem, że zajmuję się badaniami genetycznymi w dziedzinie nieuleczalnych chorób, do nieuleczalnych chorób nie sposób się przyczepić, każdy od razu wyobraża sobie autystów lub te nieszczęsne dzieci cierpiące na progerię, które w wieku dwunastu lat wyglądają jak staruszkowie; nie byłbym zdolny do pracy w tej dziedzinie, lecz wystarczająco dużo wiedziałem o genetyce, żeby stawić czoło dowolnemu hipsterowi, nawet wykształconemu.

Prawdę mówiąc, w swoim miejscu pracy czułem się coraz gorzej. Nic jasno nie wskazywało na zagrożenia związane z GMO, radykalni ekolodzy byli zazwyczaj pozbawionymi wszelkiej wiedzy tumanami, jednak nic również nie wskazywało na ich nieszkodliwość, a moi przełożeni byli najzwyczajniej w świecie patologicznymi kłamcami. Prawda jest taka, że nie wiedziano niczego lub prawie niczego o długoterminowych konsekwencjach manipulacji genetycznych, którym poddawano rośliny, tyle że moim zdaniem problem polegał na czym innym: chodziło o to, że producenci materiału siewnego, nawozów i pestycydów przez sam fakt swojego istnienia odgrywali niszczycielską rolę w rolnictwie, dla którego stanowili śmiertelne zagrożenie; chodziło o to, że intensywne rolnictwo oparte na gospodarstwach wielkopowierzchniowych i maksymalizacji wydajności z hektara oraz przemysł rolno-spożywczy oparty na eksporcie i oddzieleniu rolnictwa od hodowli stanowią dokładne przeciwieństwo tego, co powinno się robić, jeśli chcemy osiągnąć zrównoważony rozwój; powinniśmy stawiać na jakość, produkować lokalnie i spożywać lokalnie, a także chronić glebę i wody gruntowe, wracając do płodozmianu i nawozów pochodzenia zwierzęcego. Niejednego musiałem zaskoczyć podczas licznych sąsiedzkich drinków, na które byliśmy zapraszani w pierwszych miesiącach, zapalczywością swoich wystąpień na ten temat i dobrze udokumentowaną argumentacją; mieli oczywiście takie same poglądy jak ja, tyle że kompletnie się na tym nie znali, tylko konformistycznie starali się uchodzić za lewicowców, ja natomiast miałem określone poglądy, być może nawet ideały, w końcu nie przypadkiem poszedłem na agronomię, a nie na jakąś politechnikę czy do szkoły handlowej – krótko mówiąc, miałem ideały i właśnie je zdradzałem.

Nie mogłem jednak złożyć wymówienia, jako że nasze życie zależało od mojej pensji: mimo pochwał, jakimi krytycy obsypali spektakl z tekstami Georges'a Bataille'a, kariera Claire wciąż nie chciała ruszyć z miejsca. Przeszłość zamykała ją w kulturze wysokiej, co było nieporozumieniem, gdyż ona sama marzyła o pracy w kinie rozrywkowym, chodziła tylko na filmy dla mas, była zachwycona *Wielkim błękitem*, a jeszcze bardziej *Gośćmi, gośćmi*, natomiast tekst Bataille'a uważała za „kompletnie debilny", to samo było z tekstem Juliena Michela Leirisa, w który ją wciągnięto trochę później, ale najgorszy okazał się tekst Maurice'a Blanchota, który przez godzinę czytała w rozgłośni France Culture; jak sama mi powiedziała, nigdy by jej nie przyszło do głowy, że istnieją takie gówna, to po prostu niewiarygodne, dodała, że ktokolwiek ośmiela się puszczać takie bzdety. Osobiście nie miałem wyrobionego zdania o Blanchocie, pamiętałem tylko zabawny akapit u Ciorana, w którym tłumaczył, że Blanchot idealnie się nadaje do nauki pisania na maszynie, bo człowieka „nie rozprasza żaden sens".

Na nieszczęście dla Claire jej wygląd szedł w parze z jej CV: była elegancką chłodną blondynką, co zdawało się ją predestynować do czytania tekstów pozbawionym wszelkich emocji głosem w teatrach subwencjonowanych, przemysł rozrywkowy raczej stawiał na latynoskie seksbomby lub napalone Metyski; krótko mówiąc, nie była na fali i przez następny rok nie złapała żadnej roli poza występami w ramach kultury wysokiej, o których już wspomniałem, i to mimo regularnego czytania „Film français" i zawziętego biegania na wszystkie możliwe castingi. Nawet w reklamach dezodorantów nie było miejsca na omlety niespodzianki. Paradoksalnie największe szanse miałaby w filmach porno: nie lekceważąc latynoskich i czarnoskórych gwiazdeczek, branża ta zawsze się starała o zachowanie maksymalnej różnorodności, jeśli chodzi o wygląd i cechy etniczne aktorek. Gdyby nie ja, może by się na to zdecydowała, nawet mając świadomość, że kariera w branży porno nie kończy się karierą w normalnym kinie, sądzę jednak, że przy porównywalnym poziomie wynagrodzenia wolała czytać Blanchota we France Culture. I tak by to zresztą długo nie potrwało: przemysł zawodowego kina porno kończył się, został załatwiony przez amatorskie nagrania w internecie. YouPorn miał zniszczyć branżę pornograficzną jeszcze szybciej, niż YouTube zniszczył branżę muzyczną, branża porno zawsze przodowała w nowinkach technologicznych, jak zresztą zauważyło wielu eseistów, choć żaden nie dostrzegł, jak bardzo to stwierdzenie jest paradoksalne: przecież pornografia należy do tych dziedzin ludzkiej aktywności, w których / 105 innowacyjność ma najmniej do powiedzenia, w których wręcz nie dzieje się nic nowego, bowiem wszystko, co sobie można wyobrazić w temacie pornografii, istniało już w czasach starożytnej Grecji i Rzymu.

Jeśli o mnie chodzi, to Monsanto zaczynało mi naprawdę działać na nerwy, zabrałem się więc do przeglądania ogłoszeń wszelkimi drogami dostępnymi dla absolwenta agronomii, przede wszystkim przez Stowarzyszenie Absolwentów, ale dopiero na początku listopada wpadłem na jakąś ciekawą ofertę wystawioną przez Regionalną Dyrekcję ds. Rolnictwa i Leśnictwa w Dolnej Normandii. Chodziło o stworzenie nowej struktury dedykowanej eksportowi francuskich serów. Wysłałem CV i bardzo szybko dostałem propozycję spotkania w Caen, na które pojechałem i z którego wróciłem w ciągu jednego dnia. Dyrektor naczelny RDRL też stosunkowo niedawno skończył agronomię, znałem go z widzenia: był na drugim roku, kiedy ja byłem na pierwszym. Nie wiem, gdzie odbył staż po studiach, ale została mu po nim mania (w owych czasach niezbyt powszechna we francuskiej administracji) bezsensownego używania angielskich terminów. Punktem wyjścia jego analizy był fakt, że francuskie sery są eksportowane niemal wyłącznie do krajów europejskich, natomiast ich pozycja w Stanach Zjednoczonych pozostaje właściwie nieznacząca, a w przeciwieństwie do sektora winiarskiego (tutaj złożył długi i elokwentny hołd stowarzyszeniu winiarzy z Bordeaux) sektor serowarski nie przewidział, że pojawią się nowe możliwości zbytu na rynkach wschodzących, przede wszystkim w Rosji, ale wkrótce również w Chinach, a później zapewne w Indiach. Dotyczyło to wszystkich francuskich serów, ale – jak podkreślił – jesteśmy w Normandii, więc pierwszym celem *task force*, którą zamierza powołać, będzie promocja „wielkiej normandzkiej trójcy", na którą się składają camembert, pont-l'évêque i livarot. Dotychczas tylko camembert cieszył się renomą w skali międzynarodowej, a to ze skądinąd pasjonujących względów historycznych, na których omówienie nie miał jednak czasu, natomiast livarot, a nawet pont-l'évêque pozostawały w Rosji i Chinach kompletnie nieznane. Nie dysponował nieograniczonym budżetem, niemniej udało mu się zdobyć środki na zatrudnienie pięciu osób, w pierwszej kolejności poszukiwał szefa owej *task force*, czy więc taki *job* budzi moje zainteresowanie?

Budził, co potwierdziłem ze stosowną mieszaniną profesjonalizmu i entuzjazmu. Przyszedł mi do głowy pewien pomysł i uznałem, że warto się nim podzielić: wielu Amerykanów, to znaczy nie wiem, czy faktycznie wielu, powiedzmy więc, że Amerykanie przyjeżdżają co roku zwiedzać plaże normandzkie, gdzie odbyło się lądowanie i gdzie członkowie ich rodzin, niekiedy ich osobiści ojcowie, złożyli najwyższą ofiarę. Musimy rzecz jasna uszanować czas zadumy nad grobami, nie ma mowy o organizowaniu degustacji serów przy wejściu na cmentarze wojskowe, w końcu jednak każdy musi coś zjeść, i czy mój szanowny rozmówca jest pewien, że normandzkie sery dostatecznie wykorzystują tę turystykę pamięci? Ogarnął go autentyczny entuzjazm: właśnie tego typu projekty należałoby wdrożyć, ogólnie rzecz biorąc, trzeba stawiać na wyobraźnię; synergie, które winiarstwo w Szampanii potrafiło rozwinąć z francuskim przemysłem artykułów luksusowych, nie będą zapewne łatwe do powtórzenia, czy można bowiem sobie wyobrazić Gisele Bündchen degustującą livarota? (Natomiast kieliszek Moët et Chandon jak najbardziej). Konkretnie sprawę ujmując, będę mieć *carte blanche*, nie chciałby pętać mojej kreatywności, moja dotychczasowa praca w Monsanto zapewne była niełatwa (w rzeczywistości nie musiałem się bardzo starać, argumenty przedstawione przez producenta materiału siewnego były brutalnie proste: bez GMO nie zdołamy wyżywić ludności świata, której liczba nieustannie rośnie, inaczej mówiąc, albo Monsanto, albo głód). Wychodząc z jego biura, wiedziałem, zwłaszcza że o mojej pracy w Monsanto mówił w czasie przeszłym, że zostałem przyjęty.

Kontrakt w RDRL zaczynał się pierwszego stycznia dwa tysiące pierwszego roku. Po kilku tygodniach pobytu w hotelu znalazłem dom do wynajęcia: ładny, stojący na uboczu wśród pagórków, łąk i zagajników, dwa kilometry od Clécy, miasteczka, które się szczyciło nadanym mu nieco na wyrost tytułem „stolicy normandzkiej Szwajcarii". Zbudowany z pruskiego muru dom był naprawdę pełen wdzięku, miał duży salon z terakotową posadzką, trzy pokoje z parkietem na podłodze i gabinet. Przybudówka, dawna tłoczarnia winogron, w której zainstalowano centralne ogrzewanie, mogła służyć za domek dla gości.

Dom był pełen wdzięku, przez całą wizytę dawało się odczuć, że właściciel darzy go dużym uczuciem i bardzo o niego dba; był to mały zasuszony staruszek między siedemdziesiąt pięć a osiemdziesiąt lat; jak powiedział, świetnie mu się tutaj mieszkało, ale teraz nie czuje się zbyt dobrze, potrzebuje częstej pomocy medycznej, pielęgniarka musi do niego przychodzić przynajmniej trzy razy w tygodniu, a w okresach kryzysowych nawet codziennie, tak więc rozsądniej będzie zamieszkać w Caen; dodał jeszcze, że dzieci o niego dbają, córka osobiście wybrała mu pielęgniarkę, ma naprawdę szczęście w porównaniu z tym, co się dzisiaj widuje (zgodziłem się, że faktycznie ma szczęście), tyle że od śmierci żony sprawy zaczęły wyglądać inaczej i zawsze już będą wyglądać inaczej, ewidentnie był wierzący, więc samobójstwo nie wchodziło w grę, tylko czasem myślał, że Pan Bóg jakoś się ociąga z powołaniem go do siebie, w tym wieku do niczego już nie był potrzebny, właściwie przez całą wizytę łzy stały mi w oczach.

Dom był naprawdę pełen wdzięku, lecz miałem w nim mieszkać sam. Claire jasno i zdecydowanie odmówiła na samą wzmiankę o wyprowadzce do jakiegoś miasteczka w Dolnej Normandii. Przez chwilę miałem zamiar zasugerować, że mogłaby wracać do Paryża na castingi, ale zaraz zdałem sobie sprawę z absurdalności tego pomysłu: chodziła na jakieś dziesięć castingów tygodniowo, to nie miało żadnego sensu, wyprowadzka na wieś równała się zawodowemu samobójstwu, choć czy naprawdę zawodowe samobójstwo to coś strasznego w przypadku kariery, która w zasadzie już jest martwa? Takie oto myśli krążyły mi po głowie, chociaż nie mogłem jej tego powiedzieć, przynajmniej nie bezpośrednio, a niby jak miałbym to sformułować mniej bezpośrednio? Nie widziałem żadnego rozwiązania.

Uzgodniliśmy więc, na pozór bardzo racjonalnie, że to ja na weekendy będę przyjeżdżać do Paryża, pewnie nawet oboje żywiliśmy złudzenie, że cotygodniowa separacja i ponowne spotkanie dodadzą naszemu związkowi energii i oddechu, a każdy weekend stanie się prawdziwym świętem miłości i tak dalej.

Nie zerwaliśmy ze sobą w sposób jednoznaczny i ostateczny. Z Caen do Paryża można dojechać bez trudu, połączenie jest bezpośrednie, a podróż trwa nieco ponad dwie godziny, tyle że wsiadałem do pociągu coraz rzadziej, najpierw tłumacząc się nawałem pracy, potem już nijak się nie tłumacząc, a po kilku miesiącach sprawa stała się jasna. W głębi duszy nigdy nie porzuciłem nadziei, że Claire przeprowadzi się do mnie, zrezygnuje ze swojej mało prawdopodobnej kariery aktorskiej i zgodzi się zostać po prostu moją żoną. Parokrotnie wysyłałem jej zrobione przy ładnej pogodzie zdjęcia domu z szeroko otwartymi oknami wychodzącymi na łąki i zagajniki. Trochę mi wstyd, jak sobie to przypomnę.

Kiedy patrzę na sytuację z pewnego dystansu, najciekawsze okazuje się to, że podobnie jak z Yuzu dwadzieścia lat później, całe moje dobra doczesne mieściły się w jednej walizce. Dobra doczesne chyba nie za bardzo mnie kręciły, co w oczach niektórych greckich filozofów (epikurejczyków? stoików? cyników? wszystkich po trochu?) było bardzo korzystnym stanem ducha; podejście odwrotne rzadko bywa chwalone, a więc w tym konkretnym punkcie istniał między filozofami c o n s e n s u s – sytuacja na tyle rzadka, że warta podkreślenia.

Było trochę po piątej, kiedy skończyłem rozmowę telefoniczną z Claire, do kolacji zostały trzy godziny. Po kilku minutach zacząłem się zastanawiać, czy to spotkanie jest aby dobrym pomysłem. Bez wątpienia nie przyniesie niczego pozytywnego, tylko ponownie rozbudzi uczucie zawodu i goryczy, które po dwudziestu latach zdołaliśmy jako tako stłumić. Oboje wiedzieliśmy, że życie jest gorzkie i pełne rozczarowań, czy warto płacić za taksówkę i restaurację, by uzyskać dodatkowe potwierdzenie? I czy naprawdę chciałem wiedzieć, jak Claire s o b i e r a d z i? Zapewne średniutko, w każdym razie nie tak, jak sobie dawniej wyobrażała, w przeciwnym razie zorientowałbym się, choćby zerkając na plakaty filmowe na ulicy. Moje własne aspiracje zawodowe były słabiej zdefiniowane, a więc porażka mniej widoczna, jednak tego akurat dnia miałem dość jasne przekonanie, że jestem człowiekiem przegranym. Spotkanie pary czterdziestoletnich loserów, do tego dawnych kochanków, mogłoby być wspaniałą sceną we francuskim filmie, w którym zagraliby odpowiedni aktorzy, na przykład Benoît Poelvoorde i Isabelle Huppert, lecz czy w swoim prawdziwym życiu miałem na to ochotę?

W krytycznych okolicznościach życia uciekałem się niekiedy do pewnego rodzaju t e l e m a n c j i, której wedle swej najlepszej wiedzy byłem wynalazcą. Średniowieczni rycerze, a w późniejszych czasach purytanie z Nowej Anglii, kiedy mieli podjąć jakąś trudną decyzję, otwierali Biblię w przypadkowym miejscu, kładli palec w równie przypadkowym miejscu na stronie i starali się zinterpretować wskazany werset, podejmując decyzję zgodnie z boskimi zaleceniami. Ja natomiast włączałem telewizor w sposób absolutnie przypadkowy (bez wybierania kanału, tylko naciskając ON) i starałem się zinterpretować przekazywane mi obrazy.

Dokładnie o osiemnastej trzydzieści, siedząc przed telewizorem w pokoju hotelu Mercure, nacisnąłem ON. Początkowo rezultat trochę mnie zbił z tropu i wydał się trudny do odkodowania (to samo zdarzało się niekiedy średniowiecznym rycerzom, a nawet purytanom z Nowej Anglii), wpadłem bowiem na program na cześć Laurenta Baffiego, co samo w sobie było zaskakujące (czyżby zmarł? był jeszcze młody, ale niektórzy prezenterzy telewizyjni odchodzą w pełni chwały, brutalnie oderwani od miłości swoich fanów, co robić, takie życie). W każdym razie głos prowadzącego brzmiał, jakby to był program na cześć głównego bohatera, wszyscy uczestnicy podkreślali jego „głęboki humanizm", niektórzy mówili, że „był superkumplem, kompletnie odjechanym królem zgrywy, totalnym świrem", inni, znający go tylko z daleka, wspominali jego „nieskazitelny profesjonalizm" i ta polifonia, znakomicie wyreżyserowana dzięki świetnemu montażowi, prowadziła do całkowicie nowego odczytania tekstów Baffiego, kończąc się niczym symfonia quasi-chóralną repryzą wyrażenia, co do którego wszyscy uczestnicy jednogłośnie się zgadzali: z którejkolwiek strony na niego spojrzeć, Laurent jawił się jako „piękna postać". O dziewiętnastej dwadzieścia zadzwoniłem po taksówkę.

Dokładnie o dwudziestej podjechałem pod Bistrot du Parisien przy ulicy Pelleport. Claire zarezerwowała stolik, co uznałem za punkt pozytywny, choć od pierwszych sekund, przemierzając niemal pustą salę restauracyjną (no ale co się dziwić, w końcu była niedziela), poczułem, że okaże się to jedynym pozytywnym punktem wieczoru.

Po dziesięciu minutach podszedł kelner i zapytał, czy czekając na towarzyszkę, życzę sobie aperitif. Wyglądał na życzliwego i oddanego swojej pracy, od razu wyczułem, że na jego nosa moja randka nie będzie należeć do łatwych (czy jakikolwiek kelner w dwudziestej dzielnicy Paryża może nie być odrobinę szamanem albo nawet psycho-czymś-tam?), ale również, że tego wieczoru na pewno będzie po mojej stronie (czyżby dostrzegł mój rosnący niepokój? nie da się ukryć, że zeżarłem już wszystkie grissini); byłem w takim stanie, że zamówiłem potrójnego jacka danielsa.

Claire przyszła koło dwudziestej trzydzieści, kroki

stawiała ostrożnie, po drodze opierając się o stoliki,

musiała już być nieźle ubzdryngolona; czy to myśl, że znowu mnie zobaczy, tak ją zbulwersowała, bolesne wspomnienie obietnic szczęścia, których życie nie dotrzymało? Przez jakieś dwie, trzy sekundy miałem taką nadzieję, po czym dotarła do mnie refleksja znacznie bardziej realistyczna, że Claire jest prawdopodobnie w takim samym stanie jak każdego dnia o tej porze, równie urżnięta.

Otworzyłem radośnie ramiona i gromko zawołałem, że wygląda, jakby była w świetnej formie, że wcale się nie zmieniła, sam nie wiem, skąd u mnie taka łatwość wypowiadania kłamstw, w każdym razie nie od rodziców, może z pierwszych lat liceum, natomiast fakt jest faktem, że wyglądała, jakby koszmarnie dostała w kość, zewsząd wylewał się tłuszcz, naczynka miała rozszerzone, jej pierwsze spojrzenie wyrażało zresztą niejaką wątpliwość, pewnie pomyślała, że nic mnie nie obchodzi jej wygląd, ale trwało to nie dłużej niż dziesięć sekund, spuściła głowę i natychmiast ją podniosła, a jej wyraz twarzy zmienił się, znowu ujrzałem młodą dziewczynę, która mrugnęła do mnie niemal zalotnie.

Spędziłem dłuższą chwilę na studiowaniu karty, wybierając w końcu zapiekane z masłem i czosnkiem ślimaki z Burgundii (sześć sztuk) oraz tagliatelle ze smażonymi na oliwie przegrzebkami. Pragnąłem w ten sposób wyjść z tradycyjnego dylematu ziemia/morze (wino czerwone czy białe), dokonując takiego wyboru dań, który by nam pozwolił na zamówienie po jednej butelce każdego. Rozumowanie Claire zdawało się iść tym samym torem, jako że postawiła na grzankę ze szpikiem i solą z Guérande oraz zupę z miętusa po prowansalsku z sosem aioli.

Obawiałem się, że przyjdzie mi rozmawiać o sprawach osobistych, opowiadać swoje życie, lecz nic takiego nie nastąpiło; zaraz po złożeniu zamówienia Claire wdała się w długą opowieść, będącą, ot, streszczeniem dwudziestu lat, które minęły od naszego ostatniego spotkania. Piła szybko i ostro, wkrótce więc stało się jasne, że musimy zamówić drugą butelkę czerwonego (podobnie jak później białego). Po naszym rozstaniu nic jej się nie układało, poszukiwanie roli spełzło na niczym, w końcu sytuacja stała się nieco dziwaczna, między dwa tysiące drugim a siódmym ceny nieruchomości w Paryżu wzrosły dwukrotnie, a w jej dzielnicy jeszcze bardziej, ulica de Ménilmontant była coraz bardziej *hype*, wieść gminna niosła, że przeprowadził się tutaj Vincent Cassel, a wkrótce zamierzają pójść w jego ślady Kad Merad i Béatrice Dalle; napić się kawy w tej samej kafejce co Vincent Cassel stanowiło poważny przywilej, więc ta niezdementowana pogłoska sprawiła, że ceny jeszcze bardziej poszły w górę, koło dwa tysiące trzeciego czy czwartego zdała sobie sprawę, że jej mieszkanie zarabia miesięcznie więcej niż ona, powinna jeszcze się wstrzymać, sprzedawanie akurat teraz byłoby czystym samobójstwem finansowym, zaczęła rozważać jakieś rozpaczliwe wyjścia w rodzaju nagrania dla France Culture serii płyt kompaktowych z tekstami Maurice'a Blanchota; snując tę opowieść, coraz bardziej dygotała, patrzyła na mnie obłąkanym wzrokiem i wpijała się zębami w kość szpikową, skinąłem więc na kelnera, żeby przyśpieszył z daniem głównym.

Zupa z miętusa odrobinę ją ukoiła i jej opowieść przez chwilę brzmiała spokojniej. Na początku dwa tysiące ósmego odpowiedziała na ofertę biura pośrednictwa pracy, które proponowało zorganizowanie warsztatów teatralnych dla bezrobotnych, dzięki którym zwiększyliby swoją pewność siebie; pensja nie zwalała z nóg, ale była regularna, od ponad dziesięciu lat tak zarabiała na życie, w biurze pośrednictwa pracy była już stałym elementem dekoracji, a patrząc na to z perspektywy, mogła stwierdzić, że pomysł nie jest absurdalny, w każdym razie działa lepiej od psychoterapii, nie da się ukryć, że bezrobotni od lat pozostający bez pracy zamieniają się w skulone, milczące stworzenia, a teatr – zwłaszcza, nie wiedzieć czemu, repertuar wodewilowy – daje tym smutnym istotom minimalne poczucie łatwości kontaktów społecznych konieczne przy poszukiwaniu pracy; w każdym razie dzięki tej skromnej, acz regularnej pensji jakoś by sobie dawała radę, gdyby nie problemy z funduszem remontowym: część współwłaścicieli, oszołomionych piorunująco szybką gentryfikacją dzielnicy Ménilmontant, wpadła na pomysł jakichś kompletnie idiotycznych inwestycji, wśród których zastąpienie kodu wejściowego biometrycznym systemem rozpoznawania tęczówki stanowiło tylko preludium do całej serii absurdalnych projektów, takich jak zamiana brukowanego dziedzińca na ogród zen z kaskadami wody i blokami granitu importowanymi prosto z Côtes-d'Armor, a wszystko pod nadzorem japońskiego mistrza światowej sławy. Ostatnio podjęła decyzję, zwłaszcza że po nowej, choć krótkotrwałej podwyżce cen paryskich nieruchomości między rokiem dwa tysiące piętnastym a siedemnastym rynek trwale się uspokoił: teraz chciała już sprzedać mieszkanie po matce i nawet skontaktowała się z pierwszą agencją.

W sprawach uczuciowych miała mniej do powiedzenia, przeżyła kilka związków, w tym dwie próby zamieszkania razem, zdołała z siebie wykrzesać dość emocji, aby o tym mówić, ale i tak nie zdołała ukryć prawdy: obaj mężczyźni (aktorzy, którzy odnieśli mniej więcej taki sam sukces jak ona) chcący dzielić z nią życie byli znacznie bardziej zakochani w jej mieszkaniu niż w niej. Niewykluczone, że byłem jedynym facetem, który ją naprawdę kochał, oświadczyła na koniec, nie kryjąc zaskoczenia. Powstrzymałem się przed wyprowadzeniem jej z błędu.

Mimo smutku i rozczarowania przebijającego z tej opowieści z przyjemnością zjadłem przegrzebki i z zainteresowaniem pochyliłem się nad kartą deserów. Moją uwagę natychmiast przyciągnął tort bezowy z musem malinowym, natomiast Claire postawiła na klasykę: ptysie z ciepłym sosem czekoladowym; zamówiłem trzecią butelkę białego wina. Zaczynałem się poważnie zastanawiać, czy w pewnym momencie nie powie: „A co u ciebie?", lub coś w tym guście, co się zazwyczaj mówi w takich okolicznościach – w każdym razie w filmach, a może i w życiu.

Biorąc pod uwagę przebieg wieczoru, powinienem
odmówić „ostatniego drinka" u niej w domu i do dzisiaj

nie wiem, co mnie podkusiło, żeby przyjąć zaproszenie. Może chęć, by znowu zobaczyć mieszkanie, w którym przecież spędziłem rok życia, z drugiej jednak strony musiałem zacząć się zastanawiać, co kiedyś w niej widziałem. Zapewne było to coś więcej niż czysty seks, a może, aż strach myśleć, tylko czysty seks.

W każdym razie jej intencje były jednoznaczne; zaproponowawszy mi kieliszek koniaku, od razu przeszła do sedna, jak to miała w zwyczaju. Pełen dobrej woli ściągnąłem spodnie i slipy, żeby jej ułatwić wzięcie mojego wacka do ust, choć od razu ogarnęły mnie niepokojące przeczucia; po dwóch czy trzech minutach bezskutecznego miętoszenia mojej sflaczałej kuśki zrozumiałem, że sytuacja wymyka mi się z rąk, wyznałem więc, że zażywam leki przeciwdepresyjne („potężne dawki" leków przeciwdepresyjnych, dodałem dla wzmocnienia efektu), co niestety całkowicie uśpiło moje libido.

Skutek tych kilku słów okazał się magiczny: natychmiast się uspokoiła, zawsze przyjemniej jest obwinić cudze leki przeciwdepresyjne niż własne wałki tłuszczu; na jej twarzy pojawił się wyraz szczerego współczucia, po raz pierwszy tego wieczoru wyglądała na zainteresowaną moją osobą, pytała, czy jestem w depresji, dlaczego i od kiedy.

Przedstawiłem jej uproszczoną wersję moich ostatnich nieszczęść męsko-damskich, w zasadzie niczego nie pomijając (z wyjątkiem kynologicznych przygód Yuzu, które uznałem za zbędne dla zrozumienia całości), tyle że w mojej opowieści to Yuzu postanowiła wrócić do Japonii, w końcu ulegając prośbom rodziny; w tej wersji cała historia wyglądała dość ładnie, klasyczny konflikt między miłością a obowiązkiem rodzinnym i/lub społecznym (jakby napisał jakiś lewak z lat siedemdziesiątych), trochę jak z powieści Theodora Fontane'a, dodałem, chociaż Claire prawdopodobnie nigdy w życiu o nim nie słyszała.

Obecność Japonki dodawała całej przygodzie egzotycznego smaczku à la Loti lub Segalen, zawsze ich mylę, w każdym razie historia wyraźnie się jej spodobała. Korzystając z faktu, że Claire zapadła w jakieś kobiece medytacje wzmocnione drugim kieliszkiem koniaku, dyskretnie doprowadziłem się do porządku; w chwili gdy zapinałem rozporek, przeleciała mi przez głowę myśl, że jest pierwszy października, czyli ostatni dzień wynajmu mieszkania w wieżowcu Totem. Yuzu na pewno doczekała do ostatniego dnia, a teraz prawdopodobnie siedzi w samolocie do Tokio, który być może zbliża się już do lądowania na lotnisku Narita, jej rodzice stoją za barierkami w hali przylotów, narzeczony zapewne czeka przy samochodzie na parkingu; wszystko było zapisane i wszystko miało się spełnić; może właśnie dlatego zadzwoniłem do Claire, jeszcze kilka minut wcześniej nie pamiętałem, że mamy pierwszego października, ale coś, pewnie moja podświadomość, nie zapomniało, żyjemy w szponach niepewnych bóstw, „droga, którą nas poprowadziły te młode dziewczęta, była fałszywa, a do tego padało*”, jak pisał bodaj Nerval, w tamtych czasach nieczęsto już

* Trawestacja fragmentu książki Gérarda de Nervala, *Córki ognia*.

myślałem o Nervalu, który się przecież powiesił w wieku czterdziestu sześciu lat, w tym samym wieku Baudelaire też już nie żył, to nie jest łatwy wiek.

Głowa Claire opadła, a z gardła dobiegło pochrapywanie, najwyraźniej była odporna na wszystko, w zasadzie w tej chwili powinienem wyjść, ale dobrze mi było na olbrzymiej kanapie w salonie, na myśl o jeździe przez cały Paryż ogarnęło mnie niepohamowane znużenie, położyłem się i obróciłem na bok, żeby nie musieć na nią patrzeć, i minutę później zapadłem w sen.

W tej chałupie była tylko kawa rozpuszczalna, co już samo w sobie pachniało skandalem; skoro nie ma kawiarki Nespresso w takim mieszkaniu, to gdzie miałaby być, ale dobra, zrobiłem sobie rozpuszczalnej, przez żaluzje sączyło się słabe światło dnia i mimo ostrożności obiłem się o kilka mebli, Claire niemal natychmiast stanęła w progu kuchni, krótka półprzezroczysta koszulka nocna ledwo skrywała jej wdzięki, szczęśliwie akurat myślała chyba o czymś innym i przyjęła szklankę kawy, którą jej podałem, kurwa, nawet nie miała filiżanek, wystarczył jej łyk i od razu zaczęła trajkotać, to zabawne, że mieszkam w wieżowcu Totem, zaszczebiotała (nie wspomniałem o swojej niedawnej przeprowadzce do hotelu Mercure), bo jej ojciec pracował przy projekcie jako asystent jednego z dwóch architektów, słabo znała ojca, zmarł, kiedy miała sześć lat, ale pamiętała, że matka przechowywała wycinek prasowy, gdzie się tłumaczył ze sporów, które wybuchły przy budowie, wieżowiec Totem kilkukrotnie uznano za jeden z najbrzydszych budynków Paryża, choć nigdy nie wspiął się w rankingu tak wysoko jak wieża Montparnasse, w sondażach regularnie uznawana za najbrzydszy budynek w całej Francji, a w niedawnym sondażu „Touristworld" – za najbrzydszy na świecie, tuż za bostońskim ratuszem.

Poszła do salonu i wzbudzając mój lekki popłoch, wróciła dwie minuty później z albumem fotografii, który, jak się obawiałem, miał jej służyć pomocą przy snuciu rozwlekłej opowieści o życiu. W odległych latach sześćdziesiątych jej ojciec najwyraźniej był kimś w rodzaju p i ę k n i s i a – jego zdjęcia, jak wychodzi z klubu Bus Palladium w garniturze Renoma, nie pozostawiały cienia wątpliwości, prowadził wygodne życie dobrze sytuowanego młodzieńca z lat sześćdziesiątych, trochę był zresztą podobny do Jacques'a Dutronca, a potem, przez całe lata prezydentury Pompidou i Giscarda kierował własną pracownią architektoniczną (pewnie mając za uszami parę afer korupcyjnych), zanim zginął za kierownicą ferrari 308 GTB, wracając z weekendu w Deauville, który spędził w towarzystwie swojej szwedzkiej kochanki, dokładnie w dniu wyboru François Mitterranda na prezydenta Republiki. Jego dobrze się rozwijająca kariera mogłaby wówczas nabrać nowego rozpędu, miał wielu przyjaciół w Partii Socjalistycznej, a François Mitterrand pragnął uchodzić za wielkiego budowniczego, nic więc nie przeszkadzało, by wstąpił na wyżyny swojej profesji, gdyby trzydziestopięciotonowa ciężarówka, którą zniosło na środek drogi, nie odmieniła jego losu.

Matka żałowała odejścia tak hojnego, acz niestałego męża, który zresztą zostawiał jej wiele swobody, ale przede wszystkim nie mogła znieść myśli, że zostanie / 123 sama z córką; mąż bez wątpienia był kobieciarzem, lecz zarazem czułym, troskliwym ojcem, podczas gdy ona nie odczuwała żadnego, ale to żadnego pociągu do macierzyństwa, a w przypadku matki sprawa jest jasna: albo się całkowicie poświęcasz, zapominasz o własnym szczęściu i myślisz tylko o tym, jak zapewnić szczęście dziecku, albo wręcz odwrotnie, obecność dziecka staje się przeszkodą, a ono samo wrogiem.

W wieku siedmiu lat Claire została wysłana do internatu dla dziewcząt w Ribeauvillé, prowadzonego przez Zgromadzenie Sióstr Opatrzności Bożej, tę część historii już znałem, a na śniadanie nie było ani rogalików, ani bułeczek z czekoladą, po prostu niczego, Claire nalała sobie kieliszek wódki, no pięknie, zaczynała chlać już o siódmej rano. „Uciekłaś, jak miałaś jedenaście lat" – przerwałem, żeby skrócić jej opowieść. Pamiętałem o tej ucieczce, był to mocny punkt jej heroicznej epopei zdobywania niezależności, powrotu do Paryża autostopem, choć wiązało się z pewnym ryzykiem, coś mogło się jej po drodze przytrafić, zwłaszcza że – jak sama mówiła – w owym czasie zaczynała już całkiem poważnie „rozglądać się za fiutami", nic się jednak nie stało, jej zdaniem był to znak, poczułem w tym momencie, że dochodzimy do tunelu relacji z matką, więc ośmieliłem się zaproponować, żebyśmy wyszli do kafejki na śniadanie, podwójne espresso i bułka z masłem, może nawet omlet z szynką, jestem głodny, skamlałem, naprawdę głodny.

Narzuciła płaszcz na koszulę nocną, na ulicy de Ménilmontant na pewno można znaleźć wszystko, co 124 / trzeba, może nawet będziemy mieć farta i zobaczymy

Vincenta Cassela nad espresso macchiato, w każdym razie wyszliśmy z mieszkania prosto w jesienny poranek, chłodny i nieco wietrzny; na wszelki wypadek, gdyby sprawa się przedłużała, miałem w zanadrzu przedpołudniową wizytę lekarską.

Ku mojemu zaskoczeniu, gdy tylko usiedliśmy, Claire wróciła do historii „mojej Japonki", o której chciała się dowiedzieć więcej: zbieg okoliczności wokół wieżowca Totem zafrapował ją. „Zbiegi okoliczności to mrugnięcia okiem przez Boga", nie pamiętam, kto to napisał, Vauvenargues, Chamfort, La Rochefoucauld, a może nikt, tak czy owak długo mogłem się rozwodzić nad Japonią, miałem już doświadczenie, zacząłem więc od subtelnego stwierdzenia: „Społeczeństwo japońskie jest znacznie bardziej tradycyjne, niż się powszechnie sądzi", po czym mogłem kontynuować przez dwie godziny bez ryzyka, że ktoś mi zaprzeczy, nikt zresztą nie ma pojęcia ani o Japonii, ani o Japończykach.

Po dwóch minutach zdałem sobie sprawę, że mówienie męczy mnie jeszcze bardziej niż słuchanie, miałem problem ze stosunkami międzyludzkimi w ogólnym tego słowa znaczeniu, zwłaszcza, muszę przyznać, ze stosunkami międzyludzkimi z Claire, złożyłem więc na nią ciężar prowadzenia rozmowy, wystrój kafejki był przyjemny, ale obsługa nieco powolna, pochyliliśmy się ponownie nad Claire w wieku jedenastu lat, podczas gdy do kafejki napływali klienci, wszyscy wyglądający jak podrzędni aktorzy w pogoni za rolą.

Od początku zaczęła się wojna między nią a matką, zażarta wojna trwająca prawie siedem lat, przede wszystkim oparta na nieprzerwanym współzawodnictwie seksualnym. Znałem niektóre z jej epizodów, na przykład kiedy Claire odkryła w torebce matki prezerwatywy i nazwała ją starą kurwą. Nie wiedziałem dotychczas i właśnie się dowiedziałem, że Claire, w pewnym sensie dołączając czyn do słowa, postanowiła uwieść większość kochanków matki przy użyciu tej samej techniki, prostej i skutecznej, którą zastosowała wobec mnie. Jeszcze mniej wiedziałem o tym, że matka Claire, kontratakując przy użyciu bardziej wyszukanych środków, których kobieta dojrzała uczy się dzięki lekturze najlepszych czasopism kobiecych, postanowiła się bzyknąć z wszystkimi chłopakami Claire.

W filmie na YouPorn zobaczylibyśmy scenkę w rodzaju *Mom teaches daughter*, lecz rzeczywistość jak zwykle była mniej zabawna. Rogaliki podano nam dość szybko, ale omlet z szynką zabrał więcej czasu, docierając na stół w chwili, gdy Claire kończyła czternaście lat, a zjadłem go przed jej szesnastymi urodzinami; teraz byłem syty, czułem się nieźle i uznałem, że można podjąć próbę skrócenia spotkania, podsumowałem więc żywym i radosnym tonem: „A kiedy skończyłaś osiemnaście lat, wyjechałaś, znalazłaś robotę w barze niedaleko Bastylii i wynajęłaś samodzielny pokój, po czym się spotkaliśmy, kochanie, zapomniałem ci powiedzieć, że o dziesiątej mam wizytę u kardiologa, więc buziaczki i musimy się wkrótce zdzwonić", a następnie położyłem na stole dwadzieścia euro, nie zostawiając jej cienia szansy. Spojrzała na mnie dziwnym, jakby zdołowanym wzrokiem, a ja wyszedłem z kafejki, machając do niej ręką i przez sekundę czy dwie walcząc z ostatnim przypływem współczucia, po czym szybko ruszyłem ulicą de Ménilmontant. Automatycznie skręciłem w ulicę des Pyrénées i nie zwalniając kroku, po pięciu minutach znalazłem się przy metrze Gambetta; bez wątpienia była już stracona, jej spożycie alkoholu będzie rosło, wkrótce i tego będzie mało, więc dołoży leki, w końcu serce nie wytrzyma i znajdą ją udławioną własnymi wymiocinami w jej małym, dwupokojowym mieszkaniu z oknami na podwórko przy boulevard Vincent-Lindon. Nie tylko ja nie byłem w stanie uratować Claire, ale nikt nie był w stanie jej uratować, może poza kilkoma członkami chrześcijańskich sekt (tych, które starców, kaleki i nędzarzy uważają, lub udają, że uważają, za swoich braci w Chrystusie), tyle że Claire kompletnie nie była nimi zainteresowana, ich braterskie współczucie natychmiast wyszłoby jej nosem, gdyż to, czego naprawdę potrzebowała, to zwykła małżeńska czułość, a w bliższej perspektywie czyjś kutas w jej cipce, lecz to akurat nie było możliwe, zwykła małżeńska czułość wiąże się z zaspokojoną seksualnością, co nieodwołalnie wymagało przejścia przez etap „seksu", a właśnie to było już wykluczone.

Sytuacja bez wątpienia należała do smutnych, choć przez kilka lat, zanim wpadła w alkoholizm, Claire musiała być ognistą czterdziestolatką, może nawet przypominającą seksowną kocicę lub bezdzietną mamuśkę do przelecenia, tak czy owak byłem przekonany, że jej cipka długo nadawała się do konsumpcji, czyli w sumie jej życie nie było takie złe. Pamiętałem natomiast, że trzy lata wcześniej, tuż przed tym, jak dostałem się w szpony Yuzu, wpadłem na nieszczęśliwy pomysł, by się spotkać z Marie-Hélène, byłem akurat w jednym z licznych okresów seksualnej apatii, pewnie miałem tylko ochotę na szybkiego loda, nawet nie na bzykanko, no chyba że przy bardzo sprzyjających okolicznościach, co wydawało mi się mało prawdopodobne z tą biedną Marie-Hélène; dzwoniąc do jej drzwi, spodziewałem się najgorszego, lecz sytuacja okazała się jeszcze bardziej bolesna, niż mogłem sobie wyobrazić: niedawno padła ofiarą jakiejś choroby psychicznej, dwubiegunówki czy schizofrenii, nie pamiętam, w każdym razie dramatycznie podupadła na zdrowiu, mieszkała w jakimś superstrzeżonym apartamentowcu przy avenue René--Coty, jej ręce przez cały czas drżały, bała się absolutnie wszystkiego, od modyfikowanej soi i dojścia Frontu Narodowego do władzy po zanieczyszczenie powietrza pyłami drobnoziarnistymi... Żywiła się zieloną herbatą i nasionami lnu, a przez całą moją półgodzinną wizytę mówiła tylko o rencie, którą otrzymywała jako osoba dorosła z niepełnosprawnością. Wychodząc, marzyłem o piwie z beczki i kanapce z pasztetem, a jednocześnie zdawałem sobie sprawę, że Marie-Hélène może tak żyć bardzo długo, nawet do dziewięćdziesiątki, zapewne przeżyje mnie o ładnych kilka lat, coraz bardziej drżąca, zasuszona i przerażona, stwarzając nieustanne problemy sąsiadom, choć w rzeczywistości już dawno była martwa, doszedłem do tego, że w s a d z i-łem nos do cipki trupa, nawiązując do barwnego

zwrotu, który przeczytałem nie pamiętam gdzie, pewnie

w jednej z powieści Thomasa Discha, pisarza science fiction i poety, który po chwili sławy został niesłusznie zapomniany, a czwartego lipca któregoś roku popełnił samobójstwo, trudno się zresztą dziwić, bo jego partner właśnie zmarł na AIDS, ale również dlatego, że honoraria autorskie nie wystarczały mu już na życie, a poprzez tak symboliczny wybór daty chciał pokazać, na jaki los Ameryka skazuje swoich pisarzy.

W porównaniu z nią Claire miała się niemal dobrze, w końcu mogła się jeszcze zapisać do Anonimowych Alkoholików, podobno czasami uzyskują zaskakujące wyniki, a poza tym, jak sobie uświadomiłem, wracając do hotelu Mercure, Claire na pewno umrze samotna i nieszczęśliwa, ale przynajmniej nie umrze biedna. Biorąc pod uwagę ceny na rynku nieruchomości, po sprzedaży loftu będzie miała trzykrotnie więcej niż ja. Czyli jedna transakcja przyniosła jej ojcu znacznie więcej, niż mojemu z trudem udało się uzbierać przez czterdzieści lat redagowania aktów i rejestrowania hipotek, pieniądze nigdy nie wynagradzały pracy, jedno z drugim nie miało nic wspólnego, żadne społeczeństwo ludzkie nigdy nie zostało zbudowane na wynagradzaniu za pracę, a i przyszłe społeczeństwo komunistyczne nie miało być oparte na takich podstawach, zasada rozdziału dóbr została przez Marksa sprowadzona do kompletnie pustej formuły „każdemu według jego potrzeb", która nieuchronnie stałaby się źródłem nieskończonych krętactw i konfliktów, gdyby ktokolwiek usiłował zastosować ją w praktyce, na szczęście nic takiego nigdy nie nastąpiło, nawet w krajach komunistycznych, pieniądze zawsze szły do pieniędzy i towarzyszyły władzy, oto ostatnie słowo każdej organizacji społecznej.

Kiedy rozstawałem się z Claire, mój los znacznie osłodziły spotkania z krowami rasy normandzkiej, które stały się dla mnie pociechą, niemal objawieniem. A przecież krowy nie były mi obce: w dzieciństwie co roku jeździliśmy latem na miesiąc do Méribel, gdzie mój ojciec nabył udziały w kondominium. Podczas gdy rodzice spędzali czas, chodząc po górskich szlakach jak para zakochanych, ja gapiłem się w telewizor, zwłaszcza śledząc Tour de France, od którego miałem się później wręcz uzależnić. Od czasu do czasu wychodziłem jednak na dwór, zainteresowania dorosłych stanowiły dla mnie kompletną zagadkę, choć na pewno musiało być coś ciekawego w łażeniu po wysokich górach, skoro zajmowało się tym tylu spośród nich, poczynając od moich rodziców.

Nie udało mi się obudzić w sobie autentycznych emocji estetycznych wobec krajobrazów Alp, ale zapałałem sympatią do tamtejszych krów, których wędrujące po halach stada dość często mijałem. Należały do rasy tarentaise, były małe i ruchliwe, okryte płową sierścią, miały impulsywny temperament i duży zapał do pieszych wędrówek: kiedy radośnie hasały na górskich szlakach, z daleka było słychać przyjemny dźwięk dzwonków na ich szyjach.

Trudno byłoby sobie wyobrazić h a s a j ą c ą krowę rasy normandzkiej, sama myśl o tym świadczyłaby o braku szacunku, moim zdaniem jakiekolwiek przyśpieszenie kroku byłoby w ich przypadku możliwe tylko w sytuacji zagrożenia życia. Rozłożyste i majestatyczne krowy rasy normandzkiej po prostu były i to zdawało się im wystarczać; dopiero poznawszy krowy tej rasy, zrozumiałem, dlaczego Hindusi uznają te zwierzęta za święte. Podczas samotnych weekendów w Clécy dziesięć minut spędzonych na kontemplowaniu stada krów pasących się w sąsiednich zagajnikach wystarczało, bym zapomniał o ulicy de Ménilmontant, o castingach, o Vincencie Casselu, o rozpaczliwych wysiłkach Claire, by środowisko, które jej nie chciało, w końcu ją przyjęło, a w ostatecznym rozrachunku, bym zapomniał o samej Claire.

Nie miałem jeszcze trzydziestu lat, ale powoli wkraczałem już w strefę zimy, której nie rozświetlało wspomnienie żadnej ukochanej ani nadzieja na powtórkę cudu, a tej astenii zmysłów towarzyszyło rosnące zobojętnienie zawodowe, moja *task force* rozpadała się coraz bardziej, pojawiło się jeszcze kilka iskierek, kilka gromkich deklaracji, zwłaszcza przy okazji spotkań integracyjnych (w Regionalnej Dyrekcji ds. Rolnictwa i Leśnictwa co najmniej jedno na tydzień), musiałem przyznać, że Normandczycy rzeczywiście nie potrafią sprzedawać swoich produktów, taki na przykład calvados, naprawdę znakomity trunek, porównywalny do armaniaku, nawet do koniaku, a przecież wielokrotnie trudniej go kupić w sklepach bezcłowych na lotniskach całego świata, we francuskich supermarketach też zresztą zajmuje miejsce raczej symboliczne. O cydrze możemy od razu zapomnieć, w sklepach wielkopowierzchniowych w zasadzie nie istnieje, a i w barach trudno go znaleźć. Podczas owych spotkań integracyjnych zażarcie dyskutowano, obiecywano sobie szybkie podjęcie stosownych działań, po czym napięcie z wolna opadało, przez kolejne identyczne i w sumie dość przyjemne tygodnie ugruntowywało się przekonanie, że tak czy owak wiele się nie da zrobić; sam dyrektor, tak ofensywny i dziarski, kiedy przyjmował mnie do pracy, z biegiem czasu coraz bardziej łagodniał, niedawno się ożenił i najchętniej rozmawiał o przebudowie starej fermy, którą kupił dla swojej przyszłej rodziny. Przez kilka miesięcy panowało trochę większe poruszenie, gdy wśród pracowników pojawiła się pełna życia libańska stażystka, która zdobyła zdjęcie George'a W. Busha nad wielką tacą serów; w niektórych amerykańskich mediach zdjęcie wywołało miniburzę, ten idiota Bush najwyraźniej nie zdawał sobie sprawy, że import serów wytwarzanych na bazie surowego mleka właśnie został w jego kraju zakazany, tak więc pojawił się lekki oddźwięk medialny, ale bez żadnego wpływu na poziom sprzedaży; kolejne wysyłki livarota i pont-l'évèque'a dla Putina też nie przyniosły większego efektu.

Nie byłem ani zbyt pożyteczny, ani nadmiernie szkodliwy, co stanowiło pewien postęp w stosunku do Monsanto. Siedząc rano za kierownicą mercedesa G350 w drodze do pracy, przejeżdżając przez snujące się nad szosą mgły, mogłem sobie powiedzieć, że moje życie nie jest całkiem przegrane. Mijając miasteczko Thury-Harcourt, za każdym razem zastanawiałem się, czy ma ono jakiś związek z Aymerikiem, w końcu wszcząłem poszukiwania w internecie, co w tamtych czasach, przy znacznie słabiej rozwiniętej sieci, było dość uciążliwe, aż któregoś dnia znalazłem odpowiedź na raczkującej jeszcze stronie *Normandzkie dziedzictwo*, reklamującej się jako „strona informacyjna o historii i sztuce życia w Normandii". Owszem, był pewien związek, nawet całkiem bezpośredni. Początkowo miasteczko nosiło nazwę Thury, potem Harcourt w nawiązaniu do nazwiska rodziny, za Rewolucji przywrócono nazwę Thury, aż w końcu, w ramach próby pogodzenia „dwóch Francji", przyjęto nazwę Thury-Harcourt. Od czasów Ludwika XIII wznosił się tam gigantyczny zamek, niekiedy nazywany normandzkim Wersalem, rezydencja diuków d'Harcourt, którzy zarządzali wówczas prowincją. Niemal nietknięty podczas Rewolucji, spłonął w sierpniu czterdziestego czwartego w czasie wycofywania się 2. Dywizji Pancernej Das Reich osaczonej przez 59. Dywizję Piechoty Staffordshire.

Przez trzy lata studiów Aymeric d'Harcourt-Olonde był moim jedynym prawdziwym przyjacielem, większość wieczorów spędzaliśmy razem w jego pokoju, najpierw w Grignon, później w akademiku należącym do Wydziału Agronomii na międzynarodowym kampusie uniwersyteckim, pijąc piwo, paląc trawkę (to znaczy on palił, bo ja zdecydowanie wolałem mocne piwo, palił chyba ze trzydzieści skrętów dziennie i przez pierwsze dwa lata studiów był permanentnie naćpany), a przede wszystkim słuchając płyt. Ze swoimi długimi, kręconymi / 133 blond włosami i koszulami w stylu kanadyjskiego drwala Aymeric wyraźnie hołdował stylowi grunge, ale w muzyce poszedł znacznie dalej niż Nirvana i Pearl Jam, ewidentnie wrócił do źródeł, na półkach w jego pokoju stały setki winyli z lat sześćdziesiątych i siedemdziesiątych: Deep Purple, Led Zeppelin, Pink Floyd, The Who, a nawet The Doors, Procol Harum, Jimi Hendrix, Van de Graaf Generator i tak dalej. W owych czasach nie było jeszcze YouTube'a, a o tamtych zespołach prawie nikt już nie pamiętał, w każdym razie dla mnie było to odkrycie i absolutne zauroczenie.

Często spędzaliśmy wieczór tylko we dwóch, czasem dołączało paru chłopaków z roku – nikt szczególny, z trudem przypominam sobie ich twarze, a imiona kompletnie zapomniałem – natomiast nigdy żadnych dziewczyn, to dziwne, ale nie pamiętam, by Aymeric miał kiedykolwiek jakiś romans. Nie sądzę, żeby był prawiczkiem, nie wyglądał na takiego, który się boi kobiet, raczej na takiego, który myśli o innych sprawach, na przykład o swoim życiu zawodowym, była w nim pewna powaga, na którą wówczas zapewne nie zwróciłem uwagi, bo swoje własne życie zawodowe miałem kompletnie w dupie, nie wiem, czy w ogóle przemknęło mi przez głowę, uważałem, że nie sposób poważnie interesować się czymkolwiek innym niż dziewczynami – a najgorsze jest to, że w wieku czterdziestu sześciu lat zdałem sobie sprawę, że miałem wówczas rację, dziewczyny to kurwy, można i tak na to spojrzeć, ale życie zawodowe to jeszcze większa kurwa, która na dodatek nie przynosi żadnej przyjemności.

Pod koniec drugiego roku spodziewałem się, że Aymeric wybierze równie debilną specjalizację jak ja, typu socjologia wiejska lub ekologia, ale on zapisał się na zootechnikę, która wymagała cholernej pracowitości. We wrześniu pojawił się z krótkimi włosami i kompletnie nową garderobą, a na stażu w Danonie pod koniec studiów nosił ni mniej, ni więcej, tylko garnitur i krawat. W tamtym roku, który pamiętam jak jedne długie wakacje, widywaliśmy się rzadziej: ostatecznie wybrałem ekologię i jeździłem wraz z kolegami po całej Francji, badając różne formacje roślinne. Do końca roku akademickiego nauczyłem się rozpoznawać wszystkie formacje, na które można się natknąć we Francji, potrafiłem przewidzieć ich występowanie na podstawie mapy geologicznej i lokalnych danych meteorologicznych, i to w zasadzie wszystko, choć nieźle mi w następnych latach służyło, kiedy chciałem utrzeć nosa działaczom Zielonych podczas rozmów o rzeczywistych konsekwencjach globalnego ocieplenia. On natomiast odbył lwią część stażu w dziale marketingu Danone'a, więc można było oczekiwać, że swoją karierę poświęci wymyślaniu nowych jogurtów pitnych i smoothies. A jednak znowu mnie zaskoczył w dniu uroczystego rozdania dyplomów, oświadczając, że ma zamiar przejąć gospodarstwo rolne w departamencie Manche. Inżynierowie agronomowie są obecni praktycznie we wszystkich dziedzinach przemysłu rolno-spożywczego, czasem na stanowiskach technicznych, choć częściej na kierowniczych, ale nadzwyczaj rzadko sami zostają rolnikami; przeglądając listę absolwentów agronomii, by znaleźć jego adres, zorientowałem się, że Aymeric jako jedyny z naszego roku dokonał takiego wyboru.

Mieszkał w Canville-la-Rocque, uprzedził przez telefon, że nie będzie mi łatwo trafić i lepiej, żebym zapytał mieszkańców, jak dotrzeć do zamku d'Olonde. Tak, ten też należał do jego rodziny, ale był znacznie starszy od zamku w Thury-Harcourt: po raz pierwszy został zniszczony w tysiąc dwieście czwartym, a odbudowany w połowie trzynastego wieku. Z innych wieści: rok wcześniej Aymeric ożenił się, sporo zainwestował w gospodarstwo ze stadem trzystu krów mlecznych, ale o tym pogadamy później. Nie, od czasu przeprowadzki nie widział się z nikim z wydziału.

Przybyłem do zamku d'Olonde o zmroku. Był to nie tyle zamek, ile niespójna zbieranina zabudowań w bardzo różnym stanie, trudno było odtworzyć oryginalny plan całości: w środku masywny, prostokątny budynek mieszkalny, który nadal jako tako się trzymał, choć trawy i mchy zaczynały już nadgryzać granitowe bloki, chyba był to granit z Flamanville, jego zniszczenie zajmie jeszcze pewnie kilka wieków.

Nieco z tyłu wznosił się cylindryczny donżon, wysoki i smukły, sprawiający wrażenie niemal nietkniętego; bliżej wejścia stał drugi, kiedyś zapewne kwadratowy, który musiał stanowić główny punkt obronny fortecy, nie miał okien ani dachu, resztki murów straciły kanty, zaokrągliły się pod wpływem erozji, zbliżając się powoli do swego geologicznego przeznaczenia. Sto metrów dalej wielki hangar i silos lśniły metalicznie, kłócąc się z krajobrazem, były to chyba pierwsze współczesne budynki, jakie zobaczyłem od pięćdziesięciu kilometrów.

Aymeric znowu zapuścił włosy i wrócił do flanelowych koszul w kratę, tyle że teraz odgrywały one swoją pierwotną rolę ubrania roboczego.

– Właśnie tutaj Barbey d'Aurevilly umieścił ostatnią scenę swojej ostatniej powieści *Historia bez nazwy* – powiedział. – W tysiąc osiemset osiemdziesiątym drugim nazwał ten budynek starym, niemal doszczętnie zniszczonym zamkiem; jak widzisz, od tamtego czasu sytuacja nie uległa poprawie.

– Nie możesz dostać wsparcia od konserwatora zabytków?

– Trudna sprawa. Wprawdzie jesteśmy wpisani na listę, ale mało kto otrzymuje jakąkolwiek pomoc. Moja żona Cécile chciałaby przeprowadzić remont generalny, zamieniając zamek na hotel z charakterem czy coś w tym rodzaju. Mamy tu czterdzieści wolnych pokoi, a ogrzewamy tylko pięć. Napijesz się czegoś?

Zgodziłem się na kieliszek chablis. Nie miałem pojęcia, czy projekt stworzenia hotelu z charakterem ma jakikolwiek sens, ale sala jadalna była ciepłym, przyjemnym pomieszczeniem z wielkim kominkiem i wygodnymi fotelami obitymi ciemnozieloną skórą; wystrój ten na pewno niczego nie zawdzięczał Aymericowi, który pozostawał doskonale obojętny na wszelkie zagadnienia estetyczne, jego pokój w akademiku był jednym z bardziej anonimowych, jakie kiedykolwiek widziałem, przypominał prowizoryczny obóz wojskowy – z wyjątkiem płyt.

Tutaj zajmowały całą ścianę i wyglądały imponująco.

– Zimą zeszłego roku przeliczyłem, ponad pięć tysięcy… – powiedział.

Nadal miał ten sam gramofon, technics MK2, ale dopiero teraz zobaczyłem kolumny, olbrzymie prostopadłościany w obudowie z surowego orzecha, wysokości ponad metra.

– To klipschorny, pierwsze i być może najlepsze kolumny zaprojektowane przez Klipscha, kupił je w czterdziestym dziewiątym mój dziadek, który miał bzika na punkcie opery. Po jego śmierci ojciec dał mi je w prezencie, sam nigdy się nie interesował muzyką.

Odniosłem wrażenie, że cały ten sprzęt nie był zbyt często używany: klapę gramofonu pokrywała cienka warstwa kurzu.

– To prawda – potwierdził Aymeric, który chyba dostrzegł moje spojrzenie. – Nie mam głowy do muzyki. Życie rolnika nie jest łatwe, wciąż nie osiągnąłem stabilności finansowej, więc wieczorami kombinuję, liczę, ale teraz, skoro tu jesteś, puścimy sobie jakiś fajny kawałek, a na razie dolej sobie wina.

Poszperawszy przez dwie minuty na półkach, wyciągnął *Ummagummę*.

– Co prawda *Atom Heart Mother* z krową na okładce lepiej pasowałaby do okoliczności… – oświadczył, opuszczając igłę na początek *Grantchester Meadows*.

Było to niesamowite: nigdy w życiu nie słyszałem ani nie podejrzewałem istnienia takiej jakości dźwięku, każdy śpiew ptaka i chlupot wody w rzece były idealnie czytelne, basy pełne i mocne, wysokie tony niewiarygodnie czyste.

– Cécile niedługo wróci. Pojechała do banku w sprawie tego swojego projektu hotelarskiego.

– Mam wrażenie, że nie bardzo w to wierzysz.

– Sam nie wiem, widziałeś w okolicy wielu turystów?

– Zasadniczo ani jednego.

– No właśnie... W jednej sprawie całkowicie się z nią zgadzam: musimy coś zrobić. Nie możemy dalej tracić pieniędzy. Jeśli w ogóle wiążemy koniec z końcem, to tylko dzięki dzierżawie i przede wszystkim sprzedaży ziemi.

– Dużo masz ziemi?

– Tysiące hektarów; swego czasu byliśmy właścicielami praktycznie całego obszaru między Carentan a Carteret. Mówię „my", choć cała posiadłość nadal należy do mojego ojca; gdy zająłem się gospodarstwem, przekazał mi zyski z dzierżawy, a i tak często muszę sprzedać jakąś działkę. Najgorsze, że nawet nie sprzedaję tutejszym rolnikom, tylko inwestorom zagranicznym.

– Z jakich krajów?

– Głównie Belgom i Holendrom, ale coraz częściej Chińczykom. W zeszłym roku sprzedałem pięćdziesiąt hektarów jakiemuś chińskiemu konsorcjum gotowemu kupić dziesięć razy tyle i zapłacić dwukrotność ceny rynkowej. Miejscowi rolnicy nie mogą sprostać takiej konkurencji, już i tak z trudem spłacają pożyczki i płacą za dzierżawę, co rusz któryś rezygnuje i zamyka interes, a kiedy są w kłopotach, staram się nie naciskać, zbyt dobrze ich rozumiem, sam jestem w podobnej sytuacji, mojemu ojcu było łatwiej, latami mieszkał w Paryżu, zanim się przeniósł do Bayeux, w końcu to on był tu panem... Więc sam nie wiem, może ten hotel miałby jakiś sens...

Przez całą drogę zastanawiałem się, co dokładnie powiem Aymericowi o mojej pracy w RDRL. Jakoś kiepsko widziałem siebie opowiadającego, że jestem bezpośrednio zaangażowany w projekt promocji eksportu serów normandzkich czy też w coś, co należało raczej nazwać porażką projektu promocji eksportu serów normandzkich, mówiłem więc raczej o swoich zadaniach administracyjnych, związanych z rozszerzeniem apelacji kontrolowanego pochodzenia francuskich serów na terytorium Europy; w sumie nie kłamałem, irytujące zagadnienia formalnoprawne zajmowały mi coraz więcej czasu, musiałem bez przerwy trzymać się reguł, choć do dzisiaj nie wiem, o co w nich chodziło, w działalności człowieka nic nie tchnie tak potworną nudą jak prawo. W sumie jednak w swojej nowej roli odnosiłem pewne sukcesy: na podstawie jednego z zaleceń, które sformułowałem w notatce syntetycznej, kiedy kilka lat później przyjmowano dekret definiujący apelację livarota, zaznaczono, że musi być wytwarzany z mleka krów rasy normandzkiej. A w czasie, gdy przyjechałem w odwiedziny do Aymerica, uczestniczyłem w sporze proceduralnym (wkrótce przez nas wygranym) z grupą Lactalis i spółdzielnią Isigny Sainte-Mère, które pragnęły zerwać z obowiązkiem produkowania camembertów na bazie mleka niepasteryzowanego.

Właśnie to wyjaśniałem, gdy pojawiła się Cécile: ładna brunetka, szczupła i elegancka. Na jej twarzy malowało się napięcie, niemal cierpienie, najwyraźniej miała za sobą trudny dzień. W stosunku do mnie zachowywała się jednak miło, postarała się przygotować kolację, ale czułem, że wzięła na siebie zbyt wiele i gdyby nie ja, łyknęłaby kilka proszków przeciwbólowych i położyła się do łóżka. Wyraziła zadowolenie, że do Aymerica przyjechał ktoś z wizytą, za dużo oboje pracują, nikogo nie widują, pogrzebali się żywcem, choć nie mają jeszcze trzydziestu lat. Prawdę mówiąc, byłem w takiej samej sytuacji z jedyną różnicą, że moja praca nie była zbyt wyczerpująca; w sumie zresztą wszyscy są w takiej samej sytuacji, lata studenckie to jedyny szczęśliwy okres w życiu, kiedy przyszłość stoi otworem i wszystko zdaje się możliwe, natomiast życie dorosłe, praca zawodowa to powolne i stopniowe zapadanie się; zresztą pewnie właśnie dlatego młodzieńcze przyjaźnie nawiązywane podczas studiów, jedyne prawdziwe przyjaźnie, rozpadają się po wejściu w życie dorosłe: unikamy spotkań z przyjaciółmi z dawnych lat, gdyż nie chcemy być konfrontowani ze świadkami naszych straconych nadziei, z oczywistością naszego upadku.

W sumie ta wizyta u Aymerica okazała się błędem, ale niezbyt poważnym: przez dwa dni na pewno nam się uda robić dobrą minę do złej gry, po kolacji nastawił płytę *live* Jimiego Hendrixa z koncertu na wyspie Wight – choć nie najlepszy, był to jego ostatni koncert, niecałe dwa tygodnie przed śmiercią – czułem, że ten powrót do przeszłości troszkę irytuje Cécile, która na pewno nie hołdowała stylowi grunge, wyglądała raczej na panienkę z dobrego domu, umiarkowaną tradycjonalistkę, ale nie integrystkę, Aymeric ożenił się z kimś ze swojego środowiska, co jest dość typowe i zazwyczaj przynosi najlepsze rezultaty, w każdym razie tak słyszałem, mój problem polegał natomiast na tym, że nie miałem własnego ściśle określonego środowiska.

Następnego dnia wstałem koło dziewiątej, znalazłem go w jadalni nad jajkami sadzonymi, grillowaną kaszanką i bekonem, które popijał kawą i calvadosem. Jak mi wyjaśnił, jego dzień zaczął się parę godzin wcześniej; codziennie wstawał o piątej na poranne dojenie, nie kupił elektrycznej dojarki, uważając to za wydatek nieproporcjonalny do zysków, większość jego kolegów, którzy się na tę inwestycję zdecydowali, wkrótce potem zbankrutowała, zresztą krowy lubią być dojone ręką człowieka, w każdym razie on tak uważał, nie należy zapominać o kwestiach sentymentalnych. Zaproponował mi spacer, by obejrzeć stado.

Nowiutki metalowy hangar, który dostrzegłem poprzedniego dnia, okazał się oborą, prawie wszystkie stojące w czterech rzędach boksy były zajęte – jak zauważyłem, wyłącznie przez krowy rasy normandzkiej.

– Tak, to w pełni świadoma decyzja – potwierdził Aymeric. – Dają trochę mniej mleka niż krowy holsztyno-fryzyjskie, ale moim zdaniem znacznie lepszej jakości. Bardzo mnie zainteresowało to, co wczoraj mówiłeś o apelacji livarota, nawet jeśli teraz sprzedaję przede wszystkim producentom pont-l'évêque'a.

W głębi obory ścianki z dykty oddzielały maleńkie biuro z komputerem, drukarką i metalowymi segregatorami.

– Posługujesz się komputerem przy zamawianiu pasz? – zapytałem.

– Czasami, poza tym komputer pomaga mi przy napełnianiu żłobów kukurydzą z silosów, mogę też programować uzupełnianie paszy dodatkami witaminowymi, bo zbiorniki są połączone. To taka trochę zabawa gadżetami, komputer służy mi głównie do księgowości. Sama wzmianka o księgowości sprawiła, że spochmurniał. Wyszliśmy na dwór, niebo było błękitne i pogodne.

– Przedtem pracowałem w Monsanto – wyznałem. – Nie sądzę jednak, byś używał kukurydzy genetycznie modyfikowanej.

– Nie. Przestrzegam warunków hodowli ekologicznej, poza tym ograniczam podawanie kukurydzy, normalna krowa żywi się trawą. Staram się działać zgodnie z regułami, to nie jest hodowla przemysłowa, sam widziałeś, że krowy mają u mnie dużo miejsca, codziennie wychodzą na pastwisko, nawet w zimie. Ale im bardziej przestrzegam reguł, tym trudniej mi związać koniec z końcem.

Nie wiedziałem, co odpowiedzieć. W pewnym sensie miałem bardzo dużo do powiedzenia, mógłbym przez trzy godziny uczestniczyć w debacie na te tematy na dowolnym kanale informacyjnym. Ale Aymericowi, właśnie jemu i w jego sytuacji, nie mogłem wiele powiedzieć, wszystko wiedział równie dobrze jak ja. Tego ranka powietrze było tak przejrzyste, że widać było ocean.

– Proponowano mi, żebym po zakończeniu stażu został w Danonie – oświadczył z namysłem.

Przez pozostałą część dnia zwiedzałem zamek z kaplicą, do której jaśniepaństwo d'Harcourtowie chodzili niegdyś na msze, najbardziej imponująca była jednak niewiarygodnie wielka sala jadalna ze ścianami obwieszonymi portretami przodków, kominek miał siedem metrów szerokości i bez trudu można było sobie wyobrazić, że podczas niekończących się średniowiecznych uczt służył do pieczenia dzików i jeleni; myśl o hotelu z charakterem wydawała mi się coraz bardziej sensowna, nie ośmieliłem się tego powiedzieć Aymericowi, ale moim zdaniem nie było zbyt prawdopodobne, by sytuacja hodowców bydła uległa jakiejś poprawie, dochodziły mnie pogłoski, że w Brukseli rozważa się projekt zniesienia kwot mlecznych – decyzję tę, która miała pogrążyć tysiące francuskich hodowców w biedzie, a nawet doprowadzić ich do bankructwa, ostatecznie podjęto w dwa tysiące piętnastym, za prezydentury François Hollande'a, lecz wejście dziesięciu nowych krajów do przestrzeni europejskiej w dwa tysiące czwartym roku na podstawie traktatu ateńskiego postawiło Francję na pozycji zdecydowanie mniejszościowej i sprawiło, że decyzja ta stała się raczej nieuchronna. Ogólnie rzecz biorąc, było mi coraz trudniej rozmawiać z Aymerikiem: nawet jeśli darzyłem rolników ogromną sympatią i byłem gotów w każdych okolicznościach bronić ich sprawy, to miałem świadomość, że teraz stoję po stronie państwa francuskiego, a więc nie należymy już do jednego obozu.

Wyjechałem następnego dnia po obiedzie, ostre niedzielne słońce kontrastowało z moim narastającym smutkiem. Jestem szczerze zdziwiony, że do dzisiaj pamiętam tamten smutek, gdy jechałem powoli pustymi drogami departamentu Manche. Człowiek pragnie jakichś przeczuć czy znaków, lecz zazwyczaj nie pojawiają się żadne; tamtego słonecznego martwego popołudnia nic nie wskazywało, że następnego dnia spotkam Camille i ów poniedziałkowy poranek będzie początkiem najpiękniejszych lat mojego życia.

Zanim przejdziemy do mojego spotkania z Camille, wróćmy na chwilę do pewnego znacznie smutniejszego listopada prawie dwadzieścia lat później, smutniejszego o tyle, że wszystkie moje s z a n s e ż y c i o w e (podobnie jak mówimy o s z a n s a c h n a p r z e ż y c i e) były już jasno określone. Pod koniec miesiąca pierwsze dekoracje świąteczne zalały centrum handlowe Italie II, a ja zadałem sobie pytanie, czy okres świąteczny mam spędzić w hotelu Mercure. Nie było żadnego istotnego powodu, by go opuszczać, żadnego poza wstydem, który sam w sobie jest nader poważnym powodem, nawet w dzisiejszych czasach niełatwo się przyznać do absolutnej samotności; kiedy zacząłem rozważać możliwe cele podróży, najoczywistszym okazały się klasztory, w tych dniach wspominania narodzin Zbawcy wielu rozmyśla nad powrotem do źródeł, przynajmniej tak czytałem w numerze specjalnym „Pèlerin Magazine", w takich przypadkach samotność nie tylko jest normalna, lecz wręcz zalecana; tak, uznałem to za najlepsze rozwiązanie i postanowiłem jak najszybciej znaleźć informacje o kilku klasztorach, do których mógłbym się udać; jak stwierdziłem po krótkim surfowaniu po sieci – co zresztą podejrzewałem po lekturze owego numeru „Pèlerin Magazine" – była najwyższa pora, by nie rzec po czasie, wszystkie klasztory, do których dzwoniłem, miały już komplet gości.

Znacznie poważniejszy problem stanowiła konieczność uzyskania nowej recepty na captorix, którego korzystne działanie nie budziło żadnych wątpliwości, dzięki niemu moje życie społeczne przebiegało teraz gładko, co rano dokonywałem minimalnych, choć w pełni wystarczających zabiegów higienicznych, po czym ciepło i przyjaźnie witałem się z kelnerami w O'Jules, tyle że nie miałem najmniejszej ochoty na wizytę u psychiatry, zwłaszcza u tej karykatury psychiatry z ulicy des Cinq-Diamants, ale w zasadzie u żadnego psychiatry, na widok każdego psychiatry dostawałem w y m i o t ó w; i wtedy pomyślałem o doktorze Azote.

Ten internista o dziwacznym nazwisku przyjmował przy ulicy d'Athènes, dwa kroki od dworca Saint-Lazare; po jednej z cotygodniowych podróży między Paryżem a Caen byłem u niego z powodu bronchitu. Pamiętałem go jako czterdziestolatka z zaawansowaną łysiną, pozostałe włosy miał długie, szpakowate i dość brudne, bardziej przypominał basistę jakiejś kapeli hardrockowej niż lekarza. Pamiętałem jeszcze, że w trakcie wizyty zapalił camela, „przepraszam, to wstrętny nałóg, który jako pierwszy stanowczo odradzam...", a przede wszystkim pamiętałem, że bez żadnych ceregieli przepisał mi syrop z kodeiną, który u jego kolegów zaczynał już budzić podejrzenia.

Miał teraz o dwadzieścia lat więcej, ale jego łysina nieszczególnie się powiększyła (choć i nie zmalała), a pozostałe włosy były równie długie, szpakowate i brudne.

– A tak, captorix, niezły lek, u moich pacjentów zdarzały się całkiem dobre wyniki... – stwierdził trzeźwo. – Chce pan receptę na pół roku?

A po chwili zapytał:

– Co pan robi w czasie świąt? Trzeba bardzo uważać w tym okresie, dla osób cierpiących na depresję czas świąteczny bywa wręcz śmiertelny, miałem mnóstwo takich pacjentów, facet wygląda w pełni stabilnie, aż tu zonk! i w sylwestra strzela sobie w łeb, zawsze w sylwestra wieczorem, po północy nie ma już problemu. Trzeba zrozumieć: już Gwiazdka nieźle nim tąpnęła, potem miał tydzień na rozmyślanie nad gównem, w które wdepnął, może miał jakiś plan, żeby uniknąć sylwestra, ale plan nie wypalił, nadchodzi wieczór trzydziestego pierwszego grudnia, a on nie daje rady, podchodzi do okna i skacze albo strzela sobie w łeb, jak kto woli. Ja o tym mówię jak gdyby nigdy nic, ale moja robota zasadniczo polega na tym, żeby chronić ludzi przed śmiercią, to znaczy przez pewien czas, tak długo, jak się da.

Opowiedziałem mu o pomyśle z klasztorami.

– To całkiem niegłupie, mam pacjentów, którzy tak robią, ale moim zdaniem trochę późno pan się za to zabrał. No, jeszcze są kurwy w Tajlandii, zapomina pan o znaczeniu Gwiazdki w krajach azjatyckich, a przez sylwestra dość łatwo się prześlizgnąć, dziewczyny są tam właśnie po to, powinien pan jeszcze dostać bilet, na samoloty jest mniej rezerwacji niż na klasztory, wyjazdy do Tajlandii też niekiedy przynosiły niezłe wyniki u moich pacjentów, czasami wręcz fantastyczne, niektórzy faceci wracali naładowani energią, w najwyższym stopniu uwierzywszy w swoje zdolności uwodzicielskie, no dobra, mówię o facetach trochę dupowatych, o kretynach, których łatwo nabrać, pan do nich niestety nie należy. W pana przypadku problemem jest captorix, może pan mieć kłopoty ze wzwodem, nie mogę panu zagwarantować, nawet z dwiema szesnastoletnimi tajskimi kurewkami niczego nie mogę zagwarantować, to właśnie jest wpieniające w tym leku, ale ja gorąco panu odradzam gwałtowne odstawienie, i tak by to zresztą nic nie dało, bo on działa jeszcze przez dwa tygodnie po odstawieniu, w każdym razie jakby co, będzie pan wiedzieć, że to od tego leku, w najgorszym razie będzie pan mógł się opalać i wpieprzać krewetki w curry.

Powiedziałem, że się zastanowię nad tą propozycją, w sumie ciekawą, choć nie do końca pasującą do mojej sytuacji, bo u mnie doszło nie tylko do zaniku zdolności do erekcji, lecz także pożądania, sama myśl o pieprzeniu wydawała mi się dziwaczna i niestosowna, byłem pewien, że nawet dwie szesnastoletnie tajskie kurewki nie rozwiążą problemu, w każdym razie Azote miał rację, to jest dobre dla jakichś dupków, dla Angoli z dołów społecznych, gotowych uwierzyć w każdy przejaw miłości czy podniecenia u kobiety, nawet jeśli jest to zupełnie nieprawdopodobne, wychodzili z ich dłoni, cip i ust totalnie zregenerowani, po czymś takim stawali się innymi ludźmi, byli kompletnie zniszczeni przez zachodnie kobiety, najbardziej jaskrawy przypadek to były rzecz jasna Brytyjki, no więc oni wychodzili z tego zregenerowani, ale moja sytuacja była inna, ja kobietom niczego nie miałem do zarzucenia, zresztą mnie to i tak nie dotyczyło, wiedziałem, że już nigdy nie będę mieć wzwodu, seksualność jako taka znikła z horyzontu moich zainteresowań, do czego o dziwo nie ośmieliłem się przyznać doktorowi Azote, ograniczyłem się do opowieści o „trudnościach ze wzwodem", ale on był jednak znakomitym lekarzem, więc wychodząc, odzyskałem nieco wiary w ludzkość, medycynę i świat, niemal lekkim krokiem skręciłem w ulicę d'Amsterdam i dopiero na wysokości dworca Saint-Lazare popełniłem błąd, choć sam nie wiem, czy to rzeczywiście był błąd, dowiem się tego dopiero na sam koniec, nie da się ukryć, że koniec jest blisko, ale jeszcze nie całkiem, jeszcze nie nadszedł.

Miałem dziwne wrażenie grzęźnięcia w jakiejś autofikcji, gdy wchodziłem do hali dworca Saint-Lazare, zamienionej w dość banalne centrum handlowe pełne butików odzieżowych, po którym krążyłem, jakbym zapomniał języka w gębie, między niezrozumiałymi szyldami, przy czym sam termin „autofikcja" budził we mnie jakieś niejasne skojarzenia, zapamiętałem go z lektury książki Christine Angot (powiedzmy raczej, jej pięciu pierwszych stron); w każdym razie im bardziej zbliżałem się do peronów, tym bardziej mi się wydawało, że to słowo dobrze oddaje moją sytuację, że wręcz wymyślono je dla mnie, moja rzeczywistość stała się nie do zniesienia, żadna istota ludzka nie mogła przeżyć w tak dramatycznej samotności, próbowałem zapewne zbudować rzeczywistość alternatywną, powrócić do rozstajów czasowych, w pewien sposób nabyć dodatkowy kredyt życia, może przez te wszystkie lata czekał na mnie ukryty między dwoma peronami, pod kurzem i smarem oblepiającym lokomotywy; w tym momencie moje serce zabiło szalonym rytmem, jak serce ryjówki widzącej przed sobą drapieżnika, ryjówki to śliczne zwierzątka, doszedłem do peronu numer dwadzieścia dwa, gdzie kiedyś, kilka metrów dalej, czekała na mnie Camille, na początku peronu numer dwadzieścia dwa każdego piątkowego wieczoru przez niemal rok, kiedy wracałem z Caen. Jak tylko mnie dostrzegała, ciągnącego walizkę kabinową na pożal-się-Boże kółkach, ruszała w moim kierunku i biegła z całych sił, tak szybko, jak jej pozwalała wydolność płuc, i już byliśmy razem, i nie istniała nawet myśl o rozłące, już nie istniała myśl o rozłące, nie było nawet sensu o tym wspominać.

Poznałem szczęście, wiem, czym ono jest, umiem o nim mówić w sposób kompetentny, znam również jego koniec i wiem, co następuje później. „Czasem brak jednej bliskiej osoby sprawia, że świat zdaje się wyludniony", jak pisał Lamartine*, choć słowo „wyludniony" zdaje się zbyt słabe, pobrzmiewając osiemnastowieczną głupotą, nie ma w nim jeszcze zdrowej mocy rodzącego się romantyzmu, prawda jest taka, że brak jednej

---

* Cytat z wiersza Alphonse'a de Lamartine'a *L'isolement* (Samotność) zawartego w tomie *Premières Méditations poétiques*; przekład obiegowy, tłumacz nieznany.

bliskiej osoby sprawia, iż świat zdaje się martwy, a człowiek umiera lub zamienia się w ceramiczną figurkę, wszyscy ludzie zamieniają się w ceramiczne figurki, idealne izolatory cieplne i elektryczne, i nic już nie może człowieka dosięgnąć z wyjątkiem cierpienia wewnętrznego, zrodzonego z rozpadu niezależnego ciała, lecz ja jeszcze nie doszedłem do tego stadium, moje ciało na razie dobrze się spisywało, tyle że byłem samotny, rozpaczliwie samotny i nie czerpałem żadnej rozkoszy ze swojej samotności ani ze sprawnie działającego umysłu, potrzebowałem miłości, bardzo konkretnej miłości, potrzebowałem miłości jako takiej, ale przede wszystkim w postaci cipki, na naszej planecie dość przeciętnej wielkości istnieje dużo cipek, miliardy cipek, aż w głowie się kręci, kiedy człowiek pomyśli o liczbie cipek na naszej planecie, można dostać zawrotów, chyba każdy mężczyzna kiedyś to poczuł; z drugiej strony cipki potrzebują fiutów, przynajmniej tak sobie kiedyś wyobraziły (jakże szczęśliwa pomyłka, na której opiera się męska rozkosz i przetrwanie gatunku, a może nawet socjaldemokracji), teoretycznie problem daje się rozwiązać, ale w praktyce nie ma takiej opcji, tak oto umierają cywilizacje, bez trosk, niebezpieczeństw i dramatów, przy niewielkim przelewie krwi, cywilizacje umierają z nudów, ze znużenia samymi sobą, co socjaldemokracja miała mi do zaoferowania, oczywiście nic, jedynie trwałość nieobecności i wezwanie do zapomnienia.

Oderwanie się od myśli o peronie numer dwadzieścia dwa dworca Saint-Lazare zajęło mi nie więcej niż kilka nanosekund, przypomniałem sobie od razu, że poznaliśmy się na drugim końcu trasy, to znaczy zależy od pociągu, niektóre jadą dalej do Cherbourga, inne kończą w Caen, właściwie to nie wiem, po co o tym mówię, zbędne informacje o rozkładach jazdy pociągów odjeżdżających z dworca Saint-Lazare przelatują przez mój dysfunkcyjny mózg; tak czy owak poznaliśmy się na peronie C dworca w Caen, w słoneczny listopadowy poniedziałek jakieś siedemnaście, może dziewiętnaście lat temu.

Sytuacja była dość szczególna: niemal nigdy nie proszono mnie o powitanie stażystki na oddziale weterynaryjnym (w owym czasie Camille była na drugim roku weterynarii w Maisons-Alfort), uważano mnie za luksusowego pracownika kontraktowego, któremu można powierzyć najróżniejsze, ale nie upokarzające zajęcia, ostatecznie byłem absolwentem agronomii, prośba ta stanowiła więc formę milczącego przyznania, że moja misja „promocji eksportu normandzkich serów" jest przez przełożonych traktowana coraz mniej poważnie. W sprawach sercowych nie należy jednak przeceniać roli przypadku: gdybym spotkał Camille kilka dni później na korytarzu w RDRL, nastąpiłoby mniej więcej to samo, tyle że w rzeczywistości nastąpiło to na końcu peronu C na dworcu w Caen.

Moja ostrość widzenia wyraźnie wzrosła już kilka minut przed przybyciem pociągu, co świadczy o tym, że ogarnęła mnie jakaś dziwna prekognicja: nie tylko zauważyłem rosnące między torami trawy, ale i rośliny o żółtych kwiatkach, których nazwa mi umknęła, dowiedziałem się o ich istnieniu podczas dość zabawnego modułu „spontaniczna roślinność w środowisku miejskim" na drugim roku agronomii, w ramach którego zbieraliśmy okazy roślin między kamieniami kościoła Saint-Sulpice, na skarpach wzdłuż obwodnicy... Poza tym z tyłu za dworcem dostrzegłem jakieś dziwne prostopadłościany w żółtobrązowe, brunatne i łososiowe pasy, które przywodziły mi na myśl futurystyczne miasto babilońskie – w rzeczywistości było to centrum handlowe Les Bords de l'Orne, przedmiot dumy nowych władz miejskich, gdzie można było znaleźć największe marki nowoczesnej konsumpcji, od Desigualu po The Kooples; dzięki temu centrum również mieszkańcy Dolnej Normandii zyskali dostęp do nowoczesności.

Zeszła po metalowych schodkach wagonu i odwróciła się w moją stronę, nie miała walizki na kółkach, co odnotowałem z niepojętą satysfakcją, tylko dużą płócienną torbę zarzuconą na ramię. Kiedy po dłuższej, trwającej może dziesięć minut, chwili zupełnie niekrępującego milczenia (ona patrzyła na mnie, ja patrzyłem na nią i nic więcej) oznajmiła: „Jestem Camille", pociąg zdążył już odjechać w kierunku Bayeux, Carentan, Valognes i Cherbourga, który był jego stacją końcową.

Na tym etapie mnóstwo rzeczy było już powiedzianych i określonych, mój ojciec w żargonie notarialnym powiedziałby „sporządzonych". Miała brązowe oczy i łagodne spojrzenie, szła za mną peronem C, potem ulicą d'Auge, zaparkowałem sto metrów dalej, a kiedy włożyłem jej torbę do bagażnika, spokojnie usiadła na miejscu koło kierowcy, jakby to robiła już dziesiątki czy setki razy i jakby miała to robić kolejne dziesiątki, setki czy tysiące razy, nie było między nami żadnego napięcia, czułem się spokojny takim spokojem, jakiego nigdy dotychczas nie zaznałem, mam wrażenie, że dopiero po jakiejś półgodzinie włożyłem kluczyk do stacyjki, chyba kiwałem głową jak jakiś szczęśliwy kretyn, ale ona nie okazywała śladu zniecierpliwienia ani zaskoczenia moim bezruchem; pogoda była przepiękna, niebo turkusowoniebieskie, niemal nierealne.

Jadąc północną obwodnicą i mijając klinikę uniwersytecką, zdałem sobie sprawę, że zaraz dotrzemy do ponurej dzielnicy handlowej składającej się głównie z niskich budynków pokrytych szarą blachą falistą; otoczenie nawet nie było wrogie, ale po prostu przeraźliwie nijakie, od roku co rano przejeżdżałem obok tej dzielnicy i nigdy nie zauważyłem jej istnienia. Hotel Camille znajdował się między zakładem produkującym protezy dentystyczne a kancelarią biegłych rewidentów.

– Wahałem się między Appart City a Adagio Aparthotel – wymamrotałem. – Appart City nie jest położony w centrum, ale do Dyrekcji można dotrzeć w piętnaście minut na piechotę, jeśli wieczorem będzie pani chciała wyjść na miasto, przystanek tramwajowy Claude-Bloch jest tuż obok i w dziesięć minut będzie pani w centrum, tramwaj chodzi do północy, mogłem oczywiście kombinować na odwrót, żeby jeździła pani do pracy tramwajem, a z okien Adagio miała widok na nabrzeża Orne, z drugiej strony w Appart City wszystkie kawalerki klasy premium mają taras, więc pomyślałem, że tak będzie przyjemnie, ale możemy zamienić, jeśli pani woli Adagio, koszty i tak pokrywa Dyrekcja...

Spojrzała na mnie dziwnym, zagadkowym wzrokiem będącym mieszaniną niezrozumienia i czegoś na kształt współczucia; później mi wytłumaczyła, że nie pojmowała, po co się wdaję w te skomplikowane wyjaśnienia, skoro od początku było jasne, że zamieszkamy razem.

W tym hardcorowym podmiejskim otoczeniu budynki RDRL sprawiały wrażenie dziwnie przestarzałych i zapuszczonych, przy czym, jak nie omieszkałem powiedzieć Camille, nie było to tylko wrażenie, ponieważ kiedy padał deszcz, w większości biur z sufitu kapała woda, a tutaj padało niemal bez przerwy. Budynki Dyrekcji nie wyglądały nawet na kompleks administracyjny, tylko raczej na osadę domków mieszkalnych rozrzuconych przypadkowo ni to w parku, ni to w jakimś zarośniętym na dziko terenie; asfaltowe alejki między budynkami zaczynały pękać pod naporem roślinności. Teraz, ciągnąłem, muszę ją przedstawić oficjalnemu kierownikowi stażu, czyli dyrektorowi służb weterynaryjnych, którego obiektywnie nie można określić inaczej niż jako starego kretyna, dodałem zrezygnowanym tonem. Z natury będąc człowiekiem małostkowym i kłótliwym, bezlitośnie tępił wszystkich urzędników mających pecha pracować pod jego kierownictwem, zwłaszcza młodych, odczuwał jakąś szczególną awersję do młodości, a obowiązek zajęcia się młodą stażystką przyjmował chyba jako osobistą zniewagę. Nie dość, że nie znosił młodych ludzi, to jeszcze nie przepadał za zwierzętami – z wyjątkiem koni, które jego zdaniem były jedynymi zwierzętami godnymi uznania, pozostałe czworonogi uważał za jakąś zwierzęcą magmę gorszego sortu skazaną na jak najszybszy ubój. Większość swojego życia zawodowego spędził w państwowej stadninie w Le Pin-au-Haras i choć przeniesienie do Regionalnej Dyrekcji ds. Rolnictwa i Leśnictwa stanowiło awans – a nawet ukoronowanie kariery – odebrał je jako afront. Pocieszyłem ją jednak, że spotkanie z dyrektorem potrwa zaledwie chwilę, jego awersja do młodych jest bowiem tak silna, że facet zrobi wszystko, by unikać wszelkich dalszych kontaktów, może być pewna, że podczas trzymiesięcznego stażu więcej go nie zobaczy.

Gdy Camille odbębniła tę niemiłą konieczność („Faktycznie stary kretyn" – potwierdziła sucho), przekazałem ją w ręce jednej z dyżurnych weterynarek, sympatycznej trzydziestolatki, z którą zawsze miałem jak najlepsze układy. Przez następny tydzień nie działo się nic. Zapisałem sobie w notesie numer Camille, wiedziałem, że to ja powinienem do niej zadzwonić, w stosunkach męsko-damskich to akurat się nie zmieniło, zresztą byłem od niej starszy o dziesięć lat, co też należało uwzględnić. Z tego okresu zostały mi dość dziwne wspomnienia, mogę go porównać tylko do tych rzadkich momentów w życiu, które zdarzają się jedynie wówczas, kiedy jesteśmy wyjątkowo spokojni i szczęśliwi, kiedy do ostatniej chwili staramy się nie zapaść w sen, choć wiemy, że będzie głęboki, przyjemny i pozwalający naprawdę odpocząć. Chyba nie popełnię błędu, porównując sen do miłości, chyba się nie pomylę, porównując miłość do s n u w e d w o j e z krótkimi chwilami snu w pojedynkę, do zabawy w ciągłe łączenie się i mijanie, pozwalającej na przemianę naszej ziemskiej egzystencji w coś dającego się znieść – tak naprawdę będącej jedynym sposobem, by to osiągnąć.

W rzeczywistości sprawy nie potoczyły się tak, jak zakładałem, świat zewnętrzny narzucił swoją obecność i zrobił to z całą brutalnością: Camille zadzwoniła równo tydzień później wczesnym popołudniem. Była w kompletnej panice, schroniła się w McDonaldzie w dzielnicy przemysłowej Elbeuf po poranku spędzonym na fermie przemysłowego chowu kur, skąd uciekła, korzystając z przerwy obiadowej, musiałem jak najszybciej przyjechać i ją uratować.

Rozwścieczony trzasnąłem słuchawką: co za debil z Dyrekcji mógł ją tam posłać? Świetnie znałem tę fermę, była olbrzymia, ponad trzysta tysięcy kur, eksportowali jaja aż do Kanady i Arabii Saudyjskiej, ale przede wszystkim mieli fatalną reputację, jedną z najgorszych we Francji, wszystkie inspekcje przynosiły bardzo negatywne opinie: w oświetlonych silnymi podsufitowymi halogenami hangarach tysiące stłoczonych kur usiłowały przeżyć, nie był to chów klatkowy, tylko podłogowy, kury nie miały piór, były wychudzone, skórę miały zaognioną, zżeraną przez ptaszyńca, żyły wśród rozkładających się kurzych zwłok, a każdą sekundę swojej krótkiej egzystencji – nie więcej niż rok – spędzały na przerażonym gdakaniu. Nawet w lepiej utrzymanych kurnikach słychać to nieustanne przerażone gdakanie, które już od wejścia budzi grozę, widać spanikowany, pełen niezrozumienia wzrok kur; nie prosiły o litość, nawet nie byłyby do tego zdolne, ale nie pojmowały, dlaczego muszą żyć w takich warunkach. Nie mówiąc o pisklętach kogutkach, nieprzydatnych na fermie niosek, które całymi garściami wrzucano żywcem do zgniatarki; o wszystkim tym wiedziałem, miałem okazję zwiedzić wiele kurzych ferm, z których ta w Elbeuf była bez wątpienia najgorsza, lecz wspólna wszystkim ludziom podłość pozwoliła mi o tym zapomnieć.

Jak tylko Camille zobaczyła mnie na parkingu, podbiegła i rzuciła mi się w ramiona, długo stała wtulona we mnie, nie potrafiąc powstrzymać łez. Jak ludzie mogą robić coś takiego? Jak ludzie mogą przyzwalać na coś takiego? Nie miałem nic do powiedzenia poza mało ciekawymi ogólnikami o ludzkiej naturze.

Kiedy ruszyliśmy do Caen, przeszła do pytań bardziej krępujących: jak weterynarze i inspektorzy zdrowia publicznego mogą przyzwalać na coś takiego? Jak mogą przeprowadzać inspekcje miejsc, w których torturowanie zwierząt jest na porządku dziennym, i godzić się na dalsze ich funkcjonowanie, a nawet przy tym współpracować, skoro przede wszystkim są weterynarzami? Muszę przyznać, że sam się nad tym zastanawiałem: czy brali kasę za milczenie? Podejrzewam, że nawet nie. Ostatecznie w nazistowskich obozach też byli lekarze z dyplomami akademii medycznych. Tu również mogłem rzucić kilka banalnych i mało zachęcających uwag o ludzkości, ale wolałem milczeć.

Kiedy jednak powiedziała, że waha się, czy nie rzucić weterynarii, postanowiłem zabrać głos. Przypomniałem jej, że weterynaria to wolny zawód, nikt jej nie może zmusić do pracy na fermie przemysłowej ani nawet do bywania na takich fermach, dodałem, że miała okazję zobaczyć najgorszą sytuację z możliwych (przynajmniej we Francji, w innych krajach kury mają zdecydowanie gorsze życie, ale tego postanowiłem nie mówić). Teraz już wiedziała, i tyle – to bardzo dużo, ale na tym koniec. Postanowiłem również nie mówić, że świnie wcale nie żyją lepiej, ani nawet coraz częściej krowy – uznałem, że na jeden dzień wystarczy.

Kiedy podjechaliśmy pod Appart City, powiedziała, że nie jest w stanie ot tak wrócić do siebie, że musi się czegoś napić. W pobliżu wybór był kiepski, a sama okolica wybitnie n i e f a j n a, zasadniczo był tylko hotel Mercure Côte de Nacre, którego klientela składała się wyłącznie z przedstawicieli kadry kierowniczej średniego szczebla współpracujących z jednym z tutejszych przedsiębiorstw przemysłowych.

Bar okazał się zaskakująco przyjemny, z kanapami i głębokimi fotelami obitymi żółtobrązową tkaniną, barman obsługiwał sprawnie, ale się nie narzucał. Camille rzeczywiście mocno dostała w kość, była zbyt młoda i niewinna, żeby odwiedzać fermę przemysłowego chowu kur, rozluźniła się dopiero po piątym martini. Ja sam byłem kompletnie wykończony, jakbym właśnie wrócił z potwornie długiej podróży, nie czułem się na siłach, by jechać z powrotem do Clécy, w ogóle czułem się bez sił, byłem spokojny i szczęśliwy. Wzięliśmy więc pokój w hotelu Mercure Côte de Nacre, dokładnie taki, jakiego można się spodziewać w hotelu Mercure, w każdym razie tam właśnie spędziliśmy naszą pierwszą wspólną noc, którą zapewne będę pamiętać do końca swych dni, obrazy idiotycznego wystroju będą mnie prześladować do ostatniej kropli krwi, zresztą powracają co wieczór i wiem, że to się nigdy nie skończy, że będzie tylko narastać w coraz bardziej dojmujący sposób, dopóki śmierć mnie nie wyzwoli.

Spodziewałem się oczywiście, że dom w Clécy przypadnie Camille do gustu, miałem jakieś podstawowe wyczucie estetyczne i zdawałem sobie sprawę, że to całkiem ładny dom, nie przewidziałem natomiast, że tak szybko uzna go za własny, że od pierwszych dni zacznie realizować swoje pomysły co do jego urządzenia, że zechce kupić trochę tkanin, przestawić parę mebli, że mając zaledwie dziewiętnaście lat, będzie się zachowywać jak kobieta – w prefeministycznym tego słowa znaczeniu. Dotychczas mieszkałem tam jak w hotelu, w dobrym hotelu z charakterem, ale dopiero kiedy wprowadziła się Camille, poczułem, że to naprawdę mój dom – tylko dlatego, że stał się jej domem.

W moim życiu codziennym zaszło parę zmian; dotychczas obojętnie jeździłem na zakupy do Super U w Thury-Harcourt, który miał tę dodatkową zaletę, że po wyjściu ze sklepu mogłem zatankować samochód i od czasu do czasu sprawdzić ciśnienie w oponach; nigdy nawet nie zwiedziłem miasteczka, które według przewodników różnej maści miało wiele uroku, w końcu było stolicą normandzkiej Szwajcarii, co stanowi pewien walor.

Wszystko to zmieniło się dzięki Camille; staliśmy się regularnymi klientami sklepu mięsnego i piekarni leżących przy placu du Tripot, podobnie jak ratusz i biuro informacji turystycznej. Mówiąc dokładniej, to Camille stała się ich regularną klientką, podczas gdy ja zazwyczaj czekałem na nią, sącząc kolejne kufle piwa w Le Vincennes – knajpie, barze, kiosku z papierosami oraz punkcie sprzedaży lotto i zakładów bukmacherskich przy placu Charles-de-Gaulle naprzeciwko kościoła. Raz poszliśmy nawet na kolację do Au Site Normand, najlepszej restauracji w miasteczku, szczycącej się tym, że w tysiąc dziewięćset siedemdziesiątym pierwszym jej gośćmi byli muzycy z zespołu Les Charlots, którzy przyjechali tu kręcić scenę do filmu *Rookies Run Amok*; Pink Floyd i Deep Purple nie były jedynymi ówczesnymi zespołami, lata siedemdziesiąte również miały swoją ciemną stronę, lecz tak czy owak restauracja była dobra, a zestaw serów imponujący.

Dla mnie był to zupełnie nowy, pełen niespodziewanego uroku styl życia, jakiego nie potrafiłbym sobie nawet wyobrazić z Claire; chodzi mi o to, że Camille miała pojęcie o sztuce życia, nawet zesłana do ładnego normandzkiego miasteczka położonego na głuchej wsi od razu dostrzegała, co z owego ładnego normandzkiego miasteczka można wyciągnąć. Większość ludzi nie umie korzystać z życia, które nie jest dla nich niczym swojskim, nigdy nie czują się w nim swobodnie, dlatego właśnie dążą do wielu rozmaitych, mniej lub bardziej ambitnych i wzniosłych celów, zazwyczaj zresztą ponoszą porażkę i dochodzą do wniosku, że trzeba było po prostu cieszyć się życiem, tyle że na ogół jest już za późno.

Byłem szczęśliwy, nigdy przedtem nie byłem i nigdy w przyszłości nie będę tak szczęśliwy, ani przez chwilę jednak nie zapominałem, że sytuacja jest ulotna. Camille przyjechała do RDRL tylko na staż i pod koniec stycznia nieuchronnie miała wrócić na studia w Maisons--Alfort. Nieuchronnie? Mogłem jej zaproponować, by przerwała studia i zajęła się domem, a mówiąc po prostu, by za mnie wyszła; spoglądając na to z pewnego dystansu (co czynię niemal bez przerwy), przypuszczam, że powiedziałaby „tak" – zwłaszcza po wizycie na fermie przemysłowego chowu kur. Lecz ja tego nie zrobiłem, zapewne nie byłem do tego zdolny, nie zostałem s f o r m a t o w a n y do składania takich propozycji, nie stanowiło to części mojego o p r o g r a m o w a n i a, byłem nowoczesny, tak więc podobnie jak moi rówieśnicy uważałem, że należy szanować potrzebę kariery zawodowej kobiet, było to absolutnie niekwestionowalne, stanowiło wyjście z czasów barbarzyństwa, opuszczenie średniowiecza. Z drugiej strony nie byłem może tak całkiem nowoczesny, skoro przyszło mi do głowy, że mógłbym się temu nie poddać, tyle że ponownie niczego nie zrobiłem ani nie powiedziałem, pozostawiłem sprawy swojemu biegowi, a przecież powrót do Paryża nie budził za grosz mojego zaufania; jak wszystkie miasta Paryż rodził samotność, a my w tym domu zbyt krótko żyliśmy razem, kobieta i mężczyzna, tylko we dwoje, przez kilka miesięcy stanowiliśmy dla siebie cały świat, czy zdołamy to zachować? Nie wiem, teraz jestem stary, nie do końca wszystko pamiętam, ale chyba już wtedy czułem strach, już wtedy rozumiałem, że społeczeństwo to maszyna do niszczenia miłości.

Z tamtego okresu w Clécy zostały mi tylko dwie fotografie, mam wrażenie, że zbyt wiele mieliśmy do przeżycia, by tracić czas na selfiaki, ale może ten zwyczaj nie był jeszcze tak powszechny, media społecznościowe dopiero raczkowały, o ile w ogóle istniały; w tamtych czasach ludzie chyba bardziej żyli w realu. Wydaje mi się, że oba zdjęcia zostały zrobione tego samego dnia w lesie niedaleko Clécy; są o tyle zaskakujące, że prawdopodobnie był listopad, a zarówno ostre, żywe światło, jak i intensywny połysk liści przywodzą na myśl wiosnę. Camille ma na sobie krótką dżinsową spódniczkę i kurteczkę. Pod kurteczką ma białą, zawiązaną w talii bluzkę we wzory przedstawiające jakieś czerwone owoce. Na pierwszym zdjęciu jej twarz rozświetla uśmiech, Camille dosłownie tryska szczęściem – dzisiaj wydaje mi się absurdem sądzić, że to ja byłem źródłem tego szczęścia. Drugie zdjęcie jest pornograficzne – to jedyne jej pornograficzne zdjęcie, które zachowałem. Jaskraworóżową torebkę postawiła obok siebie na trawie. Klęczy przede mną i trzyma mojego penisa w ustach, wargami ciasno obejmując żołądź. Z zamkniętymi oczami jest tak skupiona na fellatio, że na jej twarzy o idealnie czystych rysach nie ma żadnego wyrazu; nigdy więcej nie widziałem tak doskonałego obrazu ofiarowania.

Mieszkałem z Camille od dwóch miesięcy, a w Clécy od ponad roku, kiedy właściciel domu umarł. W dniu jego pogrzebu padało, jak często w Normandii w styczniu, na uroczystości stawiło się prawie całe miasteczko, przede wszystkim ludzie starsi; przemieszczając się wraz z konduktem, słyszałem, jak mówili, że przeżył swoje, że miał dobre życie; o ile pamiętam, ksiądz przyjechał z Falaise, miejscowości położonej o jakieś trzydzieści kilometrów od Clécy, w związku z depopulacją, dechrystianizacją i innymi zjawiskami na de- biedny ksiądz miał mnóstwo roboty, bez przerwy w drodze, lecz tym razem był to łatwy pogrzeb: człowiek, który właśnie odszedł, nigdy nie porzucił sakramentów, jego wierność Kościołowi pozostała nietknięta, Bóg powołał do swojej chwały autentycznego chrześcijanina, ksiądz mógł więc z pełnym przekonaniem powiedzieć, że na zmarłego czeka już miejsce u boku Pana. Jego dzieci miały prawo płakać, dar wylewania łez został człowiekowi ofiarowany i był mu niezbędny, lecz nie powinny żywić żadnych obaw: wkrótce spotkają się na tym lepszym ze światów, gdzie nie będzie już śmierci, cierpienia ani łez.

Dwoje dzieci zmarłego było łatwych do rozpoznania; miały o trzydzieści lat mniej od ludności Clécy, od razu wyczułem, że córka ma mi coś trudnego do wyznania, czekałem więc, aż do mnie podejdzie w strugach zimnego, uporczywego deszczu, podczas gdy grudy ziemi z wolna padały na trumnę, ale zdołała się przełamać dopiero w kawiarni, w której żałobnicy zgromadzili się po zakończeniu uroczystości. Cóż, była zmuszona przekazać mi nieprzyjemną nowinę: będę musiał się wyprowadzić, gdyż dom jej ojca został sprzedany na zasadzie odwróconej hipoteki, a holenderski nabywca chciał go szybko objąć w posiadanie, domy sprzedane na zasadzie odwróconej hipoteki są rzadko wynajmowane, tak bywa tylko wtedy, gdy sprzedający zachował prawo użytkowania nieruchomości, w tym momencie zrozumiałem, że finansowo siedzą w czarnej dupie, wynajem nieruchomości sprzedanej na zasadzie odwróconej hipoteki jest nadzwyczaj rzadki przede wszystkim dlatego, że najemca może stwarzać trudności przy jej opuszczaniu. Starałem się ją uspokoić, że nie będę stwarzać żadnych trudności, radzę sobie, mam stałą pracę, ale czy rzeczywiście nie mają innego wyjścia? Rzeczywiście nie mieli innego wyjścia, jej mąż stracił robotę w Graindorge, która właśnie przechodziła trudny okres, i tu dochodziliśmy do samego sedna mojej pracy i do wstydliwego sedna mojej niekompetencji. Otóż firma Graindorge, założona w tysiąc dziewięćset dziesiątym w miejscowości Livarot, po drugiej wojnie światowej rozszerzyła asortyment na camemberta i pont-l'évèque'a, przeżyła swoją chwilę chwały (zajmując pozycję bezapelacyjnego lidera w produkcji livarota i drugie miejsce w produkcji pozostałych dwóch serów z normandzkiej trójcy), po czym na początku lat dwutysięcznych weszła w spiralę narastającego kryzysu, który skończył się jej przejęciem przez grupę Lactalis, światowy numer jeden na rynku produktów mleczarskich.

Świetnie znałem całą sytuację, lecz nie wspomniałem o tym ani słowem córce zmarłego właściciela domu, gdyż są takie chwile, kiedy lepiej zamknąć dziób, w końcu nie było się czym chwalić, nie zdołałem pomóc przedsiębiorstwu jej męża i uratować jego miejsca pracy, niemniej zapewniłem ją, że nie musi się obawiać, wyprowadzę się najszybciej, jak to będzie możliwe.

Naprawdę lubiłem jej ojca i czułem, że z wzajemnością, czasami przychodził do mnie z butelczyną, dla starszych ludzi alkohol jest ważny, bo co innego im pozostało. Z jego córką też od razu poczuliśmy do siebie sympatię, bez wątpienia bardzo kochała ojca, jej miłość do niego wyglądała na szczerą, całkowitą i bezwarunkową. A jednak nie było nam pisane ponownie się spotkać, rozstaliśmy się z obustronnym przekonaniem, że więcej się nie zobaczymy, a szczegółami zajmie się agencja nieruchomości. Takie sytuacje ciągle się zdarzają w życiu człowieka.

Prawdę powiedziawszy, nie miałem najmniejszej ochoty mieszkać sam w domu, w którym przedtem mieszkałem z Camille, mieszkać gdzie indziej też zresztą nie miałem ochoty, ale nie było wyboru, musiałem działać, jej staż dobiegał końca, zostało nam już tylko kilka tygodni, niedługo tylko kilka dni. To właśnie dlatego, głównie i niemal wyłącznie dlatego postanowiłem wrócić do Paryża, ale sam nie wiem, co za męski wstyd kazał mi wszystkim wokół, nawet jej, podać inne przyczyny, na szczęście nie dała się nabrać i kiedy jej opowiadałem o swoich ambicjach zawodowych, spoglądała na mnie wzrokiem pełnym wahania i troski; faktycznie szkoda, że nie zdobyłem się na odwagę, by po prostu powiedzieć: „Chcę wrócić do Paryża, bo cię kocham i pragnę spędzić z tobą życie", pewnie uważała, że wszyscy mężczyźni są ograniczeni, byłem jej pierwszym facetem, ale sądzę, że szybko i łatwo pojęła męskie ograniczenia.

Ta przemowa o ambicjach zawodowych nie była zresztą totalnym kłamstwem, pracując w Regionalnej Dyrekcji ds. Rolnictwa i Leśnictwa, zdałem sobie sprawę ze swoich niewielkich możliwości działania, prawdziwa władza leżała w Brukseli czy też w organach administracji centralnej ściśle współpracujących z Brukselą, to tam powinienem pojechać, jeśli chciałem, by mój punkt widzenia był brany pod uwagę. Tyle że wolne stanowiska na tym szczeblu trafiały się rzadko, znacznie rzadziej niż w RDRL, tak więc dopiero po roku osiągnąłem swój cel, a przez ten rok nie miałem odwagi szukać nowego mieszkania w Caen, Aparthotel Adagio stanowił dość kiepskie rozwiązanie, ale do przyjęcia na cztery dni w tygodniu; tam właśnie zniszczyłem swój pierwszy czujnik dymu.

W piątkowe wieczory prawie co tydzień w Dyrekcji organizowano drinka integracyjnego, z którego nie mogłem się wyślizgać, chyba nigdy nie udało mi się złapać pociągu o siedemnastej pięćdziesiąt trzy. Tym z osiemnastej pięćdziesiąt trzy przyjeżdżałem na dworzec Saint-Lazare o dwudziestej czterdzieści sześć, jak już mówiłem – wiem, czym jest szczęście i z czego się składa, dokładnie wiem, o co w nim chodzi. Wszystkie pary tworzą swoje drobne, mało istotne rytuały, na-wet trochę śmieszne, którymi z nikim się nie dzielą.

Jeden z naszych polegał na rozpoczynaniu weekendu od piątkowej kolacji w restauracji Mollard naprzeciwko dworca. Chyba za każdym razem brałem trąbiki z majonezem i homara thermidor, za każdym razem mi smakowało i nigdy nie czułem potrzeby ani chęci, by sprawdzić pozostałe dania z karty.

W Paryżu wynająłem ładne dwupokojowe mieszkanie z oknami wychodzącymi na podwórko przy ulicy des Écoles, pięćdziesiąt metrów od kawalerki, w której mieszkałem podczas studiów. Nie mogę jednak powiedzieć, by wspólne życie z Camille przypominało moje lata studenckie; teraz było zupełnie inaczej, po pierwsze, nie byłem już na studiach, a po drugie, Camille znacznie się ode mnie różniła, nie miała w sobie tej lekkomyślności i olewactwa, którymi się wykazywałem podczas studiów na agronomii. To banał, że dziewczyny traktują studia poważniej, ale banał prawdziwy, choć nie tylko o to chodziło. Byłem starszy od Camille zaledwie o dziesięć lat, lecz bez wątpienia coś się w tamtym czasie zmieniło, nastawienie jej pokolenia było inne, widziałem to u wszystkich jej kolegów i koleżanek niezależnie od kierunku studiów: byli poważni, pracowici, przywiązywali ogromną wagę do sukcesów w nauce, jakby już wiedzieli, że po studiach nie czeka ich żadna taryfa ulgowa, a świat zewnętrzny jest twardy i nieprzyjazny. Czuli niekiedy potrzebę odprężenia i wtedy grupowo się upijali, ale nawet ich pijaństwa były inne niż te, które znałem: uchlewali się brutalnie, błyskawicznie wlewając w siebie ogromne ilości alkoholu, jakby chcieli jak najszybciej osiągnąć stan upojenia; podobnie musiało to wyglądać u górników w czasach *Germinalu* – podobieństwo wzmacniał jeszcze powrót mody na absynt z potworną zawartością procentową alkoholu, pozwalającą się uwalić w rekordowo krótkim czasie.

Z podobną powagą, z jaką podchodziła do studiów, Camille podchodziła i do naszego związku. Nie chcę przez to powiedzieć, że była surowa i sztywna, wręcz przeciwnie, była bardzo wesoła, potrafiła się śmiać z byle czego, a pod pewnymi względami pozostała zdumiewająco dziecinna, nagle rzucała się na kinder bueno, tego typu sprawy. Lecz byliśmy parą, nasz związek był poważny, najpoważniejszy w jej życiu, i za każdym razem, kiedy w jej skierowanym na mnie spojrzeniu widziałem powagę i głębię jej zaangażowania – powagę i głębię, do których ja w wieku dziewiętnastu lat na pewno nie byłbym zdolny – byłem niesłychanie poruszony, dosłownie odbierało mi dech. Być może dzieliła tę cechę z innymi młodymi ludźmi ze swojego pokolenia – wiem, że jej przyjaciele uważali, że „ma szczęście, bo znalazła", a stabilny, mieszczański charakter naszego związku zaspokajał jej najgłębsze potrzeby – niemniej fakt, że co piątek szliśmy na kolację do nieco staroświeckiej restauracji z przełomu dziewiętnastego i dwudziestego wieku, a nie do baru tapas przy ulicy d'Oberkampf, wydaje mi się symptomatyczny dla marzenia, w jakim próbowaliśmy żyć. Świat zewnętrzny był twardy, bezlitosny dla słabeuszy, prawie nigdy nie dotrzymywał obietnic, tak więc miłość była jedyną rzeczą, w którą ewentualnie można było jeszcze wierzyć.

Czemu jednak powracać do scen z przeszłości, jak pisał Lamartine, „pragnę marzyć, nie płakać"*, dodawał, jakby przed człowiekiem stał taki właśnie wybór, wystarczy powiedzieć, że nasz związek trwał trochę ponad pięć lat, a pięć lat szczęścia to i tak dużo, na pewno na tyle nie zasługiwałem, skończył się zaś w sposób przerażająco głupi, takie rzeczy nie powinny się zdarzać, a jednak się zdarzają, i to co dnia. Bóg jest kiepskim scenarzystą, pięćdziesiąt lat życia skłoniło mnie do takiego wniosku, Bóg w ogóle we wszystkim jest kiepski, wszystko, co stworzył, nosi piętno niedokładności i porażki, o ile nie najzwyklejszej złośliwości, istnieją rzecz jasna wyjątki, siłą rzeczy istnieją wyjątki, perspektywa szczęścia powinna istnieć choćby w charakterze przynęty, zaczynam się plątać, wróćmy więc do tematu, czyli do mnie, nie dlatego, że to temat szczególnie interesujący, lecz dlatego, że jest mój.

---

* Alphonse de Lamartine, *Le premier regret* (Pierwszy żal), wiersz będący fragmentem powieści *Graziella*.

W ciągu tych lat miałem kilka powodów do zadowolenia w życiu zawodowym, a nawet krótkie chwile, zwłaszcza podczas wyjazdów do Brukseli, iluzji, że jestem ważnym człowiekiem. Pewnie rzeczywiście bywałem tam ważny (w każdym razie bardziej niż podczas żałosnych kampanii promocyjnych livarota), odgrywałem pewną rolę w opracowywaniu francuskiego stanowiska w kwestii europejskiego budżetu rolnego, choć szybko musiałem sobie zdać sprawę, że nawet jeśli jest to najważniejszy budżet europejski, a Francja to jego pierwszy beneficjent, liczba rolników jest po prostu zbyt duża, by odwrócić tendencję spadkową; stopniowo zaczęło do mnie docierać, że francuscy rolnicy są najzwyczajniej skazani, w związku z czym straciłem nabożeństwo do tej pracy, podobnie jak do pozostałych, w końcu zrozumiałem, że świata nie zmienię, że inni są ambitniejsi, inteligentniejsi, bardziej zmotywowani ode mnie.

To podczas jednego z wyjazdów do Brukseli wpadłem na fatalny pomysł, żeby się przespać z Tam. Zasadniczo każdy na moim miejscu wpadłby na ten pomysł, ta mała czarnoskóra laska była absolutnie oszałamiająca, zwłaszcza jej tyłeczek, trzeba przyznać, że miała cudny czarny tyłeczek, który zresztą posłużył mi jako bezpośredni punkt wyjścia do kampanii uwodzenia, był czwartkowy wieczór, piliśmy piwo w Grand Central, grupa stosunkowo młodych eurokratów, w pewnym momencie chyba ją rozśmieszyłem, dawniej potrafiłem robić takie rzeczy, w każdym razie kiedy wychodziliśmy, 174 / by kontynuować wieczór w jednym z klubów przy placu du Luxembourg, położyłem rękę na jej tyłku, zazwyczaj takie prostackie metody słabo działają, ale akurat tym razem się udało.

Tam była członkiem delegacji angielskiej (Wielka Brytania należała jeszcze wówczas do Europy, a przynajmniej udawała, że należy), ale pochodziła chyba z Jamajki lub Barbadosu, w każdym razie z jednej z tych wysp, gdzie trawka, rum i ładne czarnoskóre laski ze zgrabnym tyłkiem – a więc to wszystko, co pomaga żyć, choć nie zmienia naszego życia w przeznaczenie – występują w ilościach niemal nieograniczonych. Dodam jeszcze, że obciągała zgoła po królewsku, jak to się mówi w niektórych środowiskach, a na pewno lepiej niż brytyjska królowa; no cóż, spędziłem przyjemną, nawet bardzo przyjemną noc, pytanie tylko, czy warto było ponawiać to doświadczenie?

Gdyż ponowiłem je przy okazji jednego z jej pobytów w Paryżu, gdzie od czasu do czasu przyjeżdżała, zupełnie nie wiem po co, na pewno nie na zakupy, to paryżanki jeżdżą na zakupy do Londynu, za skarby świata odwrotnie, ale cóż, turyści muszą mieć jakieś powody, w każdym razie wpadłem do jej hotelu niedaleko boulevard Saint-Germain, a kiedy wychodziłem, trzymając ją za rękę, na ulicę de Buci, zapewne z debilnym wyrazem twarzy faceta, który przed chwilą miał orgazm, wpadłem prosto na Camille, pojęcia nie mam, co robiła w tej dzielnicy, jak już mówiłem, to była kompletnie idiotyczna historia. Rzuciła na mnie spojrzenie, w którym nie było niczego poza strachem, czystym przerażeniem; obróciła się na pięcie i uciekła, zwyczajnie uciekła. Zajęło mi parę minut, zanim zdołałem się pozbyć Tam, ale jestem pewien, że do mieszkania wpadłem najwyżej pięć minut po Camille. Nie robiła mi żadnych wyrzutów, nie okazała cienia złości, było znacznie gorzej: rozpłakała się. Cicho płakała przez kilka godzin, łzy płynęły po jej twarzy, nawet się nie starała ich ocierać, bez wątpienia była to najgorsza chwila w moim życiu. Mój mózg pracował powoli, jak we mgle, szukając sformułowania w rodzaju: „No chyba nie rozwalimy wszystkiego z powodu jednej laski" lub: „Nic do niej nie czuję, po prostu za dużo wypiłem" (pierwsze zdanie prawdziwe, drugie ewidentnie fałszywe), ale żadne nie wydawało mi się odpowiednie czy właściwe. Następnego dnia dalej płakała, zbierając swoje rzeczy, a ja nadal łamałem sobie głowę nad odpowiednim sformułowaniem; prawdę mówiąc, następne dwa lub trzy lata spędziłem na poszukiwaniu odpowiedniego sformułowania, może nawet nigdy nie przestałem go szukać.

Moje dalsze życie potoczyło się bez żadnych znaczących wydarzeń – poza Yuzu, o której już wspominałem – w końcu znalazłem się sam, bardziej sam niż kiedykolwiek przedtem, na pociechę miałem humus, przystosowałem się do samotnych przyjemności, ale święta to trochę trudniejszy okres, wymagający owoców morza, a do takich frykasów potrzeba towarzystwa, owoce morza w samotności to doświadczenie z gatunku ekstremalnych, nawet Saganka nie umiałaby tego opisać, za bardzo przypominało to jakąś krwawą jatkę.

Pozostawała w odwodzie Tajlandia, lecz czułem, że nie dam rady, kilku kolegów opowiadało mi o cudownych tajskich dziewczynach mających jednak pewną dumę zawodową i nieprzepadających za klientami, którym nie staje; czuły się wówczas, jakby zakwestionowano ich profesjonalizm, no w każdym razie nie chciałem wywoływać żadnych incydentów.

W grudniu dwa tysiące pierwszego, wkrótce po spotkaniu Camille, po raz pierwszy w życiu stanąłem wobec jakże częstego i nieuniknionego dramatu okresu świątecznego – moi rodzice zmarli w czerwcu, co niby miałem świętować? Camille utrzymywała bardzo bliskie stosunki z rodzicami, w niedzielę często jeździła do nich na obiad, mieszkali w Bagnoles-de-l'Orne, pięćdziesiąt kilometrów od Clécy. Od początku czułem, że moje milczenie na temat własnych rodziców ją intryguje, ale powstrzymywała się, czekając, aż sam to poruszę. W końcu zrobiłem to tydzień przed Bożym Narodzeniem, opowiedziałem jej o ich samobójstwie. Od razu się zorientowałem, że historia głęboko nią wstrząsnęła: o niektórych sprawach człowiek nie miał okazji pomyśleć w wieku dziewiętnastu lat, zwłaszcza o takich, o których myślimy dopiero wówczas, kiedy życie nas do tego zmusi. Wtedy zaproponowała wspólne spędzenie świąt.

Przedstawienie partnera rodzicom to zawsze moment trudny i delikatny, ale w jej oczach od razu wyczytałem, że rodzice na pewno nie będą kwestionować jej wyboru, nawet im to nie przemknie przez myśl; wybrała mnie, teraz byłem członkiem rodziny, najprostsza rzecz pod słońcem.

Do końca pozostało dla mnie tajemnicą, co rodzinę Da Silva sprowadziło do Bagnoles-de-l'Orne, a także co Joaquimowi Da Silva, prostemu robotnikowi budowlanemu, pozwoliło zostać kierownikiem położonego nad samym jeziorem sklepiku z prasą i wyrobami tytoniowymi, właściwie jedynego w Bagnoles-de-l'Orne. Życie ludzi z pokolenia bezpośrednio nas poprzedzającego często pokazuje tego rodzaju obrazki, dzięki którym możemy się przyjrzeć funkcjonowaniu niemal mitycznego mechanizmu społecznego niegdyś znanego pod nazwą „awans społeczny". Tak czy owak Joaquim Da Silva mieszkał teraz tutaj wraz z żoną, również Portugalką, nigdy nie spoglądając wstecz ani nie marząc o powrocie do ojczyzny, tutaj też spłodził dwójkę dzieci: Camille oraz znacznie później Kevina. Jako Francuz z krwi i kości nie miałem wiele do powiedzenia na te tematy, lecz rozmowa z nimi toczyła się wartko i przyjemnie: mój zawód interesował Joaquima, który jak każdy chłopskiego pochodzenia, jego rodzice próbowali coś uprawiać w Alentejo, nawet nie pamiętam co, nie był nieczuły na coraz bardziej oczywistą tragedię rolników ze swojego regionu, a jednocześnie jako kierownik sklepiku z prasą i wyrobami tytoniowymi czuł się prawie jak u p r z y w i l e j o w a n y. Choć dużo pracował, jednak nie tyle co przeciętny rolnik, choć mało zarabiał, to jednak więcej niż przeciętny rolnik. Rozmowy o gospodarce trochę przypominają rozmowy o cyklonach lub trzęsieniach ziemi: dość szybko wszyscy przestają rozumieć, o czym rozmawiają, jakby rzecz dotyczyła jakichś tajemniczych bóstw, a tylko dolewają sobie szampana, zwłaszcza w okresie świątecznym; podczas tamtego pobytu rodzice Camille wspaniale mnie karmili i w ogóle bardzo dobrze przyjmowali, byli naprawdę uroczy, przypuszczam, że moi rodzice też stanęliby na wysokości zadania; w sposób trochę, choć niewiele bardziej mieszczański, umieli sprawić, że goście dobrze się u nich czuli, wielokrotnie bywałem tego świadkiem, dzień przed wyjazdem przyśniło mi się, że byliśmy z Camille u moich rodziców w Senlis, i omal rano jej o tym nie wspomniałem, zanim do mnie dotarło, że przecież oboje nie żyją, śmierć zawsze stanowiła dla mnie kłopot, to jedna z moich cech charakterystycznych.

Pragnąłbym spróbować, niechby tylko pod adresem wyjątkowo uważnego czytelnika, choć trochę wyjaśnić te sprawy: dlaczego odczuwałem chęć, by się ponownie spotkać z Camille, dlaczego odczuwałem potrzebę, by się ponownie spotkać z Claire, a nawet z tą trzecią, anorektyczką na ziarnach lnu, której imię chwilowo mi umknęło, lecz jeśli czytelnik będzie tak uważny, za jakiego go mam, uzupełni sobie, dlaczego wobec niej również odczuwałem chęć, by się z nią ponownie zobaczyć.

Większość umierających (poza tymi, którzy poddają się szybkiej i sprawnej eutanazji na jakimś parkingu lub w przeznaczonej do tego sali) organizuje wokół swojego zejścia cały ceremoniał; pragną po raz ostatni zobaczyć tych, którzy odegrali w ich życiu jakąś istotną rolę, chcą po raz ostatni zamienić z nimi jedno lub więcej słów. Dla nich to bardzo ważne, widziałem to wiele razy, denerwują się, kiedy do kogoś nie można się dodzwonić, chcą, żeby spotkanie odbyło się jak najszybciej, co oczywiście łatwo pojąć: zostało im przecież niewiele dni, a ich dokładnej liczby nie znają, w każdym razie mało, zaledwie kilka. Na oddziałach opieki paliatywnej (w każdym razie tych, które widziałem, a byłem w takim wieku, że widziałem ich całkiem sporo) takie żądania są traktowane po ludzku i kompetentnie; zajmują się tym przemili ludzie, słabi, a zarazem odważni, należący do kategorii „przemiłych skromnych ludzi", którzy umożliwiają funkcjonowanie społeczeństw w epoce globalnie nieludzkiej i gównianej.

Chyba podobnie, choć w bardziej ograniczonej skali, która mogła jednak posłużyć za trening, starałem się zorganizować miniceremoniał pożegnania z moim libido, a dokładniej z moim fiutem w chwili, gdy wyraźnie dawał mi do zrozumienia, że ma zamiar zakończyć służbę; chciałem się zobaczyć ze wszystkimi kobietami, które kiedykolwiek go wielbiły lub na swój sposób kochały. W moim przypadku obie ceremonie, zarówno ta duża, jak i ta mała, miały wyglądać niemal identycznie, męska przyjaźń nie zajmowała w moim życiu zbyt wiele miejsca, właściwie liczył się tylko Aymeric. Ciekawa rzecz ta chęć zrobienia bilansu, przekonania się w ostatniej chwili, że jednak człowiek żył; a może wcale nie, może to przeciwieństwo jest straszne i zadziwiające:

straszne i zadziwiające jest myśleć o tych wszystkich mężczyznach i kobietach, którzy i które nie mają nic do powiedzenia, nie widzą dla siebie innego losu jak rozpuścić się w mglistym continuum biologiczno-technicznym (popioły są bowiem zjawiskiem technicznym: nawet jeśli mają posłużyć tylko jako nawóz, trzeba ocenić, jaką mają zawartość potasu i azotu), których życie potoczyło się bez żadnych zewnętrznych incydentów, którzy i które opuszczają je, nie poświęciwszy mu jednej myśli, jak się opuszcza miejsce, gdzie człowiek spędził niezbyt ciekawe wakacje, nawet nie wiedząc, dokąd się dalej udaje, tylko z niejasną intuicją, że może lepiej by było nigdy się nie narodzić; prawdę powiedziawszy, mówię o przeważającej większości mężczyzn i kobiet.

W takim właśnie poczuciu nieodwracalności zarezerwowałem pokój w hotelu Spa du Béryl nad jeziorem w Bagnoles-de-l'Orne na noc z dwudziestego czwartego na dwudziestego piątego, po czym dwudziestego czwartego rano ruszyłem w drogę; była niedziela, większość ludzi wyjechała chyba w piątek wieczorem lub w sobotę bladym świtem, autostrada była pusta z wyjątkiem nieuniknionych ciężarówek z Łotwy i Bułgarii. Niemal całą drogę poświęciłem na przygotowanie przemowy do recepcjonistki i ewentualnego personelu na piętrze: przewidziana uroczystość rodzinna była tak liczna, że mój wuj (uroczystość odbywała się u mojego wuja, ale wszystkie gałęzie rodziny miały być obecne, co oznaczało, że będę zmuszony spotkać się ze wszystkimi kuzynami, których straciłem z oczu całe lata, a nawet dziesięciolecia wcześniej) nie byłby w stanie pomieścić gości u siebie, tak więc poświęciłem się i zamówiłem pokój w hotelu. Uważałem, że to świetna historyjka, i powoli sam zaczynałem w nią wierzyć; utrzymanie jej spójności wymagało, bym z niczym nie zwracał się do room service'u, tak więc tuż przed dotarciem na miejsce zaopatrzyłem się na stacji benzynowej Pays d'Argentan w niezbędne produkty regionalne (livarot, cydr, calvados, salceson).

Popełniłem błąd, straszliwy błąd, już samo przejście przez dworzec Saint-Lazare było trudnym przeżyciem, do tego przed oczami pojawił mi się obraz Camille biegnącej peronem do utraty tchu i rzucającej mi się w ramiona, a teraz było gorzej, znacznie gorzej, wszystko wróciło z obłędną ostrością, zanim jeszcze dojechałem do Bagnoles-de-l'Orne; kiedy przejeżdżałem przez las Andaines, gdzie byliśmy kiedyś na długim spacerze, długim, niekończącym się, w pewnym sensie wiecznym spacerze w pewne grudniowe popołudnie, wróciliśmy zadyszani z zaróżowionymi policzkami, tak szczęśliwi, że już nawet nie potrafię sobie tego wyobrazić, zatrzymaliśmy się przy sklepiku lokalnego „wytwórcy czekolady", który oferował nieprawdopodobnie kremowe ciastka pod nazwą Paris-Bagnoles i czekoladowe camemberty.

Dalej było podobnie, nic nie zostało mi oszczędzone, rozpoznałem wieżyczkę w biało-czerwoną szachownicę nad hotelem i restauracją La Potinerie du Lac (specjalność: zapiekanka ziemniaczana po sabaudzku), stojący po sąsiedzku ciekawy dom z czasów belle époque obłożony wielokolorowymi cegiełkami, przypomniałem sobie wygięty mostek na drugim końcu jeziora i nacisk dłoni Camille na przedramieniu, kiedy zwracała moją uwagę na płynące po jeziorze łabędzie, było to trzydziestego pierwszego grudnia o zachodzie słońca.

Skłamałbym, twierdząc, że pokochałem Camille dopiero w Bagnoles-de-l'Orne; jak już mówiłem, stało się to na końcu peronu C na dworcu w Caen. Na pewno jednak w ciągu tych dwóch tygodni coś się między nami pogłębiło. Podświadomie zawsze uważałem szczęście małżeńskie swoich rodziców za nieosiągalne, przede wszystkim dlatego, że moi rodzice byli jacyś dziwni, irytująco przyziemni, nie mogli służyć budującym przykładem w rzeczywistym życiu, ale również dlatego, że ten model związku małżeńskiego był moim zdaniem przebrzmiały, zniszczony przez moje pokolenie, to znaczy nie, moje pokolenie nie było zdolne do zniszczenia czegokolwiek, tym bardziej do odbudowy, więc to raczej poprzednie pokolenie, tak, to poprzednie pokolenie było winne, w każdym razie rodzice Camille byli zupełnie normalną parą, przykładem dostępnym dla każdego, tu i teraz, przykładem mocnym i potężnym.

Przeszedłem te kilkadziesiąt metrów, które oddzielały mnie od sklepiku. W niedzielne popołudnie dwudziestego czwartego grudnia był oczywiście zamknięty, ale pamiętałem, że mieszkanie jej rodziców mieści się dokładnie nad nim. Było oświetlone, jasno oświetlone, a ja oczywiście odniosłem wrażenie, że jest r a d o ś n i e oświetlone, postałem na dole przez chwilę, sam nie wiem jak długą, pewnie w rzeczywistości dość krótką, ale dla mnie ciągnęła się w nieskończoność, podczas gdy nad jeziorem zaczynała się unosić gęsta mgła. Zapewne ochłodziło się, ale czułem to tylko chwilami i powierzchownie, w pokoju Camille też się świeciło światło, potem zgasło, moja myśl rozmyła się w jakichś niejasnych oczekiwaniach, choć przecież wiedziałem, że nie ma żadnego, ale to żadnego powodu, by Camille otwierała okno i wdychała wieczorną mgłę, nawet zresztą tego nie pragnąłem, zadowalałem się wzbierającą we mnie świadomością, że moje życie znalazło się w nowej konfiguracji, a także, z pewną obawą, że cel mojej wyprawy nie tylko służy odświeżeniu wspomnień; być może w pewien sposób, który powinienem szybko zrozumieć, wyprawa ta była zwrócona w stronę przyszłości. Miałem kilka lat, by się nad tym zastanowić; kilka lat, a może kilka miesięcy, trudno powiedzieć.

Hotel Spa du Béryl od razu zrobił na mnie fatalne wrażenie; spośród wielu możliwości (których w grudniu w Bagnoles-de-l'Orne nie brakowało) wybrałem najgorszą, już sama jego architektura między uroczymi domami z czasów belle époque psuła harmonijny brzeg jeziora; nie miałem odwagi opowiedzieć swojej historyjki recepcjonistce, która na mój widok okazała jedynie zaskoczenie i dość wyraźną wrogość, naprawdę można się było zastanawiać, na cholerę tutaj przyjechałem, choć przecież samotni klienci w noc Bożego Narodzenia powinni mieć prawo bytu w życiu recepcjonistki, byłem po prostu szczególnym przypadkiem nieszczęśliwego życia; niemal zadowolony ze swojego anonimowego statusu, po prostu pokiwałem głową w chwili, kiedy mi podawała klucz. Kupiłem sobie dwa salcesony, a pasterka na pewno będzie transmitowana w telewizji, w sumie nie miałem się na co skarżyć.

Po kwadransie nie miałem już nic do roboty w Bagnoles-de-l'Orne, niemniej powrót do Paryża od razu nazajutrz wydawał mi się nieco ryzykowny. Pokonałem dwudziesty czwarty grudnia, ale zostawał do pokonania trzydziesty pierwszy – zdaniem doktora Azote zdecydowanie trudniejszy.

Człowiek zagłębia się w przeszłość, zaczyna się w nią zagłębiać, a już po chwili pogrąża się i wygląda na to, że owo pogrążanie traci jakiekolwiek granice. Przez kolejne lata po mojej wizycie u Aymerica dostawałem od niego wieści, ale głównie dotyczyły narodzin: najpierw Anne-Marie, trzy lata później Ségolène. Nigdy nie wspominał o kondycji swojego gospodarstwa, co pozwalało przypuszczać, że nadal jest kiepska, a może jeszcze gorsza niż dawniej; u ludzi o pewnym poziomie kultury brak nowin równa się złym nowinom. Może zresztą ja również należałem do tej nieszczęśliwej kategorii ludzi o pewnym poziomie kultury: moje maile do Aymerica po poznaniu Camille były entuzjastyczne, ale po naszym zerwaniu zamilkłem, a potem moje kontakty z nim kompletnie ustały.

Strona absolwentów agronomii była teraz dostępna w internecie, a w życiu Aymerica chyba nic się nie zmieniło: nadal prowadził tę samą działalność, miał ten sam adres, e-mail, numer telefonu. Kiedy jednak usłyszałem jego głos – był zmęczony i powolny, z trudem kończył zdania – od razu zrozumiałem, że coś się zmieniło. Mogę wpaść, kiedy chcę, czemu nie, choćby dziś wieczorem, mogę u niego przenocować, nawet jeśli warunki noclegowe uległy zmianie, zresztą wytłumaczy mi na miejscu.

Między Bagnoles-de-l'Orne a Canville-la-Rocque droga była długa: wzdłuż Orne do kanału La Manche pustymi, zamglonymi drogami departamentalnymi – przypominam, że był dwudziesty piąty grudnia. Dość często się zatrzymywałem, próbując zrozumieć, co tu właściwie robię, nie bardzo mi się udawało, opary mgły unosiły się nad pastwiskami, na których nie było ani jednej krowy. Przypuszczam, że moją podróż można by uznać za poetycką, lecz słowo to niosło ze sobą jakieś irytujące wrażenie lekkości, ulotności. Byłem tego w pełni świadom, siedząc za kierownicą terenowego mercedesa, który sympatycznie pomrukiwał na tych łatwych drogach, a z klimatyzacji dochodziło przyjemne ciepło: poezja tragiczna również istnieje.

Od mojej ostatniej wizyty kilkanaście lat wcześniej zamku d'Olonde nie dosięgły żadne widoczne zniszczenia, natomiast wewnątrz sprawy przedstawiały się zgoła inaczej: niegdyś gościnne pomieszczenie, jakim była sala jadalna, stało się brudnym, ponurym, śmierdzącym

hangarem z porozrzucanymi tu i ówdzie opakowaniami

po szynce i puszkami po cannelloni w sosie pomidorowym.

– Nie mam nic do żarcia – powiedział na dzień dobry Aymeric.

– Przywiozłem salceson – odparłem.

Tak oto wyglądało moje przywitanie z tym, który kiedyś i w pewnym sensie nadal był (ale raczej z braku laku) moim najlepszym przyjacielem.

– Napijesz się czegoś? – zapytał.

Trunków najwyraźniej nie brakowało; kiedy przyjechałem, właśnie wykańczał butelkę żubrówki, ja natomiast zadowoliłem się kieliszkiem chablis. Poza piciem żubrówki był zajęty smarowaniem i składaniem jakiejś broni palnej, którą zidentyfikowałem jako karabinek automatyczny, ponieważ widywałem takie coś w różnych serialach telewizyjnych.

– To schmeisser S4 kalibru 223 remington – powiedział, choć nie było takiej potrzeby.

Żeby nieco rozluźnić atmosferę, ukroiłem kilka plasterków salcesonu. Aymeric zmienił się fizycznie, rysy miał grubsze, na twarzy sieć popękanych naczynek, ale tym, co przede wszystkim budziło lęk, było jego spojrzenie: puste, martwe, jakby tylko na kilka sekund mogło się oderwać od spoglądania w nicość. Uznałem, że nie należy zadawać pytań, najważniejsze już zrozumiałem, trzeba było jednak próbować prowadzić rozmowę, milczenie zaczynało nam obu ciążyć, regularnie napełnialiśmy sobie kieliszki, on wódką, ja winem, dwóch wyczerpanych, kiwających głowami czterdziestolatków.   / 187

– Jutro pogadamy – powiedział w końcu Aymeric ku mojej uldze.

Ruszył przodem swoim pick-upem, nissanem navarą. Przez pięć kilometrów jechałem za nim wyboistą drogą, tak wąską, że kolczaste krzewy rysowały nam karoserie. W pewnej chwili zatrzymał się, wyłączył silnik i wysiadł, ja też: staliśmy na szczycie rozległego amfiteatru, którego trawiaste zbocze łagodnie schodziło ku morzu. Daleko na powierzchni wody księżyc w pełni odbijał się od fal, z trudem dawało się rozróżnić porozrzucane na zboczu bungalowy w odległości stu metrów jeden od drugiego.

– Jestem właścicielem dwudziestu czterech bungalowów – powiedział Aymeric. – W końcu nie dostaliśmy subwencji na przebudowę zamku na hotel z charakterem, uznano, że w północnej części departamentu Manche zamek Bricquebec wystarczy, przerzuciliśmy się więc na bungalowy. Nieźle nam idzie, to jedyny biznes, który przynosi trochę kasy, zaczynam mieć klientów w weekendy majowe, a raz w lipcu mieliśmy komplet. Oczywiście w zimie zupełna pustka, chociaż nie do końca, jeden bungalow zdołałem o dziwo wynająć jakiemuś Niemcowi, który interesuje się bodaj ornitologią, czasami widuję go, jak biega z lornetką i teleobiektywami po łąkach, nie będzie ci przeszkadzać, od przyjazdu słowem się do mnie nie odezwał, tylko kiwa głową na powitanie.

Z bliska bungalowy okazały się niemal regularnymi sześcianami, pokrywały je deszczułki z lakierowanej sosny, wnętrza też były wykończone jasnym drewnem, w stosunkowo dużym pokoju stały podwójne łóżko, kanapa, stół i cztery krzesła z jasnego drewna, plus kuchenka i lodówka. Aymeric włączył licznik elektryczny. Nad łóżkiem na wysięgniku wisiał mały telewizor.

– Mam też bungalow z pokojem dla dzieci i piętrowym łóżkiem, a nawet z dwoma pokojami dla dzieci i dwoma piętrowymi łóżkami; przy dzisiejszej demografii uznałem, że to wystarczy. Niestety nie mam wi-fi... – Zasmucił się, a ja wzruszyłem ramionami. – Tracę przez to wielu klientów, którzy o to właśnie przede wszystkim pytają, ale program wprowadzenia powszechnego dostępu w departamencie Manche trochę się wlecze. No ale przynajmniej z ogrzewaniem nie ma problemu. – Pokazał na elektryczny kaloryfer. – Nikt się nigdy nie skarżył, podczas budowy bardzo dbaliśmy o izolację cieplną, to podstawa.

Nagle zamilkł. Czułem, że zaraz wspomni o Cécile, więc też milczałem w oczekiwaniu.

– Pogadamy jutro – powiedział zgaszonym głosem. – Dobranoc.

Wyciągnąłem się na łóżku i włączyłem telewizor, łóżko było miękkie i wygodne, temperatura w pokoju szybko rosła, rzeczywiście ogrzewanie dobrze działało, trochę tylko szkoda było tak leżeć w samotności, życie nie jest łatwe. Okno było szerokie prawie na całą ścianę, chodziło pewnie o to, żeby mieć dobry widok na ocean, księżyc w pełni nadal odbijał się od powierzchni wody, która wyglądała, jakby od naszego przyjazdu znacznie się zbliżyła, pewnie to kwestia przypływu, ale właściwie nie mam pojęcia, nie znam się na tym, całe dzieciństwo i młodość spędziłem w Senlis, a na wakacje jeździłem w góry, później chodziłem z taką jedną dziewczyną, której rodzice mieli willę w Juan-les-Pins, drobniutką Wietnamką, potrafiła zupełnie niesamowicie kurczyć pochwę, w życiu spotykały mnie nie tylko same nieszczęścia, ale moje doświadczenie z przypływami było raczej ograniczone, ciekawie było przyglądać się tej masie cieczy powoli zalewającej stały ląd, w telewizji leciał program *On n'est pas couchés**, rozjazgotany talk-show dziwnie kontrastował ze spokojnym przypływem wód oceanu, w studiu siedziało zbyt wielu przekrzykujących się dziennikarzy, natężenie dźwięku było zdecydowanie zbyt wysokie, więc wyłączyłem telewizor, ale od razu pożałowałem, odnosiłem teraz wrażenie, że brakuje mi jakichś elementów rzeczywistego świata, że stanąłem poza nawiasem historii, a to, czego mi brakuje, ma znaczenie zasadnicze, zestaw zaproszonych gości był idealny, miałem przekonanie, że zaproszono ludzi, k t ó r z y   s i ę   l i c z ą. Wyglądając przez okno, stwierdziłem, że przypływ podszedł jeszcze bliżej, wręcz niepokojąco blisko; czy w ciągu najbliższej godziny zaleją nas wody oceanu? W takim razie należało się trochę rozerwać. Po namyśle zaciągnąłem zasłony, ponownie włączyłem telewizor, ale bez dźwięku; od razu zrozumiałem, że to właściwa decyzja: teraz było nieźle, emocje uczestników pozostawały żywe, a niemożność usłyszenia słów

---

* Sobotni talk-show na drugim kanale telewizji francuskiej o charakterze informacyjno-rozrywkowym, na który zawsze zapraszane są jakieś osobistości z życia publicznego.

tylko zwiększała rozrywkowe walory programu, siedzący w studiu ludzie wyglądali jak trochę bezsensowne, ale miłe figurki medialne, które na pewno pomogą mi znaleźć sen.

Sen rzeczywiście nadszedł szybko, ale nie był dobry, spędziłem noc przepełnioną koszmarami, niekiedy erotycznymi, lecz w sumie ponurymi, ostatnio bałem się nocy, bałem się pozwolić, by mój umysł działał bez żadnej kontroli, gdyż on wiedział, że zmierzam prosto ku śmierci, i nigdy nie przepuścił okazji, aby mi o tym przypomnieć. We śnie leżałem na zboczu wzgórza, częściowo wyciągnięty na ziemi, częściowo wkopany w kleistą białawą maź; rozumowo zdawałem sobie sprawę, choć żadne elementy krajobrazu na to nie wskazywały, że znajdujemy się gdzieś w górach średniej wysokości; powietrze po sam horyzont było jak z waty. Słabym głosem nawoływałem, regularnie i uporczywie, ale moje wołania nie budziły żadnego odzewu.

Koło dziewiątej rano zastukałem do drzwi zamku, ale bez skutku. Po krótkim wahaniu ruszyłem w kierunku obory, ale tam Aymerica też nie było. Krowy popatrywały za mną z zaciekawieniem, kiedy szedłem korytarzem, mijając ich zagrody i wsuwając dłoń między pręty, by je pogłaskać po wilgotnych ciepłych pyskach. Spojrzenia miały żywe, wyglądały zdrowo i rześko; niezależnie od chwilowych trudności Aymeric potrafił jeszcze zadbać o inwentarz, co mnie uspokoiło.

Jego biuro było otwarte, komputer włączony. Na pasku znalazłem ikonkę Firefoxa. Nie żebym miał wiele powodów, by wchodzić do internetu: zasadniczo miałem dokładnie jeden.

Podobnie jak lista absolwentów agronomii, również lista absolwentów weterynarii z Maisons-Alfort była teraz dostępna w sieci, odnalezienie fiszki Camille zajęło mi może pięćdziesiąt sekund. Prowadziła własny gabinet w Falaise, jakieś trzydzieści kilometrów od Bagnoles-de--l'Orne. Czyli po naszym rozstaniu wróciła w rodzinne strony; mogłem się tego domyślić.

Na fiszce był tylko adres i numer telefonu gabinetu, żadnych danych o życiu osobistym; wydrukowałem ją, złożyłem na czworo i wsunąłem do kieszeni płaszcza, nie wiedząc jeszcze dokładnie, co mam zamiar z nią zrobić, a dokładniej: nie wiedząc, czy będę mieć dość odwagi, by to zrobić, choć miałem pełną świadomość, że od tego zależy reszta mojego życia.

Wracając do swojego bungalowu, natknąłem się na niemieckiego ornitologa – to znaczy prawie się natknąłem. Ujrzawszy mnie z odległości trzydziestu metrów, facet zamarł, przez kilka sekund stał nieruchomo, po czym skręcił w dróżkę idącą w lewo do góry. Miał plecak i przewieszony przez ramię aparat fotograficzny z długaśnym teleobiektywem. Maszerował szybkim krokiem, zatrzymałem się i popatrzyłem za nim: wlazł praktycznie na samą górę, zbocze było tu stosunkowo strome, przez prawie kilometr szedł granią, po czym skręcił ukosem w dół w kierunku swojego bungalowu, który stał jakieś sto metrów od mojego. Czyli przez kwadrans nadrabiał drogi tylko po to, żeby nie musieć się do mnie odzywać.

Podglądanie ptaków musiało kryć w sobie jakieś uroki, które dotychczas mi umykały. Był dwudziesty szósty grudnia, najprawdopodobniej dzień handlowy. I rzeczywiście. W sklepie dla myśliwych w Coutances kupiłem silną lornetkę marki Schmidt & Bender, która – jak mnie entuzjastycznie zapewnił sprzedawca, ładniutki homoseksualista z lekką wadą wymowy sprawiającą, że mówił trochę jak Chińczyk – była „naplawdę najlepszym ploduktem na lynku, niepolównywalnym z jakimkolwiek innym"; jej optyka firmy Schneider-Kreuznach dawała niebywałą ostrość, poza tym lornetka miała bardzo skuteczny wzmacniacz obrazu: nawet o świcie, o zmierzchu czy we mgle pozwalała bez problemu osiągnąć pięćdziesięciokrotne powiększenie.

Pozostałą część dnia poświęciłem na obserwację mechanicznego podrygiwania ptaków na plaży (morze cofnęło się o kilka kilometrów i ledwie dawało się je dostrzec w oddali, zostawiło za sobą ogromną szarą powierzchnię usianą nieregularnymi kałużami czarnej wody, w sumie krajobraz robił dość posępne wrażenie). Spędziłem całkiem interesujące popołudnie na oglądaniu przyrody, przypomniało mi to moje studenckie lata, tyle że w przeszłości raczej zajmowałem się roślinami, ale w sumie czemu nie ptakami? Wyglądało na to, że występują w trzech rodzajach: całkiem białe, czarno-białe oraz białe na długich nogach i z równie długim dziobem. Ich nazwy, zarówno naukowe, jak i popularne, były mi nieznane, za to ich aktywność nie stanowiła dla mnie najmniejszej zagadki: co rusz zanurzając dziób w wilgotnym piasku, oddawały się zajęciu, które wśród ludzi nosi nazwę zbieractwa. Nieco wcześniej dowiedziałem się z tablicy informacyjnej dla turystów, że zaraz po zakończeniu odpływu można z łatwością znaleźć w piasku lub kałużach trąbiki, pobrzeżki, brzytwy, omułki, czasem nawet ostrygi lub kraby. Dwóch ludzi, a właściwie, jak stwierdziłem po spojrzeniu przez lornetkę, dwie pięćdziesięcioletnie ludzice dość krępej budowy szły plażą, uzbrojone w grabki i wiaderka, z wyraźnym zamiarem podebrania ptakom ich karmy.

Koło siódmej wieczorem znowu zastukałem do drzwi zamku; Aymeric był wreszcie na miejscu, wyglądając nie tylko na zalanego, ale i naćpanego.

– Znowu palisz trawkę?

– Znalazłem fajnego dilera w Saint-Lô – potwierdził.

Wyciągnął z zamrażalnika butelkę wódki, ale ja pozostałem przy chablis. Tym razem nie składał karabinka, za to wytaszczył skądś i oparł o fotel portret któregoś ze swoich przodków: niedużego krępego faceta o kwadratowej, gładko ogolonej twarzy i czujnym, nieprzyjemnym spojrzeniu, wbitego w metalową zbroję. W jednej dłoni trzymał olbrzymi miecz, który sięgał mu niemal / 195 brody, w drugiej topór; w sumie biły od niego niezwykła siła fizyczna i brutalność.

– Robert d'Harcourt zwany Mocnym, należący do szóstego pokolenia d'Harcourtów, czyli wiele lat po Wilhelmie Zdobywcy. Towarzyszył Ryszardowi Lwie Serce w trzeciej wyprawie krzyżowej.

Pomyślałem sobie, że posiadanie korzeni to w sumie fajna sprawa.

– Cécile odeszła dwa lata temu – ciągnął, nie zmieniając tonu.

Czyli w końcu doszliśmy do sedna, pomyślałem.

– W pewnym sensie była to moja wina, kazałem jej za dużo pracować, już zarządzanie fermą było poważną robotą, ale jak doszły bungalowy, to się zrobiło czyste szaleństwo, powinienem bardziej ją oszczędzać, poświęcać jej więcej uwagi. Od czasu przeprowadzki nie mieliśmy ani dnia wakacji. Kobiety potrzebują wakacji... – Mówił o kobietach jakoś mało konkretnie, jak o spokrewnionym, ale słabo mu znanym gatunku. – Widziałeś zresztą, jakie tu mamy rozrywki kulturalne. Kobiety potrzebują rozrywek kulturalnych...

Machnął ręką, jakby nie chcąc dopowiadać, co właściwie ma na myśli. Mógł dodać, że z punktu widzenia shoppingu to nie żaden Babilon, a Fashion Week raczej w najbliższym czasie nie zawita do Canville-la-Rocque. Z drugiej strony pomyślałem, że ta jego dziwka mogła przecież wyjść za kogoś innego.

– A może trzeba było jej coś kupować, rozumiesz, jakieś ładne rzeczy... – dodał w zadumie.

Zaciągnął się znowu skrętem, moim zdaniem zaczynał lekko bredzić. Mógł powiedzieć, i miałoby to więcej sensu, że już ze sobą nie sypiają i na tym polega problem, kobiety są mniej sprzedajne, niż się niekiedy uważa, w kwestii biżuterii wystarczy od czasu do czasu kupić im jakieś afrykańskie cacko i jest spoko, ale jeśli przestajesz je bzykać, jeśli przestajesz ich pożądać, to już się robi grubo, Aymeric świetnie o tym wiedział, seks pozwala rozwiązać wszystkie problemy, brak seksu nie pozwala rozwiązać żadnego, ale zdawałem sobie sprawę, że o tym nie wspomni pod żadnym pozorem, nawet wobec mnie, zwłaszcza wobec mnie, może jakiejś kobiecie mógłby o tym opowiedzieć, tyle że rozmowa i tak niczego by nie załatwiła, może nawet byłaby przeciwskuteczna, obracanie nożem w ranie nigdy nie stanowi dobrej opcji, już poprzedniego wieczoru zrozumiałem, że żona go rzuciła, przez cały dzień miałem czas na przygotowanie kontrataku, na opracowanie jakiegoś pozytywnego programu, ale jeszcze nie nastąpiła na to pora, więc zapaliłem papierosa.

– Nie od rzeczy będzie dodać, że odeszła z facetem – odezwał się po dłuższej chwili.

Zaraz po słowie „facetem" wydał z siebie mimowolny bolesny jęk. Nic się na to nie dało odpowiedzieć, doszliśmy do męskiego upokorzenia najwyższego stopnia, mogłem jedynie wydać równie bolesny jęk.

– To pianista. Bardzo znany pianista, koncertuje na całym świecie, nagrał mnóstwo płyt. Przyjechał tu na wakacje, żeby odpocząć, a wyjechał z moją żoną… – Znowu zapadła cisza, ale jakoś zdołałem sobie z nią poradzić: dolałem sobie wina, strzeliłem stawami palców. – Jestem naprawdę idiotą, nie dostrzegłem, co się święci… – Głos Aymerica był tak cichy, że budził lęk. – Mamy w zamku bardzo dobry fortepian, bösendorfera, należał do mojej praprababki, która za czasów Drugiego Cesarstwa prowadziła salon, nigdy nasza rodzina nie zajmowała się mecenatem, w każdym razie nie do tego stopnia jak książęta Noailles, ale jednak prowadziła salon, podobno sam Berlioz grywał na tym fortepianie, tak czy owak zaproponowałem facetowi, że może na nim grać, oczywiście fortepian wymagał strojenia, gość coraz więcej czasu spędzał w zamku, a teraz mieszkają w Londynie, choć sporo jeżdżą po świecie, a to do Korei Południowej, a to do Japonii, gdzie go zapraszają z koncertami…

– A twoje córki?

Czułem, że lepiej nie ciągnąć sprawy fortepianu, historia z córkami pewnie też nie wyglądała zbyt różowo, ale bösendorfer to taki szczegół, który dosłownie może zabić, doprowadzić człowieka do samobójstwa, musiałem wybić mu z głowy sprawę fortepianu, córki dawały jakiś cień szansy.

– Mam oczywiście prawo do współopieki, ale dziewczynki praktycznie mieszkają na stałe w Londynie, od dwóch lat ich nie widziałem, co zresztą miałbym tu robić z pięcio- i siedmiolatką?

Rzuciłem okiem na salę jadalną, na walające się po podłodze puste puszki po cannelloni i cassoulet, na przewrócony kredens z potłuczoną porcelaną (prawdopodobnie Aymeric sam go przewrócił w przypływie pijackiej wściekłości), trudno zresztą mu się dziwić, to zdumiewające, jak łatwo mężczyźni dają się zdołować. Już poprzedniego dnia zauważyłem, że ubrania Aymerica są po prostu brudne, a nawet trochę śmierdzą; na studiach co weekend odwoził pranie do matki, ja też, ale mimo wszystko nauczyłem się uruchamiać pralki, które stały w piwnicy akademika, kilka razy z nich skorzystałem, on nigdy, przypuszczam, że nawet nie miał pojęcia o ich istnieniu. Może faktycznie lepiej zapomnieć o dziewczynkach i zająć się tym, co najważniejsze, ostatecznie jeśli chodzi o dziewczynki, mógł spłodzić nowe.

Nalał sobie szklankę wódki, wypił jednym haustem i trzeźwo skonkludował:

– Mam spieprzone życie.

Przeszył mnie dreszcz emocji, ale ukryłem uśmiech; od początku wiedziałem, że musi dojść do tego wniosku, w chwilach milczenia co rusz następujących w jego opowieści miałem czas na dopracowanie riposty, kontrataku, pozytywnego projektu, nad którym w tajemnicy myślałem przez całe popołudnie spędzone na obserwowaniu morskich ptaków.

– Twoim podstawowym błędem był ślub z kimś z własnego środowiska – zaatakowałem dziarsko. – Wszystkie te panny z wyższych sfer, Rohan-Chabot, Clermont-Tonnerre, kim one dzisiaj są? Gówniarami gotowymi na wszystko, byle się załapać na staż w jakimś tygodniku kulturalnym lub w niszowym domu mody (tutaj niechcący trafiłem, bo Cécile pochodziła z równie arystokratycznego rodu Faucigny-Lucinge). W każdym razie żadne z nich żony dla rolników. A przecież na świecie są setki, tysiące, miliony kobiet (tutaj trochę się zapędziłem), dla których jesteś ideałem mężczyzny. Pomyśl o jakiejś panience z Mołdawii, Kamerunu, Madagaskaru czy w ostateczności z Laosu: to dziewczyny niezbyt bogate lub wręcz biedne, pochodzące ze wsi, które nigdy nie znały innego świata, a nawet nie podejrzewają jego istnienia. Pojawiasz się, jesteś facetem w kwiecie wieku, w dobrej kondycji, przystojnym czterdziestolatkiem, właścicielem połowy łąk i pastwisk w departamencie (trochę przesadziłem, ale wiadomo, o co chodzi). Finansowo nic to nie daje, ale tego nie muszą wiedzieć, a zresztą i tak nigdy nie zrozumieją, bo w ich głowie ziemia to bogactwo, ziemia i żywy inwentarz, więc ci gwarantuję, że nigdy cię nie zostawią, nigdy nie opuszczą, będą twarde jak skała, od piątej rano na nogach przy udoju. Do tego będą młode, znacznie seksowniejsze od wszystkich arystokratycznych dziwek świata i kilkadziesiąt razy lepsze w łóżku. Musisz tylko wziąć trochę na wstrzymanie z alkoholem, bo to zbytnio im przypomina środowisko, z którego się wywodzą, zwłaszcza w przypadku dziewczyn z Europy Wschodniej, zresztą wstrzymanie z alkoholem na pewno ci nie zaszkodzi. Będą wstawać o piątej rano do udoju... – Wyobraźnia coraz bardziej mnie ponosiła, a przed oczami pojawiała mi się wizja młodej Mołdawianki. – Potem będą wracać do łóżka i robić ci na dzień dobry loda, a do tego codziennie przygotowywać śniadanie!

Spojrzałem na Aymerica, który dotychczas, nie miałem co do tego wątpliwości, słuchał mnie bardzo uważnie, ale teraz zaczął zapadać w drzemkę, chyba sięgnął po flaszkę przed moim przyjściem, pewnie od razu po obiedzie.

– Twój ojciec byłby tego samego zdania... – powiedziałem na zakończenie.

Zaczynało mi brakować argumentów, zresztą wcale nie byłem przekonany, ojca Aymerica prawie nie znałem, widziałem go raz w życiu, wyglądał na miłego, choć nieco sztywnego faceta; przemiany społeczne, które nastąpiły we Francji po tysiąc siedemset dziewięćdziesiątym czwartym, chyba mu trochę umknęły. Historycznie rzecz biorąc, wiedziałem, że mam rację: w przypadku pierwszych oznak dekadencji arystokracja nigdy się nie wahała przed odświeżeniem puli genetycznej przez sięganie po lokajów i pokojówki, tyle że teraz trzeba było sięgać po nich dalej, czy jednak Aymeric znajdzie w sobie dość zdrowego rozsądku? A potem naszła mnie wątpliwość bardziej ogólna, natury biologicznej: po choleręatować jakiegoś starego przegranego samca? Znajdowaliśmy się obaj w tym samym punkcie, nasze życie wyglądało inaczej, ale koniec był podobny.

Wreszcie zasnął na dobre. Może nie mówiłem na próżno, może Mołdawianka pojawi się w jego śnie. Spał, siedząc wyprostowany na kanapie z szeroko otwartymi oczami.

Wiedziałem, że ani nazajutrz, ani zapewne w następnych dniach nie zobaczę Aymerica, ponieważ będzie żałować swojego wyznania, pojawi się zapewne trzydziestego pierwszego, przecież w sylwestrowy wieczór nie można n i c z e g o nie robić, chociaż mnie osobiście wielokrotnie się to zdarzało, tyle że ja byłem inny niż on, odporniejszy na przyjęte reguły. Miałem więc przed sobą cztery dni samotności i od razu zdałem sobie sprawę, że ptaki nie wystarczą, ani telewizja, ani ptaki nie mogły wystarczyć, ani razem, ani oddzielnie, i właśnie wtedy przyszedł mi do głowy tamten Niemiec, więc dwudziestego siódmego z samego rana skierowałem na niego lornetkę Schmidt & Bender, w głębi duszy chyba chciałbym być gliniarzem, wślizgiwać się w życie ludzi, zgłębiać ich tajemnice. Nie spodziewałem się, że w przypadku Niemca spotka mnie coś pasjonującego; myliłem się. Koło piątej po południu do drzwi jego bungalowu zapukała dziewczynka, ciemnowłosa dziesięciolatka o dziecinnej buzi, ale zaskakująco dojrzała jak na swój wiek. Przyjechała rowerem, musiała mieszkać gdzieś w pobliżu. Od razu oczywiście pomyślałem o pedofilii: z jakiego innego powodu dziesięciolatka miałaby pukać do drzwi czterdziestoletniego ponurego mizantropa, na dokładkę Niemca? Żeby jej czytał wiersze Schillera? Raczej żeby jej pokazał fiuta. Facet wyglądał zresztą na pedofila: wykształcony czterdziestolatek prowadzący samotniczy tryb życia, niezdolny do wchodzenia w relacje z innymi ludźmi, zwłaszcza z kobietami – oto, co sobie pomyślałem, zanim przyszło mi do głowy, że to samo można by powiedzieć o mnie, można by mnie opisać dokładnie takimi samymi słowami, co lekko mnie zirytowało; by się uspokoić, skierowałem lornetkę na okna bungalowu, ale zasłony były zaciągnięte, więc tego wieczoru nie dowiedziałem się wiele więcej poza tym, że dwie godziny później dziewczynka wyszła, odczytała wiadomości na komórce i wsiadła na rower.

Następnego dnia przyjechała mniej więcej o tej samej porze, ale tym razem Niemiec zapomniał zaciągnąć zasłony, co pozwoliło mi dostrzec stojącą na statywie kamerę i potwierdziło moje podejrzenia. Niestety zaraz po przyjściu dziewczynki zorientował się, że zasłony są rozsunięte, podszedł do okna i odciął mnie od widoku wnętrza pokoju. Lornetka była znakomita, mogłem zobaczyć wyraz jego twarzy i malujące się na niej niesamowite podniecenie, przez chwilę miałem wrażenie, że aż się ślini, natomiast on, jestem przekonany, nawet nie podejrzewał, że go podglądam. Podobnie jak poprzedniego dnia, dziewczynka wyszła po niecałych dwóch godzinach.

Ten sam scenariusz rozegrał się następnego dnia, tyle że przez chwilę wydało mi się, że widzę dziewczynkę przechodzącą przez pokój w T-shircie i z gołą pupą, ale obraz był przelotny i zamazany, bo ostrość ustawiłem na twarz tego typa; niepewność zaczynała mnie doprowadzać do rozpaczy.

Trzydziestego rano pojawiła się w końcu okazja. Koło dziesiątej zobaczyłem, jak Niemiec wychodzi i wrzuca do samochodu (kolekcjonerski land rover defender, zapewne z pięćdziesiątego trzeciego lub coś w tym duchu, ten debil był nie tylko mizantropem i prawdopodobnie pedofilem, ale również najgorszego gatunku snobem, który nie potrafił się zadowolić mercedesem jak wszyscy, nie przymierzając na przykład ja, kiedyś jeszcze za to zapłaci, i to drogo), krótko mówiąc, kiedy ten pedofil (na początku tego nie zauważyłem, ale facet wyglądał na niemieckiego akademika na urlopie zdrowotnym albo, jeszcze lepiej, naukowym, zapewne wybierał się na obserwację rybitwy popielatej na północnym zachodzie półwyspu Contentin w pobliżu przylądka La Hague czy coś w tym rodzaju), no więc kiedy wrzucił do bagażnika defendera turystyczną lodówkę, zapewne z kilkoma ulubionymi bawarskimi piwami, i plastikową torbę, zapewne z kanapkami, uznałem, że ma dość zapasów na całe przedpołudnie, zamierzał pewnie wrócić tuż przed swoim rytualnym spotkaniem o piątej po południu, więc przyszła pora na wkroczenie do akcji i znalezienie dowodów.

Żeby mieć pewność, odczekałem jednak dobrą godzinę, po czym swobodnym krokiem ruszyłem w stronę jego bungalowu. Miałem przy sobie torbę z narzędziami, którą wyjąłem z bagażnika mercedesa, ale drzwi nawet nie były zamknięte, niesamowite jest jednak zaufanie, które budzi się w ludziach, gdy tylko docierają do Manche, jakby znaleźli się w jakiejś mglistej spokojnej okolicy, z dala od zwykłych ludzkich spraw, w pewnym sensie z dala od zła, w każdym razie tak im się wydaje. Musiałem włączyć komputer, Niemiec chyba bardzo uważał na zużycie prądu nawet w trybie uśpienia, musiał mieć jakieś ekologiczne zapędy, ale za to nie ustawił żadnego hasła, co było jednak dość osłupiające, w dzisiejszych czasach wszyscy mają hasło, nawet sześciolatki ustawiają hasło na tablecie, co to był za gość?

Wszystkie pliki miał posegregowane w kolejności chronologicznej, w katalogu grudniowym znajdowało się tylko jedno wideo, pod tytułem *Nathalie*. W życiu nie oglądałem filmu pedofilskiego, zaledwie wiedziałem, że coś takiego istnieje, od razu się zorientowałem, że ujęcia będą boleśnie amatorskie, już w pierwszych sekundach niechcący skierował kamerę na płytki podłogowe w łazience, potem ją podniósł na twarz dziewczynki, która zaczęła się malować, nakładając na usta grubą, zbyt grubą warstwę cynobrowej szminki wychodzącą poza kontur warg, potem położyła na powieki niebieski cień, to też robiła nieumiejętnie, zbyt mocnymi pociągnięciami pędzelka; ornitologowi najwyraźniej bardzo się to podobało, bo postękiwał *Gut... gut...* i na razie był to jedyny niesmaczny element filmu. Potem spróbował zrobić travelling do tyłu, a dokładniej cofnął się z kamerą, dzięki czemu zobaczyłem stojącą przed lustrem łazienkowym dziewczynkę, nagą z wyjątkiem dżinsowych miniszortów, w których przyszła. Prawie nie miała piersi, zaledwie jakieś zaczątki, obietnicę. Powiedział kilka słów, których nie zrozumiałem, mała zdjęła szorty i usiadła na taborecie, rozsunęła nogi i zaczęła się pieścić kciukiem po cipce, którą miała dobrze ukształtowaną, ale zupełnie bezwłosą; moim zdaniem w tym momencie każdy pedofil powinien już być ostro podniecony i faktycznie słyszałem jego coraz cięższy oddech, a kamera zaczęła trochę drżeć.

Nagle plan się zmienił i zobaczyłem dziewczynkę w salonie. Ubrana w minispódniczkę w szkocką kratę wciągała kabaretki i przypinała je do pasa do pończoch – wszystko było na nią trochę za duże, pewnie wkładała ciuszki dla dorosłych w rozmiarze XS, niby pasowały, ale nie do końca. Następnie zamotała na klatce piersiowej malutki top również w szkocką kratę i musiałem przyznać, że miała rację: nawet jeśli piersi jeszcze jej nie urosły, to i tak wyglądała dość sugestywnie.

Potem nastąpiła chwila zamieszania, kiedy Niemiec szukał jakiejś kasety, którą wreszcie znalazł i wsunął do magnetofonu, nawet nie wiedziałem, że takie rzeczy jeszcze istnieją, podobnie jak defender, kasetowiec był bardzo vintage. Dziewczynka spokojnie czekała z opuszczonymi ramionami. Poczułem się trochę słabo, kiedy rozpoznała piosenkę, było to jakieś disco z końca lat siedemdziesiątych lub początku osiemdziesiątych, może Corona, w każdym razie mała zareagowała prawidłowo, zaczęła się kręcić wokół własnej osi i tańczyć, wtedy właśnie zrobiło mi się niedobrze, nie tyle z powodu treści filmu, ile sposobu filmowania, musiał kucnąć, żeby ją kręcić od dołu, podskakując wokół niej jak stara ropucha. Dziewczynka wkładała w taniec dużo serca, poruszała się zgodnie z rytmem muzyki, chwilami spódniczka unosiła się i wirowała wokół niej, odsłaniając przed ornitologiem śliczny widok jej małego tyłeczka, od czasu do czasu mała stawała nieruchomo na wprost kamery, rozsuwała uda, wkładała jeden lub dwa palce do cipki, a potem do buzi i długo je ssała, tak czy owak facet był coraz bardziej podniecony, ruchy kamery stawały się chaotyczne, powoli zaczynałem mieć tego wszystkiego dosyć, wreszcie uspokoił się, odłożył kamerę na statyw i usiadł na kanapie. Dziewczynka jeszcze przez chwilę tańczyła w rytm muzyki, podczas gdy on patrzył na nią wzrokiem pełnym uwielbienia, intelektualnie zdążył się już spuścić, pozostawał jeszcze wymiar fizyczny, podejrzewałem, że zaczął już trzepać konia.

Nagle kaseta zatrzymała się, wydając suchy trzask. Dziewczynka ukłoniła się, ironicznie uśmiechnęła, podeszła do Niemca i uklękła między jego nogami; siedział ze spodniami opuszczonymi do kostek. Nie zmienił ustawienia kamery, przez co nie dawało się zobaczyć właściwie niczego – wbrew wszelkim zasadom filmów pornograficznych, włącznie z amatorskimi. Mimo młodego wieku dziewczynka zdawała się kompetentnie wykonywać swoje zadanie, od czasu do czasu ornitolog wydawał jęki zadowolenia, przeplatając je czułymi słówkami w rodzaju *Meine Liebchen*, w każdym razie / 207 wyglądało na to, że bardzo mu na dziewczynce zależy, co u faceta tak zimnego wydawało się wręcz nieprawdopodobne.

Siedziałem przed ekranem, wideo dobiegało końca, wytrysk powinien wkrótce nastąpić, kiedy nagle usłyszałem czyjeś kroki na żwirze. Skoczyłem na równe nogi, od razu zdając sobie sprawę, że nie ma stąd tylnego wyjścia, żadnego sposobu uniknięcia konfrontacji, która może się okazać śmiertelna, facet może mnie zabić na miejscu i liczyć, że się z tego wywinie, szanse na to nie były zbyt duże, ale przynajmniej mógł mieć nadzieję. Wchodząc, wzdrygnął się jak w ataku katalepsji, całe jego ciało zaczęło dygotać, przez chwilę miałem nadzieję, że zemdleje, ale nie, stał twardo na nogach i tylko twarz mu spurpurowiała.

– Nie doniosę na pana! – wrzasnąłem, czując, że muszę wrzasnąć, że tylko potężny wrzask może mnie uratować, od razu jednak do mnie dotarło, że on zapewne nie rozumie czasownika „donosić", darłem się więc dalej, po kilka razy powtarzając te same słowa: – Nic nikomu nie powiem! Nikomu!

Wrzeszcząc jak opętany, jednocześnie zacząłem się powolutku wycofywać do drzwi. Na znak niewinności swoich zamiarów wyciągnąłem przed siebie ramiona; chyba nie nawykł do fizycznej przemocy, przynajmniej taką miałem nadzieję, była to moja jedyna szansa.

Przesuwałem się powoli, coraz ciszej powtarzając te same słowa w rytmie, który miał brzmieć jak mantra: „Nic nikomu nie powiem. Nikomu". Kiedy zbliżyłem się do niego na mniej niż metr, chyba naruszyłem jego osobistą przestrzeń; skoczył jak oparzony do tyłu, otwierając mi drogę do drzwi, rzuciłem się w ich kierunku, ruszyłem przed siebie biegiem i po niecałej minucie siedziałem zamknięty na cztery spusty w swoim bungalowie.

Nalałem sobie solidny kieliszek gruszkówki, która pozwoliła mi szybko odzyskać zdrowy rozsądek: przecież to on był zagrożony, nie ja, to on ryzykował trzydzieści lat w mamrze bez możliwości skrócenia wyroku za dobre sprawowanie, nie ja; byłem pewien, że długo tu nie zagrzeje miejsca. I faktycznie, pięć minut później zobaczyłem – ta lornetka była jednak znakomita – jak upycha walizki w bagażniku defendera, siada za kierownicą i oddala się Bóg wie dokąd.

Trzydziestego pierwszego rano obudziłem się w nastroju prawie radosnym, pogodnym wzrokiem powiodłem po krajobrazie usianym bungalowami, w których teraz byłem jedynym lokatorem; jeśli ornitolog dobrze przycisnął, powinien już być w okolicy Moguncji lub Koblencji, szczęśliwy tym krótkotrwałym szczęściem, jakie człowiek odczuwa, gdy uniknął poważnego nieszczęścia i wraca do swoich nieszczęść codziennych. Koncentrując się na Niemcu, nie zapominałem jednak o amatorach zbieractwa, którzy falami pojawiali się przez cały tydzień na plaży; w końcu był to okres ferii. Bardzo dobrze opracowany przewodnik opublikowany przez wydawnictwo Ouest-France, który nabyłem w sklepie Super U w Saint-Nicolas-le-Bréhal, uświadomił mi zakres zjawiska, jakim jest zbieractwo, a także istnienie pewnych, dotychczas mi nieznanych gatunków zwierząt, takich jak galatea, spisula solida, anomia, scrobicularia czy też donax vittatus, którego jada się z patelni w sosie z zielonej pietruszki. Między zbieraczami panował nastrój familiarności, byłem tego pewien, widywałem celebrowanie tego stylu życia na TF1, rzadziej na France 2, ludzie przychodzą całymi rodzinami, czasem w grupach przyjaciół, a wieczorem grillują brzytwy i małże na ognisku, popijając umiarkowaną ilością muscadeta; to wyższe stadium cywilizacji, w którym dziki apetyt zostaje zaspokojony podczas zbierania owoców morza. Spotkania z mieszkańcami wód bywają ryzykowne, o czym przewodnik informował bez ogródek: ugryzienie przez malutkiego ostrosza jest nadzwyczaj bolesne, gdyż ostrosz należy do wyjątkowo jadowitych ryb; o ile złapanie anomii nie przedstawia szczególnych trudności, o tyle łowienie scrobicularii wymaga nadzwyczajnej cierpliwości i zręczności; do łowienia suchotek potrzebny jest hak na długiej rączce; małże są bardzo trudne do zlokalizowania, gdyż nie zostawiają żadnych śladów swojej obecności. Nie doszedłem jeszcze do tak zaawansowanego stadium cywilizacyjnego, zwłaszcza do stadium niemieckiego pedofila, który o tej porze musiał już minąć Drezno lub nawet wjechać do Polski, skąd ekstradycja była trudniejsza. Koło piątej po południu, jak codziennie, dziewczynka podjechała rowerem pod bungalow ornitologa. Długo stukała do drzwi, potem podeszła do okna i zajrzała przez szparę w zasłonach, wróciła do drzwi i znowu długo stukała, zanim zrezygnowała. Na jej twarzy malował się wyraz trudny do rozszyfrowania: nie wyglądała (jeszcze?) na smutną, raczej na zaskoczoną i zniechęconą. W tym momencie zadałem sobie pytanie, czy on jej płacił, co nie było takie oczywiste, choć wydawało mi się, że raczej tak.

Koło siódmej wieczorem ruszyłem w stronę zamku, zbliżała się pora pożegnania starego roku. Aymerica nie było, ale poczynił pewne przygotowania do kolacji: na stole w sali jadalnej stały półmiski z mięsiwami typu salceson z Vire, kaszanka domowej roboty, jakieś włoskie wędliny, a także sery, napitków na pewno nie zabraknie, w tej kwestii nie miałem żadnych powodów do niepokoju.

W nocy obora sprawiała kojące wrażenie, stado trzystu krów wydawało ciche dźwięki, wzdychając, mucząc, kręcąc się w słomie – Aymeric używał słomianej podściółki, nie zdecydował się na kratownicę, chciał produkować nawóz do rozrzucania po polach, miał zamiar prowadzić gospodarstwo według dawnych zasad. Przeżyłem chwilę załamania, kiedy sobie przypomniałem, że z księgowego punktu widzenia siedzi w gównie po szyję, lecz po chwili dobiegło mnie ciche muczenie krów i nie taki znowu nieprzyjemny zapach nawozu, co dało mi ulotne wrażenie może nie tyle posiadania własnego miejsca na świecie, nie przesadzajmy, ile przynależności do organicznego kontinuum, do zwierzęcej społeczności.

W kanciapie, która mu służyła za biuro, paliło się światło, Aymeric siedział z zestawem słuchawki-mikrofon na głowie, wpatrując się w ekran, zauważył mnie dopiero w ostatniej chwili. Zerwał się na nogi, absurdalnym gestem próbując zasłonić ekran, którego i tak nie mogłem zobaczyć.

– Spokojnie, mamy jeszcze czas, spokojnie, wracam do zamku... – powiedziałem.

Machnąłem niewyraźnie ręką (podświadomie próbowałem zapewne naśladować porucznika Columbo, który swego czasu miał zaskakujący wpływ na młodych ludzi w moim wieku), po czym ruszyłem z powrotem. Podniosłem ramiona, podobnie jak poprzedniego dnia przy niemieckim pedofilu, tyle że teraz nie chodziło o pedofilię, sprawa była znacznie gorsza, nie miałem wątpliwości, że w ostatnim dniu roku Aymeric usiłuje się połączyć przez Skype'a z kimś w Londynie, na pewno nie z Cécile, lecz z córkami, z którymi prawdopodobnie rozmawiał przynajmniej raz w tygodniu. „Jak się miewasz, tatusiu", jakbym to widział na własne oczy, doskonale rozumiałem nastawienie jego córeczek; czy pianista grający muzykę klasyczną może w ich oczach wyglądać na męskiego ojca, oczywiście, że nie (Rachmaninow?), co najwyżej na kolejnego londyńskiego pedała, a przecież ich ojciec miał do czynienia z dorosłymi krowami, ssakami dosyć sporymi, minimum pięćset kilo żywej wagi. Ale co on mógł mieć do powiedzenia swoim córeczkom, prawdopodobnie same głupstwa, mówił pewnie, że wszystko idzie dobrze, podczas gdy szło, jak szło, w żadnym razie dobrze, po prostu zdychał z tęsknoty za nimi, a bardziej ogólnie z tęsknoty za miłością. Wszystko wskazywało na to, że ma przechlapane, pomyślałem, idąc z powrotem przez dziedziniec, nigdy się z tego nie wygrzebie, będzie się męczyć do końca swoich dni, a całe moje pieprzenie o Mołdawiance na nic się nie zda. Byłem wściekły; nie czekając na niego, nalałem sobie szklankę wódki i rzuciłem się na plastry domowej kaszanki, nie da się ludziom pomóc, / 213 pomyślałem, ani przyjaźń, ani współczucie, ani psychologia, ani inteligencja sytuacyjna nie znajdują tu żadnego zastosowania, ludzie sami wytwarzają mechanizm własnych nieszczęść, nakręcają go do oporu, a potem mechanizm się kręci w sposób nieuchronny – z kilkoma potknięciami czy spowolnieniami w wyniku na przykład choroby, ale kręci się do końca, aż do ostatniej sekundy.

Aymeric pojawił się kwadrans później, udając niefrasobliwość, jakby chciał przykryć poprzedni incydent, co tylko potwierdziło moje przekonania, zwłaszcza to dotyczące mojej całkowitej bezradności. Nie byłem jednak w pełni uspokojony ani pogodzony z sytuacją, od razu więc przeszedłem do najbardziej bolesnego tematu.

– Rozwodzisz się? – zapytałem spokojnym, niemal obojętnym tonem.

Opadł bezwładnie na kanapę, podałem mu szklankę wódki, aż trzech minut potrzebował, zanim ją podniósł do ust, przez chwilę obawiałem się nawet, że wybuchnie płaczem, co byłoby nieco krępujące. To, co miał mi do opowiedzenia, nie było ani trochę oryginalne, ludzie nie tylko wzajemnie się torturują, ale robią to bez cienia oryginalności. Przykro patrzeć, jak ktoś, kogo się kochało, z kim się dzieliło noce, poranki, może choroby, zmartwienia związane ze zdrowiem dzieci, w kilka dni zamienia się w upiora, w harpię ogarniętą nieposkromioną pazernością na pieniądze; jest to doświadczenie bolesne, z którego trudno się podnieść, ale w pewnym stopniu zbawienne, rozwód jest może jedynym skutecznym sposobem na zakończenie miłości (o ile rzecz jasna uważamy, że koniec miłości jest zbawienny); gdybym się ożenił z Camille, być może przed rozwodem potrafiłbym przestać ją kochać – i dokładnie w tym momencie, słuchając opowieści Aymerica, po raz pierwszy, bez ostrzeżenia, fantazjowania czy jakichkolwiek ograniczeń, przyjąłem do wiadomości tę straszną, bolesną, wręcz morderczą prawdę, że wciąż kocham Camille; nie da się ukryć, że ten sylwester kiepsko się zaczynał.

W przypadku Aymerica sytuacja była jeszcze gorsza, nawet wygaśnięcie jego miłości do Cécile nie mogło mu pomóc, mieli dwie córeczki, pułapka była idealna. Od strony finansowej jego historia, chociaż absolutnie zbieżna z tym, co zazwyczaj daje się zaobserwować przy rozwodzie, zawierała kilka nadzwyczaj niepokojących aspektów. Małżeńska wspólność majątkowa ograniczona do dorobku to normalny schemat, tyle że w ich przypadku dorobek przedstawiał się całkiem konkretnie. Po pierwsze, ferma, nowa obora, maszyny rolnicze (rolnictwo należy do przemysłu ciężkiego, który blokuje poważne środki inwestycyjne, przynosząc niewielki lub zerowy dochód, w przypadku Aymerica wręcz ujemny). Czy połowa tego kapitału miała przypaść Cécile? Przezwyciężając wstręt do prawniczych sztuczek, do członków palestry i zapewne do prawa w szerokim tego słowa rozumieniu, jego ojciec zdecydował się na wynajęcie adwokata, którego polecił mu znajomy z Jockey-Clubu. Pierwsze wnioski prawnika były stosunkowo kojące, przynajmniej w odniesieniu do fermy: ziemia wciąż należała do ojca Aymerica, podobnie jak wszystkie jej udoskonalenia, nowa obora, maszyny; z prawnego punktu widzenia można było uznać, że Aymeric

jest tylko kimś w rodzaju zarządcy. Co innego bungalowy: przedsiębiorstwo hotelarskie i wszystkie budynki
były zapisane na jego nazwisko, tylko ziemia pozostała własnością jego ojca. Jeśli Cécile się uprze i zażąda
połowy wartości bungalowów, nie będzie wyjścia, trzeba będzie postawić przedsiębiorstwo w stan upadłości
i czekać, aż się pojawi nabywca, co może zająć nawet
kilka lat. W sumie, jak stwierdził Aymeric z tą mieszaniną rozpaczy i niesmaku, która w trakcie rozwodu, w miarę następowania kolejnych kroków procedury, w miarę
pertraktacji, negocjacji, propozycji i kontrpropozycji
adwokatów i notariuszy, staje się permanentnym stanem ducha zainteresowanych, w sumie rozwód ten był
daleki od zakończenia.

– Dla ojca nie wchodzi zresztą w grę, by sprzedawać
tereny wychodzące na morze, na których zbudowano
bungalowy, nigdy w życiu się na to nie zdecyduje...
Od lat, za każdym razem, gdy muszę upłynnić kolejną
działkę, by zrównoważyć budżet, bierze to na klatę, niemal fizycznie cierpiąc, przecież dla tradycyjnego arysto-
kraty, jakim bez cienia wątpliwości jest mój ojciec, najważniejsze to przekazać rodzinną posiadłość następnym
pokoleniom, w miarę możności powiększając ją, ale na
pewno nie zmniejszając, a to jest to, co robię od samego
początku: zmniejszam rodzinną posiadłość, inaczej nie
potrafię sobie poradzić, ojciec zaczyna mieć tego dosyć,
chciałby, żebym rzucił ręcznik, ostatnio oznajmił mi to
otwartym tekstem: „Przeznaczeniem Harcourtów nie
było nigdy zajmować się rolnictwem...", tak właśnie powiedział, może to i prawda, ale także nie hotelarstwem,

a o dziwo projekt stworzenia hotelu z charakterem bardzo mu się spodobał, pewnie tylko dlatego, że pozwoliłoby to na odrestaurowanie zamku, natomiast bungalowy ma kompletnie w nosie, można by jutro rozwalić je bazooką, ani trochę by się nie przejął. Najstraszniejsze, że jest to facet, który w swoim życiu nie zrobił niczego pożytecznego, jedynie chadzał na śluby, pogrzeby, jeździł na polowania z psami, od czasu do czasu wypijał drinka w Jockey-Clubie, o ile wiem, miał kilka kochanek, ale bez przesady, no i majątek Harcourtów pozostawił nietknięty. Ja natomiast próbuję coś zbudować, tyram jak wół, codziennie wstaję o piątej rano, wieczory spędzam nad księgowością, a w rezultacie doprowadzam rodzinę na skraj ubóstwa...

Mówił długo, tym razem wyrzucił z siebie wszystko, co mu leżało na wątrobie; dochodziła już chyba północ, kiedy zaproponowałem, by puścić jakąś muzykę, od dawna było to jedyne, co mogliśmy w tej sytuacji zrobić, z ulgą zgodził się, nie pamiętam, co puścił, bo byłem kompletnie pijany i zdesperowany, samo przypomnienie sobie Camille wykończyło mnie w kilka sekund, chwilę przedtem czułem, że jestem facetem silnym, mądrym, oferującym przyjacielowi wsparcie, a nagle zmieniłem się w płynące ściekiem gówno, w każdym razie na pewno puścił najlepszą płytę, jaką miał, na której najbardziej mu zależało. Jedyne bliższe wspomnienie, które mi zostało, to pirackie nagranie *Child in Time* z koncertu w Duisburgu w tysiąc dziewięćset siedemdziesiątym, dźwięk wydobywający się z klipschhornów brzmiał rzeczywiście wyjątkowo czysto, z estetycznego punktu widzenia był to chyba najpiękniejszy moment w moim życiu, o czym pragnę wspomnieć, gdyż piękno bywa pożyteczne, tak czy owak ten właśnie kawałek puściliśmy ze trzydzieści czy czterdzieści razy, za każdym razem oczarowani spokojnym tłem Jona Lorda na klawiszach i absolutnym odlotem, z jakim Ian Gillan przechodził od słowa mówionego do śpiewu, od śpiewu do krzyku, po czym znowu wracał do słowa mówionego i pojawiała się majestatyczna solówka Iana Paice'a, którego Jon Lord wspierał mieszaniną wielkości i skuteczności, jednak solówki Iana Paice'a były absolutnie niezwykłe, najpiękniejsze solówki perkusyjne w historii rocka, po czym wracał Gillan i następowała druga część sacrum, Ian Gillan ponownie wznosił się od słowa do śpiewu, od śpiewu do czystego krzyku, niestety chwilę później utwór kończył się i trzeba było przestawić igłę na początek; mogliśmy w tym stanie trwać wiecznie, może nie całkiem wiecznie, może to tylko złudzenie, lecz jakże piękne, pamiętam, jak kiedyś poszliśmy z Aymerikiem na koncert Deep Purple w Palais des Sports, niezły koncert, ale nie aż tak dobry jak w Duisburgu, byliśmy teraz starzy, takie momenty będą się zdarzać coraz rzadziej, ale wszystko powróci w chwili naszej agonii, jego i mojej agonii, obok mnie będzie Camille, prawdopodobnie również Kate; nie wiem, jak zdołałem wrócić, pamiętam, że złapałem kawał domowej kaszanki, którą długo żułem, siedząc za kierownicą samochodu i nie czując żadnego smaku.

Poranek pierwszego stycznia wstał nad naszą problematyczną egzystencją jak wszystkie poranki świata. Ja również wstałem, szczególną uwagę zwracając na poranek jako taki – był mglisty, ale nie przesadnie, po prostu mglisty; na głównych kanałach poświęconych rozrywce trwały zwyczajowe audycje noworoczne, z tym że żadnej z piosenkarek nie znałem, wydawało mi się jednak, że seksbomba od muzyki latynoskiej ustępuje wykonawczyni muzyki celtyckiej, choć ten aspekt życia był mi znany zaledwie w stopniu epizodycznym i przybliżonym, acz globalnie optymistycznym: skoro publiczność tak zadecydowała, to w pewnym sensie tym lepiej. Koło czwartej ruszyłem do zamku. Aymeric powrócił do swego zwykłego stanu, czyli siedział z posępnym, zaciętym i zdesperowanym wyrazem twarzy, nieco mechanicznie rozkładając i składając schmeissera. I właśnie wtedy oświadczyłem, że chciałbym się nauczyć strzelać.

– Co znaczy strzelać? Sportowo czy dla obrony własnej?

Był zachwycony, że poruszyłem jakiś konkretny techniczny temat, a przede wszystkim ulżyło mu, że nie wracam do rozmowy z poprzedniego dnia.

– Jedno i drugie…

Prawdę mówiąc, lepiej bym się czuł podczas konfrontacji z ornitologiem, gdybym miał przy sobie rewolwer, ale w strzelaniu było jeszcze coś, co od dawna mnie pociągało.

– Jako broń defensywną mogę ci pożyczyć krótkolufowego smith & wessona, jest mniej precyzyjny od długolufowego, ale łatwiejszy w transporcie. To kaliber 357 magnum, zabójczy z odległości dziesięciu metrów, wyjątkowo prosty w obsłudze, w pięć minut wszystko ci wyjaśnię. Co do strzelania sportowego… – Jego głos zadźwięczał bardziej wyraziście, usłyszałem w nim entuzjazm, którego nie było tam od czasu, gdy mieliśmy po dwadzieścia lat. – Zawsze to uwielbiałem, uprawiałem strzelectwo całymi latami. Niesamowity jest ten moment, kiedy masz tarczę w samym środku wizjera, o niczym już nie myślisz, zapominasz o wszystkich zmartwieniach. Jak się tu przeniosłem, pierwsze lata były trudne, o wiele trudniejsze, niż się spodziewałem, bez wizyt na strzelnicy chyba nie dałbym rady. Teraz, cóż… – Wyciągnął przed siebie rękę, która po chwili zaczęła drżeć, drżenie było delikatne, ale nie pozostawiające złudzeń. – Wódka… Jedno z drugim się nie schodzi, trzeba wybierać.

Czy miał wybór? Czy ktokolwiek ma wybór? Bardzo poważnie w to wątpiłem.

– Do strzelania sportowego używałem broni, którą uwielbiam, karabinu steyr mannlicher HS50, jak chcesz, mogę ci pożyczyć, ale muszę go sprawdzić i starannie wyczyścić, przez trzy lata nie był używany, dziś wieczorem się tym zajmę.

Zachwiał się, idąc do zbrojowni, do której prowadziły trzy pary przesuwnych drzwi; w pomieszczeniu leżało kilkanaście sztuk broni – fuzje, karabiny, broń krótka – i stosy pudełek z nabojami. Steyr mnie zaskoczył, nie przypominał karabinu, a raczej ciemnoszary stalowy walec, kompletna abstrakcja.

– To oczywiście nie wszystko, muszę go złożyć... Ale sprawa najważniejsza to precyzja obróbki lufy... – Przez chwilę trzymał lufę pod światło, pozwalając mi ją podziwiać; musiałem przyznać, że stanowi idealny walec. – No dobra, dostaniesz go jutro.

Następnego dnia koło ósmej rano podjechał pick-upem pod bungalow w stanie niezwykłego podniecenia. Ze smith & wessonem załatwiliśmy sprawę w trzy sekundy, ten typ broni jest niepokojąco prosty w obsłudze. Natomiast ze steyrem nie poszło tak łatwo, Aymeric wyjął z bagażnika futerał ze sztywnego poliwęglanu i położył go ostrożnie na stole. W środku leżały cztery precyzyjnie obrobione elementy z ciemnoszarej stali, każdy w swoim zagłębieniu z pianki, przy czym żaden nie przywodził na myśl broni; kazał mi je parokrotnie złożyć i rozłożyć; całość składała się z lufy, podstawy, magazynku i trójnogu, ale po złożeniu nadal nie przypominała karabinu w klasycznym tego słowa znaczeniu, tylko raczej morderczego metalowego pająka bez jakichkolwiek ozdobników, gdzie ani jeden gram metalu nie był zbędny, a ja zacząłem rozumieć entuzjazm Aymerica: chyba nigdy nie widziałem wytworu ludzkich rąk, z którego emanowałaby taka perfekcja. Na koniec na szczycie metalowej konstrukcji zamontował celownik optyczny.

– To swarovski DS5 – powiedział. – Bardzo źle widziany w środowisku sportowym, na zawodach wręcz zakazany, trzeba pamiętać, że tor lotu kuli nie jest płaski, tylko paraboliczny, związki strzelectwa sportowego uważają, że to jeden z elementów całej zabawy, a zawodnicy powinni nauczyć się celować nieco powyżej środka tarczy, by uwzględnić odchylenie paraboliczne. Celownik DS5 ma zintegrowany dalmierz laserowy, który ocenia odległość od celu i dokonuje korekty, nie trzeba więc kombinować, można celować w sam środek tarczy. W związkach strzelectwa sportowego królują tradycjonaliści, lubią dokładać zbędne komplikacje, dlatego właśnie dość szybko przestałem startować w zawodach. Wracając do sprawy, futerał kazałem zrobić na zamówienie, z miejscem na celownik optyczny. Ale najważniejsze, że to nadal jest broń. Chodźmy ją wypróbować… – Wyjął z szafy koc. – Zaczniemy od pozycji leżącej, najważniejszej, która pozwala na najbardziej dokładne strzelanie. Ale musisz wygodnie leżeć na ziemi, dobrze chroniony przed zimnem i wilgocią, które mogłyby wywołać drżenie mięśni.

Zatrzymaliśmy się u szczytu zbocza, które schodziło do morza, rozłożył koc na trawie i pokazał na barkę zagrzebaną w piasku w odległości stu metrów.

– Widzisz numery na burcie, BOZ-43? Spróbuj wcelować w środek litery O. Ma około dwudziestu centymetrów średnicy; dobry strzelec ze steyrem bez problemu wcelowałby z tysiąca pięciuset metrów, ale okej, zacznijmy stąd.

Położyłem się na kocu.

– Znajdź właściwą pozycję, nie śpiesz się… Nie możesz mieć żadnego powodu, żeby się poruszać, z wyjątkiem własnego oddechu.

Bez większego problemu znalazłem wygodną pozycję. Kolba była gładka, zaokrąglona, łatwo się układała pod pachą.

– Spotkasz facetów typu zen, którzy będą pieprzyć, że najważniejsze to zlać się z celem w jedno. Nie wierzę w te bzdury, zresztą Japończycy są beznadziejni w strzelaniu sportowym, nigdy nie wygrali żadnych zawodów międzynarodowych. Natomiast faktem jest, że strzelectwo bardzo przypomina jogę: usiłujesz się stopić ze swoim oddechem. Oddychasz wolno, coraz wolniej, tak wolno i głęboko, jak tylko potrafisz. A kiedy jesteś gotów, nastawiasz celownik na sam środek celu.

Zastosowałem się do jego słów.

– No jak, leżysz wygodnie?

Przytaknąłem.

– Musisz pamiętać, że nie trzeba dążyć do całkowitego bezruchu, to po prostu niemożliwe. Oczywiście, że będziesz się poruszać, choćby oddychając. Ale trzeba dojść do tego, żeby twoje ruchy były bardzo powolne i regularne, w rytmie oddechu, z jednej strony celu na drugą. Kiedy już osiągniesz to stadium ruchu, wystarczy / 223 leciutko nacisnąć na spust w chwili, gdy przechodzisz przez cel. Jak najdelikatniej, spust jest bardzo czuły. HS50 to karabin jednostrzałowy; żeby strzelić drugi raz, musisz ponownie naładować, dlatego snajperzy rzadko z niego korzystają na prawdziwej wojnie, ich celem jest przede wszystkim skuteczność, a misją zabijanie; ja uważam, że dobrze jest mieć tylko jedną szansę.

Zamknąłem na chwilę oczy, żeby nie myśleć o osobistych implikacjach takiego wyboru, po czym je otworzyłem; wszystko szło dobrze, tak jak mówił Aymeric, litery BOZ powoli przejeżdżały w tę i z powrotem przez wizjer celownika, w chwili, którą uznałem za właściwą, nacisnąłem na spust, usłyszałem bardzo cichy dźwięk, takie leciutkie pyknięcie. Przeżycie było naprawdę niezwykłe, spędziłem kilka minut poza czasem, w czystej przestrzeni balistycznej. Wstając, zobaczyłem, że Aymeric patrzy przez lornetkę w kierunku barki.

– Nieźle, naprawdę nieźle… – powiedział, obracając się w moją stronę. – Nie trafiłeś w środek, ale kula uderzyła w kontur litery O, dziesięć centymetrów od celu. Jak na pierwszy strzał ze stu metrów powiedziałbym nawet, że bardzo dobrze.

Przed odejściem poradził mi, żebym długo ćwiczył strzelanie do celu nieruchomego, zanim przejdę do ruchomej tarczy. Numer rejestracyjny jest do tego idealny, pozwala na dużą precyzję. Mogę pokiereszować barkę, powiedział na moje obiekcje, zna jej właściciela (swoją drogą niezłego dupka), prawdopodobnie już nigdy nie będzie wodowana. Zostawił mi dziesięć pudełek po pięćdziesiąt naboi w każdym.

Przez kilka następnych tygodni ćwiczyłem przynajmniej po dwie godziny dziennie. Nie mogę powiedzieć, że „zapominałem o wszystkich swoich kłopotach", bez przesady, ale nie da się ukryć, że każdego ranka czułem się spokojny, w miarę spokojny. Bez wątpienia captorix też miał w tym swój udział, codzienne dawki alkoholu pozostawały umiarkowane, ponadto z przyjemnością stwierdzałem, że jestem na dawce piętnaście miligramów captorixu dziennie, czyli nieco poniżej maksymalnej. Pozbawiony jakichkolwiek pragnień czy racji bytu (czy te pojęcia nie są zresztą równoważne? trudny temat, na który nie miałem wyrobionego poglądu), utrzymywałem swoją rozpacz na poziomie możliwym do przyjęcia, można żyć, będąc zrozpaczonym, większość ludzi tak właśnie żyje, chociaż czasami się zastanawia, czy może sobie pozwolić na łyk nadziei, to znaczy zadaje sobie pytanie, po czym odpowiada na nie przecząco. Nadal jednak kurczowo trzyma się życia, co stanowi wzruszające zjawisko.

W strzelaniu robiłem szybkie, nawet imponująco szybkie postępy: po niecałych dwóch tygodniach byłem w stanie trafić nie tylko w środek litery O, ale i obu brzuszków B oraz trójkąta cyfry 4; wtedy zacząłem myśleć o „ruchomych tarczach". Na plaży ich nie brakowało, przede wszystkim w postaci morskich ptaków.

Przez całe życie nie zabiłem żadnego zwierzęcia, taka perspektywa nigdy przede mną nie stanęła, ale z założenia nie byłem jej wrogi. O ile przemysłowa hodowla budziła we mnie wstręt, o tyle nigdy nie byłem przeciwnikiem polowań, przy których zwierzęta żyją w swoim naturalnym środowisku, mogąc swobodnie biegać i latać, dopóki nie zostaną zabite przez drapieżnika stojącego wyżej w łańcuchu pokarmowym. Bez wątpienia steyr HS50 czynił ze mnie drapieżnika stojącego bardzo wysoko w łańcuchu pokarmowym, niemniej nigdy dotychczas nie miałem żadnego zwierzęcia na muszce.

Decyzję podjąłem pewnego dnia parę minut po dziesiątej rano. Leżałem wygodnie na kocu na szczycie wzgórza, pogoda była przyjemna, powietrze świeże, celów nie brakowało.

Przez dłuższy czas śledziłem w wizjerze jakiegoś skrzydlatego osobnika, nie była to mewa ani rybitwa, nic równie sławnego, ot po prostu jakiś nieistotny ptak na długich nogach, wielokrotnie widywałem takie na plaży, rodzaj plażowego proletariusza, w rzeczywistości skrzydlaty głupek z tępym i złośliwym wzrokiem, mały morderca na długich nogach, którego mechaniczny, przewidywalny ruch zamierał dopiero wówczas, gdy ptak dostrzegał ofiarę. Strzelając mu w łeb, mogłem uratować życie wielu brzuchonogom i głowonogom, wprowadzić drobną zmianę w łańcuchu pokarmowym, nie mając w tym żadnego własnego interesu, bo to wredne ptaszysko było zapewne niejadalne. Musiałem tylko pamiętać, że jestem człowiekiem, panem i władcą, a świat został stworzony przez dobrego Boga dla mojej wygody.

Konfrontacja trwała kilka minut, co najmniej trzy, bardziej prawdopodobnie, że pięć lub dziesięć, po czym ręce zaczęły mi drżeć i zrozumiałem, że nie potrafię nacisnąć na spust, że jestem zwykłą szmatą, smętną, pospolitą, na dokładkę starzejącą się szmatą. „Kto nie ma odwagi, by zabić, nie ma też odwagi, by żyć" – zdanie to krążyło mi po głowie, nie zostawiając za sobą niczego poza smugą cierpienia. Wróciłem do bungalowu, wyniosłem kilkanaście pustych butelek, które ustawiłem rzędem w poprzek zbocza i w mniej niż dwie minuty rozwaliłem w drobny mak.

Po rozstrzelaniu butelek zorientowałem się, że mój zapas naboi właśnie się wyczerpał. Z Aymerikiem nie rozmawiałem prawie od dwóch tygodni, ale zauważyłem, że od początku roku miał sporo wizyt; na dziedzińcu zamku parokrotnie stały jakieś terenówki lub pick-upy, a jego widziałem, jak odprowadzał do samochodu facetów w swoim wieku w takich samych ubraniach roboczych jak on – prawdopodobnie okolicznych rolników.

Kiedy dotarłem do zamku, Aymeric właśnie z niego wychodził w towarzystwie faceta koło pięćdziesiątki o bladej, inteligentnej i smutnej twarzy, którego widziałem ze dwa dni wcześniej; obaj mieli na sobie ciemne garnitury i szafirowe krawaty gryzące się kolorem z garniturami, i nagle nabrałem przekonania, że gospodarz pożyczył tamtemu krawat. Przedstawił mnie jako przyjaciela, który wynajmuje bungalow, nie wspominając o mojej przeszłości w Ministerstwie Rolnictwa, za co byłem mu wdzięczny. „Frank natomiast jest szefem związku na departament Manche" – dodał. A po kilku sekundach uściślił: „Konfederacji Chłopskiej". Pokręcił z namysłem głową i dorzucił: „Zastanawiam się czasem, czy nie powinniśmy dołączyć do Koordynacji Wiejskiej. Nie wiem, nie jestem pewien, już niczego nie jestem pewien...".

– Jedziemy na pogrzeb – oświadczył. – Jeden nasz kolega z Carteret strzelił sobie dwa dni temu w łeb.

– To już trzeci od początku roku... – dodał Frank.

Planował zorganizowanie zebrania związkowego dwa dni później, w niedzielę po południu w Carteret. Powiedział, że mogę wpaść, jeśli mam ochotę.

– Musimy coś zrobić, nie możemy się zgodzić na kolejną obniżkę ceny skupu mleka, bo wszyscy do ostatniego zginiemy, równie dobrze możemy od razu zrezygnować z prowadzenia działalności.

Wsiadając do pick-upa Franka, Aymeric spojrzał na mnie przepraszająco; nie mieliśmy okazji porozmawiać o moim życiu uczuciowym, ani słowa nie powiedziałem o Camille, z czego właśnie zdałem sobie sprawę, zazwyczaj zresztą nie warto za wiele gadać, rzeczy rozumieją się same przez się, chyba się połapał, że u mnie też nie najlepiej, a los hodowców bydła mlecznego może nie wzbudzić mojego zbyt gorącego współczucia.

Wróciłem koło siódmej wieczorem, Aymeric zdążył już wychlać pół butelki wódki. Pogrzeb odbył się zgodnie z przewidywaniami; samobójca nie miał żadnej rodziny, nie zdążył się ożenić, jego ojciec nie żył, a matka cierpiała na starczą demencję, przez cały czas łkała, powtarzając, że czasy się zmieniły.

– Musiałem Frankowi wytłumaczyć, że trochę się znasz na problemach rolnictwa, ale on ci nie ma za złe, skądże znowu, przecież wie, że margines swobody urzędników jest bardzo wąski...

Nie byłem urzędnikiem, co zresztą nie zwiększało mojego marginesu swobody, też miałem ochotę przejść na wódkę, po cholerę przedłużać nasze cierpienie? Coś mnie jednak powstrzymało i poprosiłem Aymerica, żeby otworzył butelkę białego wina. Otworzył, z zaskoczeniem powąchał i nalał mi kielszek, jakby wspominając szczęśliwsze czasy.

– Przyjdziesz w niedzielę? – zapytał lekkim tonem, jakby chodziło o jakieś spotkanie towarzyskie.

Sam jeszcze nie wiedziałem, odparłem, że pewnie tak, ale czy z tego zebrania miało coś wyniknąć? Czy zostanie podjęta decyzja o jakimś działaniu? Jego zdaniem tak, zapewne tak, producenci mleka mieli naprawdę dosyć, według planu minimum wstrzymają dostawy do spółdzielni i zakładów przemysłowych. Tyle że co mają robić, jeśli dwa dni później pojawią się cysterny mleka z Irlandii lub Polski? Blokować drogi z bronią w ręku? A nawet jeśli do tego dojdzie, co mają robić, kiedy cysterny wrócą pod ochroną oddziałów CRS*? Otwierać ogień?

Przez głowę przemknęła mi myśl o działaniach symbolicznych, lecz zanim sformułowałem do końca zdanie, sparaliżował mnie wstyd.

– Wylać hektolitry mleka na placu przed prefekturą w Caen... – dodał Aymeric. – Jasne, czemu nie, ale jedyne, co osiągniemy, to może jeden dzień obecności w mediach, a szczerze mówiąc, chyba nie mam na to ochoty. Byłem wśród tych, którzy wylewali cysterny mleka do zatoki Saint-Michel w dwa tysiące dziewiątym, i zachowałem z tego dość gorzkie wspomnienie. Najpierw, jak codziennie, wydoić krowy, napełnić cysterny, a potem wylać z nich całe mleko, jakby chodziło o coś kompletnie bezwartościowego... Chyba wolę wyciągnąć broń.

Zanim wyszedłem, wziąłem kilka pudełek z nabojami; nie sądziłem, by miało dojść do zbrojnej konfrontacji, tak naprawdę to niczego nie sądziłem, ale w ich stanie ducha wyczuwałem coś niepokojącego, zazwyczaj nie dzieje się nic, lecz niekiedy zdarza się coś, na co zupełnie nie jesteśmy gotowi. Tak czy owak drobne ćwiczenia strzeleckie nie mogły mi zrobić krzywdy.

---

* *Compagnies Républicaines de Sécurité*, Republikańskie Kompanie Bezpieczeństwa – oddziały prewencji przeznaczone do ochrony porządku publicznego, zabezpieczenia imprez masowych oraz tłumienia zamieszek i manifestacji.

Zebranie związkowe odbywało się w wielkiej knajpie Le Carteret przy placu du Terminus, który swą nazwę zawdzięczał zapewne dawnemu dworcowi mieszczącemu się naprzeciwko knajpy, od lat zamkniętemu i częściowo już zarośniętemu zielskiem. W kwestii żarcia Le Carteret proponowała głównie pizze. Przyszedłem mocno spóźniony, przemówienia dawno się skończyły, ale jakaś setka chłopów siedziała jeszcze przy stołach, popijając piwo i białe wino. Mówili niewiele – atmosfera zebrania nie miała w sobie nic radosnego – a na mnie rzucali nieufne spojrzenia, gdy ruszyłem w kierunku stołu, przy którym siedział Aymeric w towarzystwie Franka i trzech innych gości o podobnie inteligentnych, smutnych twarzach, wyglądali, jakby mieli skończone studia wyższe, przynajmniej rolnicze, pewnie też byli związkowcami i tak jak reszta mówili niewiele; trzeba przyznać, że tym razem obniżka cen skupu mleka była brutalna jak cios maczugą (co sprawdziłem w tygodniku „La Manche Libre") i nie bardzo widziałem, gdzie spodziewali się znaleźć podstawę do ewentualnych negocjacji.

– Przeszkadzam... – rzuciłem lekkim tonem, a Aymeric spojrzał na mnie zażenowanym wzrokiem.

– Skądże znowu, skądże znowu... – odpowiedział
Frank; wyglądał na jeszcze bardziej zmęczonego i przy-
gnębionego niż poprzednim razem.

– Będziecie podejmować jakieś działania? – Sam nie
wiem, co mnie skłoniło, by zadać to pytanie, przecież
nawet nie chciałem znać odpowiedzi.

– Pracujemy nad tym, pracujemy...

Frank łypnął na mnie spode łba, jakby trochę wrogo,
ale przede wszystkim z niewiarygodnym smutkiem, by
nie powiedzieć z rozpaczą; jego głos brzmiał jak znad
przepaści, wprawiając mnie w prawdziwe zakłopotanie.
Nie miałem między nimi nic do roboty, nie byłem, nie
mogłem być wobec nich solidarny, prowadziłem inne
życie niż oni, moje życie też nie było usłane różami,
ale było po prostu inne. Szybko się pożegnałem, najwyżej po pięciu minutach, ale wychodząc, chyba już
wiedziałem, że tym razem sprawy mogą pójść naprawdę w złym kierunku.

Przez następne dwa dni siedziałem w bungalowie, wy-
kańczając resztki zapasów i skacząc po kanałach telewizyjnych; dwukrotnie podjąłem próbę masturbacji.
W środę rano krajobraz tonął po horyzont w ogromnym jeziorze mgły, na dziesięć metrów nic nie było
widać, a przecież musiałem pojechać przynajmniej do
Carrefour Market w Barneville-Carteret, żeby uzupeł-
nić zapasy. Droga zajęła mi prawie pół godziny ostroż-
nej jazdy nie więcej niż czterdzieści na godzinę; od

czasu do czasu niewyraźna żółta poświata sygnalizo-
wała obecność innych pojazdów. Zazwyczaj Carteret
wyglądało na małą odpicowaną miejscowość wakacyj-
ną z przystanią dla jachtów, sklepami sprzedającymi
artykuły żeglarskie, wykwintną restauracją serwującą
świeżo złowione homary, ale tego dnia sprawiało wrażenie spowitego mgłą miasteczka zjawy, przez całą drogę
do supermarketu nie minąłem żadnego samochodu ani
nawet przechodnia, w Carrefourze alejki były puste,
sklep wyglądał jak ostatni relikt cywilizacji, obecności
człowieka; zaopatrzyłem się w sery, wędliny i czerwone
wino w irracjonalnym, choć uporczywym poczuciu, że
czeka mnie oblężenie.

Resztę dnia spędziłem na spacerowaniu w kompletnej ciszy nadmorską ścieżką, z jednego obłoku mgły
w drugi, ani przez chwilę nie widząc leżącego poniżej
oceanu; moje życie wydawało mi się równie bezkształt-
ne i niepewne jak krajobraz.

Następnego dnia rano, przechodząc obok zamku,
zobaczyłem, jak Aymeric rozdaje broń kilkunastu ubra-
nym w myśliwskie i wojskowe kurtki mężczyznom;
wsiedli do samochodów i ruszyli w kierunku Valognes.

Zawędrowawszy tam ponownie koło piątej po południu, zobaczyłem stojącego na dziedzińcu pick-upa
gospodarza, wszedłem i skierowałem się prosto do
sali jadalnej; Aymeric siedział w towarzystwie Franka
i jeszcze jednego faceta, ryżego, zwalistego typa o mało
przyjaznej prezencji, którego mi przedstawiono jako
Barnabé. Najwyraźniej właśnie przyjechali, broń postawili obok siebie; zdążyli sobie nalać wódki, ale nie

zdążyli zdjąć kurtek – w tym momencie zorientowałem się, że w jadalni jest przeraźliwie zimno, widocznie Aymeric wyłączył ogrzewanie, nie byłem nawet pewien, czy kładąc się do łóżka, zdejmuje ubranie, odnosiłem wrażenie, że rezygnuje z coraz większej liczby rzeczy.

– Dzisiaj zatrzymano na drodze cysterny z mlekiem jadące z portu w Hawrze... Z mlekiem irlandzkim i brazylijskim. Kierowcy nie spodziewali się konfrontacji z uzbrojonymi ludźmi i zawrócili. Tyle że niemal na pewno od razu pojechali na komisariat. Co zrobimy, jeśli jutro wrócą w towarzystwie oddziału CRS? Wciąż stoimy w tym samym punkcie: jesteśmy na granicy.

– Musimy wytrzymać, nie ośmielą się strzelać, tego nie mogą zrobić... – odparł ryży olbrzym.

– Nie otworzą ognia jako pierwsi – przerwał mu Frank – ale ruszą na nas i spróbują nas rozbroić, konfrontacja jest nieunikniona. Pytanie, czy my nie zaczniemy strzelać. Jeśli stawimy opór, na bank spędzimy jutrzejszą noc na komisariacie w Saint-Lô. Ale jeśli będą ranni czy ofiary śmiertelne, to zrobi się grubsza sprawa.

Zerknąłem z niedowierzaniem na Aymerica, który siedział cicho, kręcąc kieliszek w dłoniach; miał posępny, nieustępliwy wzrok i unikał mojego spojrzenia; w tym momencie uznałem, że powinienem się wtrącić, przynajmniej spróbować interwencji, o ile miało to jeszcze jakiś sens.

– Posłuchaj! – powiedziałem w końcu ostrym tonem, choć nie miałem pojęcia, co mówić dalej.

– Tak? – Uniósł głowę i spojrzał mi w oczy z tym samym szczerym, stanowczym wyrazem z lat młodości, za który od pierwszej chwili zapałałem do niego sympatią. – Powiedz mi, Florent, co o tym wszystkim myślisz, chcę znać twój punkt widzenia. – Jego głos był bardzo cichy. – Czy naprawdę mamy przechlapane, czy też możemy jeszcze coś zrobić? Czy powinienem próbować coś zrobić? A może mam się zachować jak mój ojciec: sprzedać fermę, odnowić wpis do Jockey-Clubu i resztę życia spędzić w spokoju? Powiedz, co o tym sądzisz.

Od początku musiało do tego dojść; od pierwszej wizyty ponad dwadzieścia lat wcześniej, kiedy zaczął prowadzić gospodarstwo rolne, a ja próbowałem zrobić bardziej banalną karierę urzędniczą, przez dwadzieścia lat odsuwaliśmy od siebie tę rozmowę, na którą właśnie teraz przyszła pora, pozostali dwaj nieoczekiwanie zamilkli; dalej sprawa miała się rozgrywać tylko między nami dwoma.

Aymeric czekał ze szczerym i naiwnym spojrzeniem wbitym we mnie, a ja zacząłem mówić, nie wiedząc do końca, co właściwie mam do powiedzenia, czułem się tak, jakbym zjeżdżał po pochyłości, wrażenie było oszałamiające i nieco mdlące, jak zawsze, gdy człowiek zanurza się w prawdzie, choć w ciągu całego życia zdarza się to nadzwyczaj rzadko.

– Widzisz, czasami jakaś fabryka zostaje zamknięta, dokonuje się delokalizacji części produkcji, zwalniając, powiedzmy, siedemdziesięciu robotników, na BFM pokażą reportaż, robotnicy zorganizują pikietę strajkową, spalą opony, przyjedzie jeden czy dwóch lokalnych polityków, przez chwilę będzie się o tym mówić w mediach, bo to ciekawy temat, interesująca pożywka wizualna, podobnie jak hutnictwo czy ekskluzywna damska bielizna, źródło dobrych obrazów telewizyjnych. W tym akurat przypadku mamy do czynienia z setkami rolników, którzy rok w rok bankrutują.

– Lub strzelają sobie w łeb – spokojnie przerwał Frank i machnął ręką, jakby przepraszając, że się wtrącił, a jego twarz ponownie przybrała smutny, nieprzenikniony wyraz.

– Lub strzelają sobie w łeb – potwierdziłem. – Od pięćdziesięciu lat liczba rolników we Francji systematycznie, choć nie dość szybko maleje. Aby dojść do standardów europejskich, na przykład duńskich lub holenderskich (wspominam te właśnie kraje, bo mówimy o produktach mleczarskich, w przypadku owoców należałoby wymienić Maroko lub Hiszpanię), musi jeszcze spaść dwu- lub trzykrotnie. W tej chwili mamy ponad sześćdziesiąt tysięcy hodowców bydła mlecznego; moim zdaniem za piętnaście lat pozostanie ich jakieś dwadzieścia tysięcy. Krótko mówiąc, we francuskim rolnictwie następuje obecnie ogromna przemiana społeczna, największa przemiana społeczna w dzisiejszych czasach, ale jest to przemiana potajemna, niewidoczna, ludzie znikają indywidualnie, każdy u siebie, nie stając się tematem dla BFM.

Aymeric potrząsnął głową z satysfakcją, która mnie zabolała, zrozumiałem bowiem, że niczego innego się po mnie nie spodziewał, czekał tylko na obiektywne potwierdzenie katastrofy, a ja nie miałem mu niczego, ale to absolutnie niczego do zaproponowania poza absurdalnymi mołdawskimi mrzonkami, a najgorsze było to, że jeszcze nie skończyłem.

– Kiedy trzykrotnie zmniejszymy liczbę rolników… – ciągnąłem ze świadomością, że osiągnąłem apogeum swojej porażki w życiu zawodowym i z każdym wypowiadanym słowem sam siebie niszczę, a przy tym nawet nie mogłem się wesprzeć na jakimś sukcesie w życiu osobistym, na szczęściu, które bym dał jakiejś kobiecie czy choćby zwierzęciu – kiedy więc dojdziemy do standardów europejskich, nadal będziemy daleko od osiągnięcia zwycięstwa, a raczej staniemy na skraju ostatecznej klęski, gdyż będziemy musieli stawić czoło światowemu rynkowi, a wojny w produkcji światowej nie możemy wygrać.

– Nie będzie żadnych działań ochronnych? Pańskim zdaniem to niemożliwe? – Frank odezwał się tonem obojętnym, nieobecnym, jakby się dopytywał o dziwaczne lokalne przesądy.

– Absolutnie niemożliwe – odparłem bez namysłu. – Hamulce ideologiczne są zbyt silne.

Wracając myślami do swojej przeszłości zawodowej, do lat swojego życia zawodowego, zdałem sobie sprawę, że faktycznie byłem zawsze konfrontowany z dziwacznymi przesądami kastowymi. Moi rozmówcy nigdy nie walczyli ani o swoje interesy, ani nawet o interesy, o które, jak można by sądzić, walczyć powinni; takie rozumowanie byłoby błędne: oni walczyli o pewne ideały, całymi latami miałem do czynienia z ludźmi gotowymi polec w walce o wolny handel. Ponownie obróciłem się w kierunku Aymerica.

– Tak więc moim zdaniem sprawa jest przegrana, całkowicie przegrana, mogę ci tylko poradzić, żebyś spróbował się wygrzebać z gówna w życiu osobistym. Cécile to dziwka, pozwól jej się pieprzyć z tym pianistą, zapomnij o córkach, wyprowadź się, sprzedaj fermę, zapomnij o wszystkim; jeśli od razu się do tego zabierzesz, będziesz miał jeszcze jakąś niewielką szansę, by rozpocząć nowe życie.

Tym razem wypowiedziałem się tak jasno, jak to tylko było możliwe, i nie zabawiłem już długo. Kiedy po paru minutach wstałem, by się pożegnać, Aymeric spojrzał na mnie dziwnym wzrokiem, w którym dostrzegłem jakby szczyptę rozbawienia – ale być może, a nawet z dużym prawdopodobieństwem, była to szczypta szaleństwa.

Następnego dnia obejrzałem na BFM krótki reportaż przedstawiający dalszy ciąg konfliktu. Ostatecznie postanowili nie stawiać oporu, zdjąć blokadę i przepuścić cysterny z mlekiem jadące z portu w Hawrze do przetwórni w Méautis i Valognes. Z Frankiem przeprowadzono trwający prawie minutę wywiad, w którym w sposób moim zdaniem jasny, syntetyczny i przekonujący, z danymi liczbowymi na poparcie, wykazał, dlaczego sytuacja normandzkich hodowców stała się nie do zniesienia. Na zakończenie powiedział, że walka dopiero się rozpoczęła, a Konfederacja Chłopska i Koordynacja Wiejska jednomyślnie wzywają do podjęcia w następną niedzielę wielkiej akcji protestacyjnej. Przez cały wywiad Aymeric stał obok niego, ale nie odezwał się ani słowem, machinalnie dłubiąc przy iglicy karabinu. Po obejrzeniu reportażu znalazłem się w stanie zapewne tymczasowego i paradoksalnego optymizmu: w wywiadzie Frank mówił w sposób tak jasny, umiarkowany i przejrzysty – w minutowej wypowiedzi trudno było zrobić to lepiej – że nie wyobrażałem sobie, by druga strona mogła jego słów nie uwzględnić, by mogła odmówić negocjacji. Wyłączyłem telewizor i wyjrzałem przez okno – było parę minut po szóstej, smugi mgły ustępowały z wolna przed zapadającym zmrokiem – i przypomniałem sobie, że przez prawie piętnaście lat ja również z a w s z e miałem rację w swoich notach syntetycznych, w których broniłem punktu widzenia lokalnych rolników, z a w s z e przedstawiałem twarde dane liczbowe, proponowałem rozsądne działania ochronne i ekonomicznie uzasadnione krótkie kanały dystrybucji, lecz ja jestem tylko agronomem, pracownikiem technicznym, więc w sumie z a w s z e uznawano, że się mylę, w ostatniej chwili sytuacja z a w s z e obracała się na korzyść wolnej wymiany handlowej i walki o wyższą wydajność, otworzyłem więc kolejną butelkę wina, nad okolicą zapadła noc, *Nacht ohne Ende*, kim w końcu byłem, by przypuszczać, że jestem w stanie cokolwiek zmienić w globalnym biegu spraw?

Normandzcy hodowcy zostali wezwani do wzięcia udziału w manifestacji, która miała się odbyć w niedzielę o dwunastej na rynku w Pont-l'Évêque. Usłyszawszy o tym na BFM, pomyślałem początkowo, że to wybór symboliczny, mający zapewnić szerokie pokrycie medialne – nazwa pochodzącego stąd sera była znana w całej Francji, a nawet na świecie. W rzeczywistości, jak się później okazało, wybrano Pont-l'Évêque ze względu na to, że miejscowość jest położona na przecięciu autostrad A132 z Deauville i A13 między Paryżem a Caen.

Kiedy wstałem wczesnym rankiem, zachodni wiatr całkowicie rozwiał mgły, ocean połyskiwał, aż po horyzont marszcząc się drobnymi falami. Idealnie czyste niebo przybrało całą gamę odcieni niewinnego jasnego błękitu; po raz pierwszy zdołałem dostrzec brzegi położonej w oddali wyspy. Wróciłem po lornetkę i ponownie wyszedłem na dwór: rzeczywiście, choć z tej odległości wydawało się to niemożliwe, wyraźnie było widać zielonkawe klify wschodniego brzegu wyspy Jersey.

Przy takiej pogodzie nic dramatycznego nie powinno się wydarzyć, i tak zresztą nie miałem ochoty przyglądać się problemom rolników; siadłem za kierownicą z zamiarem przejechania się wzdłuż klifu przy Flamanville, może aż do Jobourgu, miejscowości położonej na samym końcu półwyspu Cotentin; przy tak przejrzystym powietrzu pewnie będzie widać brzegi Alderney; przebiegła mi przez głowę myśl o niemieckim ornitologu, może jego pozbawione nadziei poszukiwania doprowadziły go znacznie dalej, w jeszcze ciemniejsze zakamarki, może gnił teraz w jakiejś celi w Manili, gdzie pozostali więźniowie już się nim zajęli, po jego spuchniętym, zakrwawionym ciele kłębiły się karaluchy, a usta z wybitymi zębami nie były w stanie zablokować owadom dostępu do gardła. Ten nieprzyjemny obraz okazał się pierwszym zgrzytem mile płynącego przedpołudnia. Drugi zgrzyt nastąpił w chwili, gdy przejeżdżając koło hangaru z maszynami rolniczymi, ujrzałem Aymerica krążącego między hangarem a pick-upem, do którego przenosił kanistry z olejem napędowym. Po co mu kanistry z olejem napędowym? To nie zapowiadało niczego dobrego. Zgasiłem silnik, zastanawiając się, czy powinienem z nim pogadać. Co jednak miałem mu do powiedzenia? Co więcej poza tym, co już powiedziałem poprzedniego wieczoru? Ludzie nigdy nie słuchają rad, a jeśli o nie proszą, to dokładnie po to, by się do nich nie zastosować, tylko uzyskać zewnętrzne potwierdzenie, że dali się wkręcić w spiralę zniszczenia i śmierci; osoby udzielające im rad odgrywają rolę chóru w greckiej tragedii potwierdzającego w uszach bohatera, że wkroczył na drogę destrukcji i chaosu.

Poranek był jednak tak piękny, że nie chciałem do końca w to uwierzyć i po chwili wahania ruszyłem dalej w kierunku Flamanville.

Spacer po klifie okazał się niestety porażką. Chociaż światło nigdy nie było tak piękne, powietrze tak świeże i dodające sił, zieleń łąk tak intensywna, a migotanie promieni słonecznych na zmarszczkach niemal idealnie gładkiego oceanu tak zachwycające – chyba nigdy nie byłem tak nieszczęśliwy. Dotarłem do samego Jobourgu, a tam było jeszcze gorzej, obraz Kate prawdopodobnie musiał do mnie przyjść, błękit nieba był jeszcze głębszy, światło jeszcze bardziej krystaliczne niczym światło północnych krajów, najpierw ujrzałem jej wzrok zwrócony na mnie w zamkowym parku w Schwerinie, jej łagodny, tolerancyjny, z góry wybaczający wzrok, a potem zalały mnie wspomnienia zdarzeń, które miały miejsce kilka dni wcześniej, kiedy poszliśmy na spacer po wydmach w Sonderborg, właśnie tak, jej rodzice mieszkali w Sonderborg, tamtego poranka światło było dokładnie takie samo, schroniłem się za kierownicą mercedesa G350 i zamknąłem oczy, moje ciało przechodziły leciutkie dreszcze, ale nie płakałem: najwidoczniej zabrakło mi łez.

Koło jedenastej rano ruszyłem w kierunku Pont--l'Évêque. Dwa kilometry przed wjazdem do miasta szosa była zablokowana przez zaparkowane na środku traktory. Stało ich kilkaset aż do samego centrum, z zaskoczeniem stwierdziłem brak jakichkolwiek sił porządkowych, natomiast rolnicy stali przy swoich pojazdach, jedząc kanapki i pijąc piwo, wyglądali na spokojnych. Zadzwoniłem do Aymerica na komórkę, ale nie odebrał, przez kilka minut szedłem pieszo, ale szybko się zorientowałem, że w takim tłumie nie mam szans go spotkać. Cofnąłem się do samochodu, zawróciłem i ruszyłem drogą na Pierrefitte-en-Auge, po czym skręciłem w kierunku wzgórza nad skrzyżowaniem autostrad. Wydarzenia przyśpieszyły zaledwie dwie minuty po tym, jak zaparkowałem. Jakieś dziesięć pick-upów, wśród których rozpoznałem nissana navarę Aymerica, skręciło powoli na autostradę A13. Ledwo ostatni samochód wjechał trochę niepewnym slalomem w ogłuszającym ryku klaksonów, wszystkie zatarasowały ruch w kierunku Paryża. Świetnie wybrali miejsce na blokadę: tuż za dwukilometrowym prostym odcinkiem, gdzie widoczność była znakomita i samochody miały dość czasu na wyhamowanie. W południe ruch był jeszcze płynny, ale po chwili powstał korek, jeszcze kilka dźwięków klaksonu i zapadła cisza.

Komando składało się z około dwudziestu rolników; ośmiu z nich stanęło każdy na pace swojego pick-upa z bronią wymierzoną w kierowców samochodów, z których pierwsze zatrzymały się w odległości pięćdziesięciu metrów. Aymeric stał w środku grupy, trzymając w rękach schmeissera. Spokojny, wyluzowany, nonszalancko zapalił coś, co mi wyglądało na skręta – prawdę mówiąc, nigdy nie widziałem, by palił cokolwiek innego. Po jego prawej stał Frank, czułem, że jest znacznie bardziej zdenerwowany, ściskał w rękach zwykłą strzelbę myśliwską. Pozostali rolnicy zaczęli ściągać z pick-upów kanistry z olejem napędowym, przenosić je do tyłu i rozstawiać na całej szerokości autostrady.

Mniej więcej skończyli, kiedy na horyzoncie ukazał się pierwszy pojazd opancerzony CRS. Opieszałość ich interwencji miała się stać przedmiotem wielu sporów; jako naoczny świadek mogę stwierdzić, że mieli ogromne trudności z utorowaniem sobie drogi; choć co chwilę włączali syreny, kierowcy (z których większość hamowała w ostatniej chwili i niektóre samochody pozderzały się ze sobą) nie byli w stanie ruszyć z miejsca. Funkcjonariusze CRS musieli wysiąść z pojazdu i dalej iść pieszo, nie było innego wyjścia, i to właściwie jedyny zarzut, jaki można postawić dowódcy oddziału.

Dokładnie w chwili, gdy funkcjonariusze CRS dotarli w pobliże miejsca konfrontacji, na drodze dojazdowej do autostrady pojawiły się dwie maszyny: olbrzymi kombajn i równie wielki silosokombajn do kukurydzy, z których każdy zajmował niemal całą szerokość drogi, kierujący nimi siedzieli na wysokości czterech metrów nad ziemią. Maszyny zatrzymały się ociężale między kanistrami, a mężczyźni zeskoczyli na ziemię i dołączyli do swoich towarzyszy; teraz zrozumiałem ich zamiary, choć ledwie mogłem w nie uwierzyć. Aby dostać takie maszyny, musieli się zwrócić do Spółdzielni Wynajmu Sprzętu Rolniczego CUMA, prawdopodobnie w departamencie Calvados; przypomniałem sobie pomieszczenia CUMA w pobliżu Regionalnej Dyrekcji do

spraw Rolnictwa i Leśnictwa, przez głowę przeleciał mi

nawet obraz recepcjonistki (starej i nieszczęśliwej baby po rozwodzie, która wciąż nie potrafiła do końca zrezygnować z seksu, co niekiedy prowadziło do żałosnych incydentów). Żeby wynająć kombajn i silosokombajn (swoją drogą ciekawe, jaką historyjkę ułożyli, nie był to sezon silosowania ani tym bardziej żniw), musieli przynajmniej przedłożyć jakieś dokumenty tożsamości, bez tego ani rusz, każda z maszyn była warta setki tysięcy euro, a oni ponosili za nie odpowiedzialność karną, teraz nie mieli już odwrotu, wkroczyli na drogę bez wyjścia, na szybką ścieżkę w kierunku zbiorowego samobójstwa.

Dalsze wydarzenia nastąpiły z zaskakującą prędkością, jak idealne, wielokrotnie powtarzane ujęcie filmowe: kiedy tylko kierujący maszynami dołączyli do swoich towarzyszy, potężny ryży facet (wydało mi się, że rozpoznaję Barnabé, którego niedawno widziałem u Aymerica) wyjął z tylnego siedzenia pick-upa wyrzutnię pocisków rakietowych i starannie ją naładował.

Dwa pociski poleciały w kierunku zbiorników paliwa maszyn rolniczych. Nastąpił natychmiastowy zapłon, do nieba wzbiły się dwa potężne słupy ognia, które szybko się połączyły, a nad nimi zawisła olbrzymia chmura czarnego, niemal dantejskiego dymu, nigdy bym nie podejrzewał, że z paliwa rolniczego może się wydobywać tak czarny dym. Większość fotografii, które później obiegły wszystkie gazety świata – zwłaszcza zdjęcie Aymerica, które ukazało się na okładkach od „Corriere Della Sera" po „New York Timesa" – pochodziła właśnie z tej chwili. Wyglądał na nim niesamowicie przystojnie, bez obrzęku, który jakimś cudem zniknął z jego twarzy, a on sam sprawiał wrażenie spokojnego, prawie rozbawionego, stojąc z długą blond grzywą rozwianą podmuchem wiatru, ze zwisającym z kącika ust skrętem, z opartym o biodro schmeisserem; scena za nim była przepełniona abstrakcyjną, totalną przemocą, słup ognia wił się na tle czarnego dymu, lecz w tej chwili Aymeric sprawiał wrażenie szczęśliwego, prawie szczęśliwego, przynajmniej wyglądało na to, że jest na swoim miejscu, jego wzrok i rozluźniona postawa świadczyły o niewiarygodnej wprost bezczelności, był jednym z odwiecznych wizerunków buntu i dlatego właśnie ujęcie to pojawiło się na okładkach tylu gazet na całym świecie. Jednocześnie – i na pewno jako jeden z nielicznych zdawałem sobie z tego sprawę – był tym Aymerikiem, którego zawsze znałem, z natury przemiłym, a nawet dobrym facetem, po prostu pragnącym szczęścia, który zaangażował się w marzenie o życiu na wsi dzięki racjonalnemu wyrobowi produktów wysokiej jakości, również dzięki Cécile, ale ona okazała się wredną dziwką oszalałą na punkcie życia w Londynie z pianistą światowcem, Unia Europejska też okazała się wredną dziwką z tą swoją historią kwot mlecznych, na pewno w najgorszych snach nie przypuszczał, że sprawy tak się potoczą.

Mimo wszystko nie rozumiem, wciąż nie rozumiem, dlaczego sprawy tak się potoczyły, choć rozmaite konfiguracje wydawały się nadal możliwe, chyba nie przesadziłem z tą historią Mołdawianki, która zresztą wcale się nie kłóciła z Jockey-Clubem, na pewno istnieje jakaś mołdawska arystokracja, na całym świecie istnieje arystokracja, na pewno dałoby się ułożyć jakiś scenariusz, niemniej w pewnym momencie Aymeric uniósł broń, przyłożył ją do ramienia i stanął na wprost szeregu funkcjonariuszy CRS.

Zdążyli się ustawić w szyku bojowym (przyjechał też drugi pojazd opancerzony), bezceremonialnie odsuwając kilku dziennikarzy, oczywiście protestowali, lecz musieli ustąpić przed typowo męską groźbą ciosu kolbą w głowę, nawet nie trzeba było wyciągać broni, zawsze łatwiej sobie poradzić, kiedy się ma do czynienia z bandą cieniasów, w każdym razie dziennikarze zbili się w kupkę w pobliżu miejsca akcji (od razu zaczęli wrzucać tweety z protestami wobec naruszania wolności prasy, ale funkcjonariusze CRS olewali to równo, od takich historii mieli specjalistów do spraw komunikacji).

Tak czy owak szereg funkcjonariuszy CRS stał naprzeciwko szeregu rolników, jakieś trzydzieści metrów od nich. Był to szereg zwarty, lekko wygięty, z wojskowego punktu widzenia absolutnie do przyjęcia, otoczony ścianą tarcz ze wzmocnionego pleksiglasu.

Przez pewien czas sądziłem, że byłem jedynym świadkiem tego, co później nastąpiło, ale okazało się, że nie: kamerzysta BFM, uniknąwszy zgarnięcia przez oddział CRS, ukrył się w krzakach na poboczu autostrady, skąd nakręcił znakomite ujęcia całego zdarzenia, które przez dwie godziny były nadawane przez jego stację, dopóki ta nie wycofała ich z publicznymi przeprosinami, lecz było już za późno, film trafił do sieci społecznościowych i po południu miał już ponad milion odsłon; podglądactwo stacji telewizyjnych raz jeszcze, i słusznie, zostało napiętnowane; byłoby faktycznie lepiej, gdyby film został użyty na potrzeby śledztwa, wyłącznie na potrzeby śledztwa.

Z karabinem wygodnie spoczywającym na wysokości pasa Aymeric obracał się powoli, mierząc do kolejnych funkcjonariuszy CRS. Ci zwarli szeregi, o dobry metr zmniejszając szerokość tyraliery, zastukotały obijające się o siebie tarcze z pleksiglasu, po czym zapadła cisza. Pozostali rolnicy również chwycili za broń, stanęli przed Aymerikiem i wycelowali w przeciwników, tyle że oni byli uzbrojeni zaledwie w strzelby, nie ulegało wątpliwości, że tylko schmeisser Aymerica kalibru 223 ma szansę przebić tarcze i kuloodporne kamizelki funkcjonariuszy CRS. Patrząc z pewnego dystansu, sądzę, że to właśnie powolność ruchów Aymerica doprowadziła do tragedii, ale również dziwny wyraz jego twarzy, wyglądał na gotowego na wszystko, a to właśnie ludzie gotowi na wszystko, szczęśliwie dość nieliczni, mogą spowodować największe straty, funkcjonariusze CRS stacjonujący zazwyczaj w Caen wiedzieli o tym, lecz raczej teoretycznie, nie byli przygotowani stawić czoło takiemu zagrożeniu, ludzie z GIGN lub RAID*

---

* GIGN (*Groupes d'Intervention de la Gendarmerie Nationale*) – Interwencyjne Grupy Żandarmerii Narodowej, elitarne jednostki żandarmerii wspomagające inne jednostki w walce z aktami bandytyzmu i terroryzmu.

RAID (*Recherche, Assistance, Intervention, Dissuasion*) – Poszukiwanie, Pomoc, Interwencja, Odstraszanie, elitarne jednostki policji zajmujące się walką z aktami bandytyzmu i terroryzmu.

potrafiliby zapewne zachować zimną krew, to właśnie zarzucono później ministrowi spraw wewnętrznych, no ale jak miał to przewidzieć, nie chodziło przecież o jakichś międzynarodowych terrorystów, tylko o zwykłą manifestację rolników. Aymeric miał rozbawiony, szczerze rozbawiony i kpiący wyraz twarzy, a jednocześnie wyglądał na zdystansowanego, chyba nigdy nie widziałem kogoś będącego tak daleko, doskonale pamiętam, gdyż w pewnej chwili chciałem ruszyć w dół i do niego podbiec, lecz w momencie, gdy ta myśl postała mi w głowie, zrozumiałem, że to bez sensu, że w tej ostatniej chwili nie zdoła do niego dotrzeć nic przyjaznego czy ludzkiego.

Obrócił się powoli z lewa w prawo, mierząc do poszczególnych funkcjonariuszy CRS ukrytych za tarczami z pleksiglasu (w żadnym wypadku nie mogli otworzyć ognia jako pierwsi, tego byłem pewien, lecz to jedyna rzecz, której byłem wówczas pewien). Następnie obrócił się w odwrotnym kierunku, z prawa w lewo; potem, coraz wolniejszym ruchem, do środka, i na kilka sekund, nie więcej niż pięć, znieruchomiał. Przez jego twarz przeleciał jakiś inny wyraz, jakby bólu; ustawił lufę pionowo, przytknął ją do podbródka i nacisnął na spust.

Jego ciało zwaliło się do tyłu, głośno uderzając o metalową platformę pick-upa; nie było ani tryskającej krwi, ani rozbryzgującego się mózgu, niczego takiego, wszystko wyglądało zaskakująco skromnie i bezbarwnie; nikt poza mną i kamerzystą BFM nie widział tego, co się stało. Stojący dwa metry przed Aymerikiem Frank głośno krzyknął i nawet nie celując, wystrzelił w kierunku funkcjonariuszy CRS; kilku innych rolników powtórzyło jego gest. Wszystko to zostało jasno ustalone w śledztwie po przejrzeniu nagrania: nie tylko wbrew temu, co sądzili jego towarzysze, funkcjonariusze nie zabili Aymerica, ale otworzyli ogień dopiero po czterech czy pięciu strzałach ze strony manifestantów. Niemniej trudno ukryć, że się nie cackali, co stało się przedmiotem kolejnego, poważniejszego sporu: dziewięciu rolników zginęło na miejscu, dziesiąty zmarł w nocy w szpitalu w Caen, podobnie jak jeden funkcjonariusz CRS; ogólna liczba zabitych wyniosła więc jedenaście. Czegoś takiego we Francji nie widziano od bardzo dawna, a na pewno nigdy podczas manifestacji rolników. O wszystkim dowiedziałem się w następnych dniach z mediów. Nie wiem, jak zdołałem tego samego dnia wrócić do Canville-la-Rocque; prowadzenie samochodu to podobno kwestia pewnych automatyzmów; wszystko jest podobno kwestią pewnych automatyzmów.

Następnego dnia obudziłem się bardzo późno w stanie mdłości i niedowierzania bliskiego wstrząsowi; nic z tego wszystkiego nie wydawało mi się możliwe ani rzeczywiste, Aymeric nie mógł się zastrzelić, to nie mogło się zakończyć w ten sposób. Kiedyś, bardzo dawno temu, przeżyłem coś podobnego podczas zjazdu po LSD, ale tamto było dużo mniej poważne, nikt nie umarł, tylko jakaś laska nie pamiętała, czy pozwoliła się bzyknąć, takie tam problemy młodych ludzi. Włączyłem ekspres do kawy, łyknąłem tabletkę captorixu, otworzyłem karton philip morrisów, włączyłem BFM i natychmiast wszystko sieknęło mnie po oczach, wydarzenia poprzedniego dnia wcale mi się nie przyśniły, wszystko było prawdą, na BFM leciały dokładnie te obrazy, które pamiętałem, usiłowali je opatrzyć stosownymi komentarzami politycznymi, ale tak czy owak wydarzenia poprzedniego dnia faktycznie miały miejsce, pogłoski krążące wśród hodowców z Manche i Calvadosu zamieniły się w dramat, lokalne pęknięcie przerodziło się w lawinę przemocy i natychmiast powstała

nowa konfiguracja historyczna z towarzyszącą jej mini-
opowieścią. Konfiguracja była lokalna, ale musiały po
niej nastąpić reperkusje w skali globalnej, na kanale informacyjnym pojawiały się kolejne komentarze polityczne, a ich ogólny wydźwięk wprawił mnie w osłupienie:
jak zwykle wszyscy potępiali przemoc, ubolewali nad
tragedią i ekstremizmem niektórych podżegaczy, lecz
u polityków dało się dostrzec pewne skrępowanie czy
zakłopotanie tak do nich niepodobne, każdy podkreś-
lał, że do pewnego stopnia należy zrozumieć rozpacz
i gniew rolników, zwłaszcza hodowców, skandal związany ze zniesieniem kwot mlecznych powracał niczym
obsesyjne, niewypowiedziane poczucie winy, od którego
nikt nie potrafił się uwolnić, tylko Zjednoczenie Narodowe* przyjęło całkiem jasną pozycję. Nieznośne warunki, stawiane producentom mleka przez sektor wielkiej dystrybucji, były kolejnym wstydliwym tematem,
którego każdy, może z wyjątkiem komunistów (przy
okazji dowiedziałem się, że nadal istnieje jakaś partia
komunistyczna, a nawet że ma swoich deputowanych),
wolał unikać. Samobójstwo Aymerica, jak się zorientowałem z mieszaniną oszołomienia i niesmaku, mogło
przynieść pewne skutki polityczne, do czego nie zdoła-
łoby doprowadzić żadne inne wydarzenie. Jeśli o mnie
chodzi, zdałem sobie sprawę, że muszę wyjechać, poszukać sobie nowej kwatery. Pomyślałem o połączeniu
internetowym w oborze, które zapewne nadal działało,
właściwie czemu nie.

* Dawny Front Narodowy.

Na dziedzińcu zamkowym stała furgonetka żandarmerii. Wszedłem do zamku. Dwóch żandarmów, jeden w wieku około pięćdziesięciu lat, drugi trzydziestu pięciu, stało przed szafą, w której Aymeric trzymał broń, starannie przeglądając jej zawartość. Wyraźnie zafascynowani tym arsenałem, po cichu wymieniali między sobą zapewne celne komentarze, ostatecznie broń palna była elementem ich zawodu; musiałem głośno powiedzieć „dzień dobry", żeby w ogóle zwrócili na mnie uwagę. Lekko spanikowałem, kiedy starszy odwrócił się w moim kierunku, pomyślałem o karabinie steyr mannlicher HS50, ale natychmiast sobie wytłumaczyłem, że pewnie po raz pierwszy widzą broń Aymerica i nie mają powodu podejrzewać, że brakuje jednej sztuki – a nawet dwóch, jeśli uwzględnić smith & wessona. Gdyby sprawdzili pozwolenia na broń i zestawili je z zawartością szafy, mógłby być problem, ale – jak mniej więcej mówi Eklezjasta – nie warto się martwić na zapas. Wyjaśniłem, że mieszkam w jednym z bungalowów, lecz nie przyznałem się do znajomości z Aymerikiem. Nie czułem niepokoju: dla nich nie byłem nikim ważnym, ot, zwykłym turystą, nie musieli sobie mną zawracać głowy, ich zadanie i tak nie było łatwe, Manche to spokojny departament z niemal zerową przestępczością, Aymeric mówił mi, że ludzie zostawiają w ciągu dnia otwarte drzwi, co nawet na wsi należało już do rzadkości; krótko mówiąc, chyba nigdy nie zetknęli się z taką sytuacją.

– A tak, bungalowy... – odpowiedział starszy, jakby obudzony z długiego zamyślenia, jakby zapomniał o istnieniu bungalowów.

– Muszę teraz wyjechać – ciągnąłem. – Nic innego mi nie pozostało.

– Tak, musi pan wyjechać – potwierdził starszy. – Nic innego panu nie pozostało.

– Pewnie przyjechał pan tu na wakacje – wtrącił młodszy. – Ma pan pecha.

Wszyscy trzej pokiwaliśmy głowami, zadowoleni ze zbieżności naszych ocen sytuacji.

– Zaraz wracam – oznajmiłem nieco dziwacznie, by zakończyć rozmowę.

Wychodząc, zerknąłem za siebie: ponownie zajęli się oglądaniem strzelb i karabinów.

W oborze powitało mnie długie, niespokojne, żałosne muczenie; faktycznie, pomyślałem, nikt ich rano nie wydoił ani nie nakarmił, poprzedniego dnia wieczorem pewnie też powinny zostać nakarmione, nie miałem pojęcia o częstotliwości karmienia krów.

Wróciłem do zamku i dołączyłem do żandarmów przed stojakiem z bronią; wciąż wyglądali na zatopionych w jakichś niepojętych medytacjach, zapewne o sprawach balistycznych i technicznych; prawdopodobnie podejrzewali, że jeśli wszyscy miejscowi rolnicy są równie dobrze uzbrojeni, jakiekolwiek poważniejsze zamieszki mogą być trudne do stłumienia. Poinformowałem ich o sytuacji krów.

– A tak, krowy... – powiedział starszy boleściwym tonem. – Co możemy zrobić z krowami?

– Pojęcia nie mam, nakarmić je lub wezwać kogoś, kto potrafi się tym zająć, zresztą to wasz problem, nie mój.
Zaraz wyjeżdżam.

– Jasne, zaraz pan wyjeżdża – powiedział młodszy, jakby to była jedyna rzecz do zrobienia, a nawet jakby pragnął mojego wyjazdu.

Tak właśnie przypuszczałem: nie potrzebowali żadnych dodatkowych problemów, jak zdawał się sugerować żandarm, skala wydarzenia kompletnie ich przerastała, podobnie jak nader prawdopodobna drobiazgowość, z jaką kierownictwo policji będzie analizować ich raport o „arystokracie męczenniku, który zginął za chłopską sprawę", jak zaczynano nazywać Aymerica w niektórych gazetach; nic już nie mówiąc, wsiadłem do samochodu.

Nie czułem się na siłach szukać nowej kwatery przez internet, zwłaszcza w towarzystwie żałośnie muczących krów, w ogóle nie czułem się na siłach do niczego, przez kilka kilometrów jechałem kompletnie na oślep, w stanie niemal absolutnej pustki umysłowej, resztki zdolności percepcyjnych całkowicie poświęciwszy poszukiwaniu hotelu. Pierwszy, na który się natknąłem, nosił nazwę Hostellerie de la Baie, natomiast nazwy miejscowości nawet nie zauważyłem, właściciel poinformował mnie później, że trafiłem do Régneville-sur-Mer. Przez dwa dni nie wychodziłem z pokoju, brałem captorix, ale nie miałem siły wstać z łóżka, umyć się ani nawet rozpakować walizki. Nie byłem w stanie myśleć o przyszłości, o przeszłości zresztą też nie, podobnie jak o teraźniejszości, lecz prawdziwy problem stanowiła najbliższa przyszłość. By nie niepokoić właściciela, wyjaśniłem, że jeden z rolników zabitych podczas manifestacji był moim przyjacielem, a ja byłem świadkiem tamtych wydarzeń. Jego raczej życzliwa twarz spochmurniała; najwyraźniej, jak wszyscy mieszkańcy regionu, solidaryzował się z rolnikami.

– Moim zdaniem dobrze zrobili! – oznajmił twardo. – Tak dalej być nie może, pewnych rzeczy nie wolno akceptować, są takie chwile, kiedy trzeba zająć zdecydowane stanowisko...

Nie miałem zamiaru zaprzeczać, zwłaszcza że w sumie myślałem podobnie.

Drugiego dnia wieczorem wstałem i poszedłem coś zjeść. Na końcu miasteczka mieściła się nieduża restauracja Chez Maryvonne. Pogłoska, że jestem przyjacielem „pana d'Harcourta", musiała się rozejść po miasteczku, właścicielka przyjęła mnie z życzliwością i szacunkiem, parokrotnie dopytywała się, czy niczego więcej mi nie potrzeba, czy nie przeszkadza mi przeciąg i tak dalej. Nieliczni klienci, okoliczni chłopi, popijali przy barze białe wino, tylko ja wziąłem coś do jedzenia. Od czasu do czasu wymieniali się po cichu uwagami, parokrotnie padło wypowiedziane ze złością słowo „CRS". W tej kafejce przywodzącej na myśl czasy ancien régime'u, jakby tysiąc siedemset osiemdziesiąty dziewiąty pozostawił tu tylko powierzchowne ślady, czułem wokół siebie dość dziwną atmosferę; każdej chwili spodziewałem się usłyszeć któregoś z chłopów mówiącego o Aymericu „nasz pan".

Następnego dnia pojechałem do Coutances, tak zasnutego mgłą, że ledwo dawało się dostrzec iglice wyglądającej nadzwyczaj elegancko katedry, miasteczko było spokojne, zielone i piękne. Kupiłem w kiosku „Le Figaro" i zasiadłem do lektury w Taverne du Parvis, przestronnej restauracji położonej na placu katedralnym, pełniącej zarazem funkcję hotelu, wystrój nawiązywał do początków dwudziestego wieku, fotele z drewna i skóry, stojące secesyjne lampy, najwyraźniej było to *the place to be* w Coutances. Szukałem jakiejś merytorycznej analizy lub przynajmniej oficjalnego stanowiska republikanów, ale nic z tych rzeczy, znalazłem natomiast długi artykuł poświęcony Aymericowi, którego pogrzeb miał miejsce poprzedniego dnia, ceremonia odbyła się w katedrze w Bayeux w obecności „licznego, pogrążonego w zadumie tłumu", jak podawała gazeta. Tytuł artykułu, *Tragiczny koniec wielkiej francuskiej rodziny*, wydawał mi się nieco przesadny, w końcu Aymeric miał dwie siostry, może z punktu widzenia dziedziczenia tytułu szlacheckiego pojawiał się jakiś problem, co jednak wykraczało poza moje kompetencje.

Dwie ulice dalej znalazłem kafejkę internetową prowadzoną przez dwóch Arabów, tak do siebie podobnych, że musieli być bliźniakami, z tak skrajnie salafickim wyglądem, że prawdopodobnie byli kompletnie niegroźni. Przypuszczałem, że są kawalerami i mieszkają razem, bądź też ożenili się z siostrami bliźniaczkami i mieszkają drzwi w drzwi, no w każdym razie wyglądało to na ten typ relacji.

Znalazłem sporo stron internetowych, teraz istnieją strony na dowolny temat, swoje szczęście wyszperałem na aristocrates.org, a może na noblesse.net, nie pamiętam. Wiedziałem, że Aymeric pochodził ze starej rodziny, ale nie przypuszczałem, że do tego stopnia, byłem pod wrażeniem. Dynastię założył niejaki Bernard Duńczyk, towarzysz wodza wikingów Rolfa, który w dziewięćset jedenastym, na podstawie traktatu z Saint-Clair-sur-Epte, otrzymał we władanie Normandię. Następnie trzej bracia d'Harcourt – Errand, Robert i Anquetil – wzięli udział w podboju Anglii u boku Wilhelma Zdobywcy. W nagrodę otrzymali zwierzchnictwo nad rozległymi ziemiami po obu stronach kanału La Manche, co sprawiło, że mieli pewne kłopoty z zajęciem stanowiska podczas pierwszej wojny stuletniej; ostatecznie stanęli po stronie Kapetyngów przeciw Plantagenetom, z wyjątkiem Geoffroya d'Harcourta, noszącego przydomek „Kulawy", który w latach czterdziestych czternastego wieku odegrał dość dwuznaczną rolę, co ze zwykłą sobie emfazą wypomniał mu Chateaubriand; poza tym jednym odstępcą wszyscy d'Harcourtowie stali się wiernymi sługami francuskiej korony – liczba ambasadorów, prałatów i dowódców wojskowych, których dali krajowi, przyprawiała o zawrót głowy. Pozostała jednak gałąź angielska, której dewiza: „Nadejdą dobre czasy", nie do końca pasowała do okoliczności. Brutalna śmierć Aymerica na pace nissana navary wydawała mi się zarówno zgodna, jak i sprzeczna z losami jego rodziny; zastanawiałem się, co mógł o tym myśleć jego ojciec: Aymeric zginął z bronią w ręku, stając w obronie francuskiego chłopstwa, co zawsze należało do zadań szlachty, lecz z drugiej strony popełnił samobójstwo, co nijak nie przypominało śmierci chrześcijańskiego rycerza; byłoby na pewno bardziej właściwe, gdyby odebrał życie dwóm czy trzem funkcjonariuszom CRS.

Poszukiwania te zajęły mi nieco czasu, jeden z dwóch braci chciał mnie poczęstować miętową herbatą, ale odmówiłem, nie znoszę mięty, przyjąłem natomiast napój gazowany. Popijając sprite orange, przypomniałem sobie, że przyszedłem z zamiarem znalezienia kwatery, najchętniej gdzieś w okolicy – nie czułem się na siłach wracać do Paryża, gdzie zresztą nic mnie nie wzywało – i najchętniej od zaraz. Dokładnie rzecz biorąc, chciałem wynająć wiejski domek w okolicy Falaise; dopiero po ponad godzinie znalazłem odpowiednie miejsce między Flers a Falaise, w miejscowości noszącej dziwaczną nazwę Putanges, która nieuchronnie prowadziła do pascalowskich peryfraz: „Kobieta nie jest ani aniołem, ani kurwą"* i tak dalej. „Kto chce odgrywać anioła, robi za kurwę", co nie ma większego sensu, lecz znaczenie wersji oryginalnej zawsze mi umykało, co właściwie Pascal miał na myśli? Brak życia seksualnego zapewne zbliżał mnie do anioła, przynajmniej tak mi podpowiadała moja słaba znajomość angelologii, lecz czemu miałoby to czynić ze mnie bydlę? Nie pojmowałem.

Jak by nie było, do właściciela gospodarstwa dodzwoniłem się bez trudu, domek był owszem wolny na czas nieograniczony, mogłem przyjechać tego samego wieczoru, tyle że niełatwo tam trafić, uprzedził, domek jest położony w środku lasu, umówiliśmy się o osiemnastej pod kościołem w Putanges.

---

* *Putanges* – zbitka słów *pute* (kurwa) i *ange* (anioł). Zdanie „Kobieta nie jest ani aniołem, ani kurwą" nawiązuje do Pascalowskiego „Człowiek nie jest ani aniołem, ani bydlęciem".

Położony w środku lasu, może więc powinienem zrobić jakieś zakupy. Liczne billboardy poinformowały mnie, że w Coutances znajduje się centrum handlowe Leclerc, a także kino samochodowe Leclerc, stacja benzynowa Leclerc, ośrodek kultury Leclerc i biuro podróży – rzecz jasna Leclerc. Nie było tylko przedsiębiorstwa pogrzebowego Leclerc, ale to chyba jedyna usługa, jakiej brakowało.

Przez całe dotychczasowe życie moja noga nie postała w centrum handlowym Leclerc. Byłem oczarowany. Nigdy bym się nie spodziewał tak dobrze zaopatrzonego sklepu, w Paryżu coś takiego było niewyobrażalne. Poza tym dzieciństwo spędziłem w Senlis, zapyziałym burżuazyjnym miasteczku, pod pewnymi względami wręcz anachronicznym, a moi rodzice aż do śmierci z uporem robili zakupy w okolicznych sklepach rodzinnych, starając się podtrzymać je przy życiu. O Méribel nawet nie wspominajmy, to miejsce sztuczne, powstałe na zamówienie, z dala od autentycznych potoków światowego handlu, czyste błażeństwo turystyczne. Centrum handlowe Leclerc w Coutances to zupełnie inna para kaloszy, prawdziwy sklep wielko-, naprawdę wielkopowierzchniowy. Na nieskończenie długich regałach oferowano produkty żywnościowe ze wszystkich kontynentów, prawie kręciło mi się w głowie na myśl o niezbędnej logistyce, o gigantycznych kontenerowcach prujących fale oceanów.

Pójdź, patrz na kanale
Śpią statki niedbale
Włóczęgi wód toni rozległej;
Dziś na twe skinienie,
By każde życzenie
Twe spełnić – z mórz krańców się zbiegły*.

Po godzinie łażenia, kiedy mój wózek był już w połowie napełniony, na myśl przyszła mi ponownie potencjalna Mołdawianka, której Aymeric mógł i powinien dać szczęście, a która teraz umierała w jakimś obskurnym zakątku swojej ojczystej Mołdawii i nawet nie podejrzewała istnienia takiego raju. Porządek i piękno – to najmniej, co można było powiedzieć o tym miejscu. Luksus, spokój i rozkosz, naprawdę. Biedna Mołdawianka. I biedny Aymeric.

* Charles Baudelaire, *Zaproszenie do podróży*, przeł. Adam [Zofia Trzeszczkowska] M-ski.

Domek stojący w Saint-Aubert-sur-Orne, wiosce należącej do dawnej gminy Putanges, nie figuruje na wszystkich mapach GPS, poinformował mnie właściciel. Podobnie jak ja, miał około czterdziestu lat, podobnie jak ja miał szpakowate włosy obcięte krótko, prawie przy skórze, i wyglądał na ponurego faceta, obawiam się, że też podobnie jak ja; prowadził mercedesa klasy G, kolejny punkt wspólny, który między mężczyznami w średnim wieku pozwala na powstanie jakiegoś zalążka komunikacji. Nie dość tego: on miał mercedesa G500, a ja G350, co tworzyło między nami pewną minihierarchię w pełni do przyjęcia. Pochodził z Caen, zastanawiałem się nad jego zawodem, ale nie potrafiłem się domyślić. Powiedział, że jest architektem. „Architektem nieudacznikiem" – sprecyzował. „Jak zresztą większość architektów" – dodał. Był jednym z projektantów Appart City w dzielnicy handlowej w północnym Caen, gdzie przez tydzień mieszkała Camille, zanim naprawdę wkroczyła do mojego życia; „Nie ma się czym chwalić" – zakończył; rzeczywiście, nie było.

Chciał wiedzieć, ile czasu mam zamiar zostać; trudne pytanie, równie dobrze trzy dni, jak trzy lata. Bez trudu dogadaliśmy się na miesięczny, automatycznie odnawialny wynajem, czynsz miałem płacić co miesiąc z góry, najlepiej czekiem, żeby mógł to wpuścić w księgowość firmy. „Nie chodzi nawet o oszczędność w podatkach osobistych" – dodał z niesmakiem, po prostu nienawidził wypełniania deklaracji, nigdy nie wiedział, czy ma coś wpisywać w rubryce BZ czy BY, najprościej było niczego nie wpisywać; wcale mnie to nie zdziwiło, podobne znużenie widywałem u wielu przedstawicieli wolnych zawodów. Sam nigdy do tego domku nie przyjeżdżał, zaczynał podejrzewać, że już tu nie wróci; od czasu, jak dwa lata wcześniej się rozwiódł, stracił zamiłowanie do nieruchomości, do wielu innych rzeczy zresztą też. Nasze życia były nieznośnie podobne.

Miewał niewielu lokatorów, a przed latem ani jednego; powiedział, że zaraz usunie ogłoszenie ze strony. Nawet w lecie nie było zresztą wielkiego ruchu.

– Nie ma tu internetu – powiedział z nagłym niepokojem. – Mam nadzieję, że pan to wiedział, jestem niemal pewien, że wspomniałem o tym w ogłoszeniu.

Odparłem, że wiem i się z tym pogodziłem. Dostrzegłem w jego oczach błysk strachu. Ludzi cierpiących na depresję, którzy chcą się izolować, spędzić kilka miesięcy w środku lasu, żeby „uporządkować się wewnętrznie", nie brakuje, jednak ludzie, którzy bez mrugnięcia godzą się na odcięcie od internetu na czas nieokreślony, są naprawdę w złej formie, co widziałem w jego niespokojnym spojrzeniu.

– Nie popełnię samobójstwa – powiedziałem z uśmiechem, który miał być rozbrajający, ale zapewne wyglądał podejrzanie. – W każdym razie nie od razu – dodałem pojednawczo.

Mruknął coś pod nosem i przeszedł do w sumie dość prostych spraw technicznych. Elektryczne grzejniki były sterowane termostatem, wystarczyło przekręcić gałkę, by osiągnąć pożądaną temperaturę, gorąca woda płynęła bezpośrednio z bojlera, więc nie musiałem się o nic martwić. Jeśli sobie życzyłem, mogłem palić w kominku; pokazał mi, gdzie leżą szczapy na podpałkę i drewno. Komórki działały w miarę dobrze, SFR nie miał zasięgu, Bouygues miał całkiem niezły, co do Orange, to nie pamiętał. Poza tym był telefon stacjonarny, ale bez licznika, wolał mieć do ludzi zaufanie, dodał, machnięciem ręki kpiąc z własnej postawy, miał tylko nadzieję, że nie będę spędzać całych nocy na rozmowach z Japonią. Zaprzeczyłem z niezamierzoną gwałtownością, zmarszczył brwi, poczułem, że chciałby mnie wypytać, dowiedzieć się więcej, ale po kilku sekundach zrezygnował, odwrócił się i ruszył do samochodu. Liczyłem, że jeszcze się zobaczymy, że będzie to początek znajomości, ale zanim ruszył, podał mi wizytówkę, mówiąc:

– To mój adres, tu może pan wysyłać czynsz...

Oto byłem sam na świecie, jak pisze Rousseau, „bez brata, bliźniego, przyjaciela, towarzysza poza samym sobą"*. Nieźle pasowało, choć podobieństwo nie szło

---

* Jean-Jacques Rousseau, *Przechadzki samotnego marzyciela*, przeł. Maria Gniewiewska.

dalej: już w następnym zdaniu Rousseau pisze o sobie, że jest „najbardziej skłonny do współżycia, najbardziej kochający ludzi". Nie był to mój przypadek, mówiłem o Aymericu, mówiłem o kilku kobietach, ale w sumie lista była krótka. W przeciwieństwie do Rousseau nie mogłem również powiedzieć, że zostałem „jednomyślnie skazany na wygnanie": ludzie nie sprzymierzyli się przeciw mnie, stało się jedynie to, że nic się nie stało, tylko moja od początku ograniczona przynależność do świata stopniowo stała się zerowa, aż w końcu nic już nie mogło powstrzymać mojego dalszego staczania się po równi pochyłej.

Podkręciłem termostat i postanowiłem iść spać, a przynajmniej wyciągnąć się na łóżku, ze spaniem to inna rzecz, był środek zimy, dni zaczęły się już wydłużać, lecz nadal były krótkie, a noce długie – w środku lasu noc mogła być absolutna.

W końcu zapadłem w niespokojny sen, nie bez intensywnej pomocy kilkunastoletniego calvadosu z centrum handlowego Leclerc w Coutances. Choć w moim śnie nic tego nie zapowiadało, nagle w środku nocy obudziło mnie uczucie, jakby ktoś musnął czy pogładził moje ramię. Zerwałem się z łóżka, przespacerowałem po pokoju, żeby uspokoić nerwy, podszedłem do okna: panowała czarna noc, chyba był nów, kiedy księżyc pozostaje niewidoczny, ani jednej gwiazdy na niebie, pokrywa chmur wisiała zbyt nisko. Druga rano, upłynęła zaledwie połowa nocy, nadeszła pora czuwania modlitewnego w klasztorach; zapaliłem wszystkie lampy, lecz nie byłem w stanie dojść do siebie; bez wątpienia przyśniła mi się Camille, to ona pogładziła mnie po ramieniu, tak jak robiła to w świecie rzeczywistym każdej nocy kilka lat wcześniej, a właściwie wiele lat wcześniej. Nadziei na szczęście już nie miałem, lecz chciałem jeszcze uniknąć najzwyklejszej w świecie utraty zmysłów.

Wróciłem do łóżka, omiotłem wzrokiem pokój: dwie
ukośne ściany łączące się w kalenicy nadawały mu

kształt trójkąta równobocznego. W tym momencie zdałem sobie sprawę, że znalazłem się w pułapce: w identycznym pokoju spałem z Camille w Clécy przez pierwsze trzy miesiące naszego wspólnego życia. Ten zbieg okoliczności nie miał w sobie niczego zaskakującego, wszystkie domy w Normandii są zbudowane według takiego samego modelu, a ten domek znajdował się zaledwie dwadzieścia kilometrów od Clécy, tyle że tego nie przewidziałem, z zewnątrz oba domy nie były do siebie podobne, tamten w Clécy miał konstrukcję ryglową, a ten był pokryty nieociosanymi kamieniami, prawdopodobnie piaskowcem. Pośpiesznie się ubrałem i zszedłem do jadalni, było lodowato, nie udało mi się rozpalić w kominku, nigdy nie miałem do tego drygu, nie wiedziałem, jak układać kłody drewna i podpałkę, była to jedna z wielu rzeczy, które mnie odróżniały od ikon męskości – powiedzmy, Harrisona Forda, którym tak chciałbym być – w każdym razie chwilowo nie na tym polegał mój problem, nagły ból ścisnął mi serce, wspomnienia wracały nieprzerwaną falą, to nie przyszłość zabija człowieka, lecz przeszłość, która powraca, dręczy, niszczy, aż w końcu naprawdę zabija. Jadalnia była również taka sama jak ta, w której przez trzy miesiące jadaliśmy z Camille kolacje z produktów kupowanych w lokalnym sklepie mięsno-wędliniarskim w Clécy, w równie lokalnej piekarni i u rozmaitych sprzedawców warzyw, po czym ona z entuzjazmem, który z perspektywy czasu tak bardzo mnie bolał, zabierała się do pichcenia. Na kamiennej ścianie połyskiwał taki sam rząd miedzianych garnków. Pod ścianą

stał taki sam kredens z litego orzecha z otwartymi pó-
łeczkami, żeby wyeksponować fajans z Rouen w naiwne
kolorowe wzory. Na drugiej ścianie wisiał taki sam dębo-
wy zegar Comtoise, zazwyczaj zatrzymywany na jakiejś
znaczącej godzinie z przeszłości – niektórzy zatrzymy-
wali go na godzinie śmierci syna lub kogoś bliskiego, inni
na godzinie rozpoczęcia wojny francusko-niemieckiej
w tysiąc dziewięćset czternastym, jeszcze inni na godzinie przegłosowania uchwały o przekazaniu pełni władzy marszałkowi Pétainowi.

Nie mogłem na tym poprzestać, chwyciłem więc duży
metalowy klucz i otworzyłem drzwi do drugiego skrzyd-
ła, obecnie nienadającego się do zamieszkania, jak mnie
uprzedził architekt, nie ma bowiem jak go ogrzać, ale
jeśli zostanę do lata, będę mógł z niego korzystać. Znalazłem się w ogromnym pomieszczeniu, kiedyś zapewne pełniącym funkcję głównego pokoju domu, teraz
zawalonym fotelami i krzesłami ogrodowymi, którego
jedną ścianę w całości zajmowała biblioteka; ze zdu-
mieniem znalazłem w niej pełne wydanie dzieł marki-
za de Sade. Prawdopodobnie pochodziło z dziewiętnastego wieku, było oprawione w skórę ze złoceniami
na okładce i grzbiecie, teraz to gówno musi kosztować
majątek, pomyślałem i zabrałem się do przeglądania
jednego z tomów zdobionego licznymi grawiurami, zatrzymywałem zresztą wzrok przede wszystkim na ilu-
stracjach, z których o dziwo niczego nie rozumiałem,
przedstawiały rozmaite pozycje seksualne z różną licz-
bą uczestników, lecz nie potrafiłem się tam odnaleźć,

wyobrazić sobie miejsca, które mógłbym w takiej scenie zająć; wszystko to do niczego nie prowadziło, wszedłem więc na antresolę, która kiedyś zapewne była bardziej odjechana i luzacka, z dawnych lat pozostały tam wypatroszone, poprzewracane kanapy z pokryciem ze zbutwiałej tkaniny. A przede wszystkim gramofon z kolekcją płyt, głównie czterdziestopięcioobrotowych, które po chwili wahania zidentyfikowałem jako płyty z twistem – można to było rozpoznać po figurach tancerzy na okładkach, natomiast sami wykonawcy dawno zniknęli w czeluściach zapomnienia.

O ile pamiętam, architekt przez całe spotkanie wyglądał na skrępowanego, został tylko tyle czasu, ile było trzeba, by mi objaśnić funkcjonowanie rozmaitych urządzeń domowych, najwyżej dziesięć minut, parokrotnie powtarzając, że powinien raczej sprzedać dom, gdyby nie skomplikowane formalności u notariusza, a przede wszystkim gdyby udało się znaleźć nabywcę. Nie da się ukryć, że z domem wiązała się przeszłość, której konturów, między markizem de Sade a twistem, nie potrafiłem odtworzyć, a której on powinien się pozbyć, choć niekoniecznie musiało to otworzyć przed nim jakąkolwiek przyszłość; w każdym razie to, co znalazłem w tym skrzydle, nie przypominało niczego, na co mogłem się natknąć w domu w Clécy, była to zupełnie inna patologia, inna historia; położyłem się prawie pogodzony z życiem, jako że nic nas nie koi równie łatwo jak świadomość innych niż nasze dramatów, które nam zostały oszczędzone.

Następnego dnia rano półgodzinny spacer doprowadził mnie nad brzegi Orne. Droga była kompletnie nieciekawa, chyba że dla tych, których interesuje proces przeistaczania się opadłych liści w próchnicę – ponad dwadzieścia lat wcześniej sam się tym fascynowałem, a nawet obliczałem, ile próchnicy powstanie zależnie od grubości ściółki. Z lat studiów powracały inne, nie do końca precyzyjne, nieco mętne wspomnienia; miałem na przykład wrażenie, że ten akurat las jest kiepsko utrzymany – zbyt duże zagęszczenie pnączy i parazytofitów, co hamowało wzrost drzew; błędem jest myślenie, że przyroda pozostawiona sama sobie wytworzy cudowne lasy wysokopienne z potężnie rozrośniętymi drzewami, lasy, które niekiedy porównywano do katedr, wywołujące silne emocje religijne panteistycznego typu; przyroda pozostawiona sama sobie zazwyczaj wytwarza bezkształtną i chaotyczną plątaninę rozmaitych roślin, w sumie dość paskudną; mniej więcej taki właśnie widok spotkał mnie podczas spaceru nad brzegami Orne.

Właściciel ostrzegał, żebym nie karmił saren, jeśli przypadkiem się na nie natknę. Nie żeby uważał takie postępowanie za sprzeczne z ich godnością dzikich zwierząt (niecierpliwie wzruszył ramionami, podkreślając absurdalność takiego zarzutu); jak większość dzikich zwierząt, sarny należą do wszystkożernych oportunistów, pochłaniających praktycznie byle co, nic ich nie cieszy bardziej niż resztki czyjegoś pikniku lub rozpruta torba z odpadkami; po prostu jeśli zacznę je karmić, będą przyłazić codziennie i już się ich nie pozbędę, sarny to naprawdę namolne stworzenia. Jeśli jednak, wzruszony wdziękiem ich podskoków, zacznę odczuwać jakieś emocje z gatunku pomocy zwierzątkom, radzi mi, bym je karmił bułeczkami z czekoladą, którymi się zajadają – w przeciwieństwie do wilków, które zdecydowanie wolą sery, tyle że wilków w tamtejszych lasach nie było, chwilowo sarny mogły być spokojne, sporo jeszcze lat musi minąć, zanim wilki przywędrują z Alp czy nawet z wilczego rezerwatu w Gévaudan.

Tak czy owak nie spotkałem żadnej sarny. Zasadniczo nie spotkałem niczego, co mogłoby uzasadnić moją obecność w tym zaginionym w głębi lasów miejscu; po powrocie do domu niemal nieuchronnie trafiłem na kartkę, na której zapisałem adres i telefon gabinetu weterynaryjnego prowadzonego przez Camille; wyszukałem go na komputerze Aymerica w jego biurze w oborze dawno temu, w czasach, które zdawały się należeć do jakiegoś poprzedniego życia, choć w rzeczywistości oddzielały mnie od nich raptem dwa miesiące.

Do Falaise miałem jakieś dwadzieścia kilometrów, ale jazda zajęła mi prawie dwie godziny. Długo stałem na rynku w Putanges, z fascynacją gapiąc się na hotel Le Lion Verd bez żadnego innego powodu niż jego dziwaczna nazwa – czy jednak Le Lion Vert* byłby bardziej na miejscu? Później, z jeszcze mniej jasnych powodów, zatrzymałem się w Bazoches-au-Houlme. Dalej opuszczało się normandzką Szwajcarię, jej malownicze krajobrazy i kręte drogi; przez ostatnie dziesięć kilometrów szosa do Falaise biegła prosto jak strzała, jakbym sunął po pochyłości, zdałem sobie sprawę, że niechcący jadę sto sześćdziesiąt na godzinę, idiotyczny błąd, dokładnie w takich miejscach policja instaluje radary, a przede wszystkim to jakże łatwe zsuwanie się w dół prowadziło mnie ku nicości, Camille na pewno miała nowe życie, znalazła sobie faceta, minęło siedem lat, jakim prawem mogłem sobie cokolwiek wyobrażać?

Zatrzymałem się u stóp fortyfikacji otaczających Falaise, z górującym nad nimi zamkiem, w którym przyszedł na świat Wilhelm Zdobywca. Plan Falaise był nadzwyczaj prosty, bez trudu więc znalazłem gabinet weterynaryjny Camille; mieścił się przy placu du Docteur Paul German, u wylotu ulicy Saint-Gervais, najwyraźniej jednej z głównych ulic handlowych miasteczka, obok kościoła pod wezwaniem tego samego świętego; budowla w prymitywnym stylu gotyckim mocno ucierpiała podczas krótkiego oblężenia przez Filipa II

---

* *Verd* – starofrancuska pisownia słowa *vert*, zielony. *Le Lion Vert* – Zielony Lew.

Augusta. Mogłem po prostu wejść i powiedzieć recepcjonistce, że chcę się zobaczyć z Camille. Tak by zapewne postąpili inni ludzie, może i ja się na to zdecyduję po długim, nieciekawym i pozbawionym jakiegokolwiek sensu krętaczeniu przed samym sobą. Z góry skreśliłem pomysł, żeby do niej zadzwonić, nieco dłużej zastanawiałem się nad wysłaniem listu, prywatne listy stały się taką rzadkością, że zawsze robią wrażenie, lecz świadomość własnej niekompetencji kazała mi z tego pomysłu zrezygnować.

Naprzeciwko mieścił się bar Au Duc Normand i w końcu tam skierowałem kroki, by czekać, aż siły, chęć do życia czy cokolwiek w tym duchu zwycięży. Zamówiłem piwo, czując, że to pierwsze z długiej serii, była dopiero jedenasta przed południem. Bar był maleńki, ledwo pięć stolików, a ja byłem jedynym klientem. Miałem stamtąd idealny widok na gabinet weterynaryjny, do którego od czasu do czasu wchodzili ludzie w towarzystwie jakiegoś zwierzęcia – zazwyczaj psa, czasem w koszyku – i zamieniali parę zdań z recepcjonistką. Niekiedy ktoś wchodził do baru, siadał parę metrów ode mnie i zamawiał kawę wzmocnioną alkoholem, przede wszystkim byli to staruszkowie, ale oni nigdy nie siadali, woleli wypić przy barze, co rozumiałem i podzielałem ich punkt widzenia; byli to dzielni staruszkowie, pragnący pokazać, że jeszcze mają niezłą kondycję, jeszcze potrafią ustać na nogach o flaczejących mięśniach ud, jeszcze nie należy ich całkiem skreślać. Podczas gdy ci uprzywilejowani klienci oddawali się swojej minidemonstracji siły, właściciel z niemal nabożną powolnością kontynuował lekturę „Paris-Normandie".

Siedziałem nad trzecim piwem i trochę się już zdekoncentrowałem, kiedy moim oczom ukazała się Camille. Wyszła z pomieszczenia, gdzie zapewne przyjmowała pacjentów, zamieniła kilka słów z recepcjonistką – była już przecież pora przerwy obiadowej. Stała najwyżej dwadzieścia metrów ode mnie, nie zmieniła się, fizycznie nie zmieniła się wcale, co było przerażające, miała już ponad trzydzieści pięć lat, a wyglądała na nie więcej niż dziewiętnaście. Ja fizycznie zmieniłem się bardzo, wiedziałem, że starość tu i ówdzie mnie dopadła, wiedziałem, bo zdarzało mi się dostrzec swoje odbicie w lustrze – bez szczególnej satysfakcji, ale i bez szczególnego wstrętu, podobnie jak się mija jakiegoś mało irytującego sąsiada z tego samego piętra.

Co gorsza, miała na sobie dżinsy i jasnoszarą bluzę, dokładnie to samo ubranie, w którym wysiadła z pociągu z Paryża w pewien listopadowy poniedziałek rano z torbą przerzuconą przez ramię, zanim nasze spojrzenia spotkały się na kilka sekund czy kilka minut, na bliżej nieokreślony czas, i oznajmiła „Jestem Camille", tworząc tym samym warunki dla dalszego ciągu zdarzeń, nowej konfiguracji życiowej, z której już nigdy nie wyszedłem, zapewne nigdy nie wyjdę i prawdę mówiąc, nie mam najmniejszego zamiaru wychodzić. Nagle, kiedy obie kobiety stanęły przed gabinetem weterynaryjnym i przez chwilę rozmawiały na chodniku, ogarnęło mnie przerażenie: czy wejdą do Au Duc Normand na obiad? Znalezienie się twarzą w twarz z Camille wydawało mi się najgorszym możliwym rozwiązaniem, gwarancją porażki. Ale nie, poszły ulicą Saint-Gervais; przyjrzawszy się bliżej Au Duc Normand, zrozumiałem, że próżne były moje obawy: w barze nie podawano niczego do jedzenia, nawet kanapek, a s t r z e l e n i e l u f y zamiast obiadu nie było w jej stylu, więc właściciel mógł się spokojnie oddawać starannej lekturze „Paris-Normandie", wykazując przesadne, chorobliwe zainteresowanie treścią gazety.

Nie czekając na powrót Camille, zapłaciłem za piwa i w stanie lekkiego upojenia alkoholowego wróciłem do Saint-Aubert-sur-Orne, gdzie znalazłem się między skośnymi ścianami pokoju z wiszącymi na nich miedzianymi garnkami i między swoimi wspomnieniami, miałem tylko butelkę grand marnier, co było o wiele za mało, moja panika narastała z godziny na godzinę krótkimi zrywami, o jedenastej wieczorem zaczęły się napady tachykardii, po których dopadły mnie obfite fale potu i nudności. Koło drugiej nad ranem zrozumiałem, że z tej nocy nigdy się w pełni nie wyleczę.

Od tej chwili moje dalsze zachowanie naprawdę mi umyka, nie potrafię nadać mu sensu, zaczyna się wyraźnie rozjeżdżać z powszechnie przyjętym poczuciem moralności, a nawet z rozumem, o których dotychczas sądziłem, że je posiadam. Nigdy nie miałem – i chyba wystarczająco to wyjaśniłem – silnej osobowości, nie należałem do tych, po których pozostaje niezatarty ślad w historii, a nawet w pamięci współczesnych. Kilka tygodni wcześniej wróciłem do lektury, jeśli można tak to nazwać: moja ciekawość czytelnika nie była zbyt rozległa, właściwie czytałem tylko *Martwe dusze* Gogola, i to niezbyt dużo, nie więcej niż jedną czy dwie strony dziennie, często przez parę dni z rzędu te same. Książka ta przynosiła mi nieskończoną radość, chyba nigdy nie czułem takiej bliskości z innym człowiekiem jak z tym nieco zapomnianym rosyjskim pisarzem, choć w przeciwieństwie do Gogola nie potrafiłbym powiedzieć, że Bóg obdarzył mnie zbyt złożoną naturą. Bóg obdarzył mnie naturą prostą, moim zdaniem wręcz niezwykle prostą, to raczej świat wokół mnie stał się złożony, osiągnąłem stan nadmiernej złożoności świata, po prostu nie umiałem ogarnąć złożoności świata, w którym ugrzęzłem, dlatego też moje zachowanie, którego nie próbuję usprawiedliwić, stało się niezrozumiałe, szokujące i niekonsekwentne.

Następnego dnia pojawiłem się w Au Duc Normand o piątej po południu, właściciel zdążył już przywyknąć do mojej obecności, poprzedniego dnia wyglądał na zaskoczonego, ale tego dnia już nie; zanim zdążyłem złożyć zamówienie, położył rękę na dźwigni nalewaka do piwa, a ja zająłem dokładnie to samo miejsce co poprzednio. Koło piątej piętnaście jakaś nastolatka pchnęła drzwi gabinetu weterynaryjnego, trzymając za rękę trzy- czy czteroletniego chłopczyka. W poczekalni pojawiła się Camille, wzięła malca w ramiona i okręciła się parokrotnie wokół własnej osi, obsypując chłopca pocałunkami.

Dziecko, a więc miała dziecko – oto prawdziwa nowina. Mogłem to przewidzieć, kobietom zdarza się urodzić dziecko, niemniej nie da się ukryć, że była to ostatnia rzecz, jaka mogła mi przyjść do głowy. Prawdę mówiąc, moje pierwsze myśli nie były poświęcone samemu dziecku; do urodzenia dziecka zazwyczaj trzeba dwojga, pomyślałem, zazwyczaj, choć nie zawsze, medycyna oferuje teraz różne możliwości, o których słyszałem, wolałbym zresztą, żeby dziecko było owocem sztucznego zapłodnienia, wydawałoby mi się wówczas w pewnym sensie m n i e j r z e c z y w i s t e, lecz to nie był ten przypadek; pięć lat wcześniej Camille kupiła bilet / 277 kolejowy i wejściówkę na Vieilles Charrues Festival, a była wówczas w samym środku cyklu, przespała się z jakimś typem poznanym na koncercie – nawet nie pamiętała nazwy zespołu. Nie wybrała pierwszego lepszego, chłopak nie był ani specjalnie brzydki, ani przesadnie głupi, studiował w jakiejś szkole handlowej. Jedyny punkt nieco wątpliwy, to że był fanem heavy metalu, ale ostatecznie nikt nie jest doskonały, a jak na fana heavy metalu był w miarę grzeczny i czysty. Sprawa odbyła się w jego namiocie rozbitym na łące w odległości kilku kilometrów od scen koncertowych i przebiegła ani dobrze, ani źle, w sumie całkiem w porządku; jak zawsze bywa z facetami, kwestię prezerwatywy dyskretnie pominięto. Camille obudziła się wcześniej od niego i wyszła, zostawiając na widocznym miejscu wyrwaną z zeszytu kartkę z fałszywym numerem komórki; prawdę mówiąc, zbytek ostrożności: mało prawdopodobne, by facetowi chciało się do niej dzwonić. Do dworca miała pięć kilometrów pieszo i był to jedyny mankament całej sytuacji, ale było lato, piękna pogoda, przyjemny słoneczny dzień.

Jej rodzice musieli pogodzić się z losem, zdawali sobie sprawę, że świat się zmienił, choć niekoniecznie na lepsze, jak myśleli w głębi duszy, no ale się zmienił, a młode pokolenie jakimiś dziwnymi drogami musi dojść do wypełnienia swoich funkcji reprodukcyjnych. Każde z rodziców zapewne pokiwało po swojemu głową: u ojca dominowało uczucie wstydu, częściowej porażki jego misji wychowawczej oraz przekonanie, że sprawy powinny się potoczyć inaczej, matkę natomiast całkowicie ogarnęła radość oczekiwania na wnuka – wiedziała, że będzie to chłopiec, miała absolutną pewność, i nie myliła się – to był chłopiec.

Koło siódmej wieczorem Camille wyszła w towarzystwie recepcjonistki, która ruszyła w swoim kierunku ulicą Saint-Gervais, a ona zamknęła drzwi gabinetu i wsiadła za kierownicę nissana micry. Miałem zamiar za nią jechać, w każdym razie wcześniej w ciągu dnia taka myśl przemknęła mi przez głowę, lecz zaparkowałem samochód w pobliżu murów, za daleko, nie miałem czasu po niego iść, nie czułem się zresztą na siłach, nie tego wieczoru, było przecież dziecko, musiałem przemyśleć całą sytuację, uznałem więc, że lepiej będzie podjechać do sklepu Carrefour Market w Falaise i kupić butelkę grand marnier, a jeszcze lepiej dwie.

Następnego dnia była sobota, ale pomyślałem, że gabinet weterynaryjny Camille nie będzie zamknięty, prawdopodobnie zresztą w soboty miała największy ruch, ludzie z chorym psem czekają na chwilę wolnego czasu, tak to się zazwyczaj w życiu dzieje. Natomiast szkoła czy przedszkole syna powinny być zamknięte, w takie dni musiała korzystać z usług opiekunki, w każdym razie zapewne przyjdzie sama, a to wydawało mi się okolicznością dla mnie korzystną.

Na wszelki wypadek przyszedłem o wpół do dwunastej, gdyby – w co nie bardzo wierzyłem – zamykała gabinet w sobotnie popołudnie. Właściciel baru skończył czytać „Paris-Normandie" i zabrał się do równie szczegółowej lektury „France Football", był bardzo skrupulatnym czytelnikiem, zdarza się, znałem takich ludzi, którzy nie zadowalają się samymi tytułami, oświadczeniami Edouarda Philippe'a i informacjami o kwocie za transfer Neymara, tylko chcą dojść do sedna, to oni stanowią podstawę światłej opinii publicznej, filar demokracji przedstawicielskiej.

Do gabinetu weterynaryjnego co rusz przychodzili klienci, lecz Camille zamknęła wcześniej niż poprzedniego dnia, koło piątej. Tym razem zaparkowałem kilka metrów od jej samochodu, bałem się, że rozpozna mój, lecz było to mało prawdopodobne. Dwadzieścia lat wcześniej, kiedy go kupowałem, mercedes klasy G był niezbyt popularny, ludzie decydowali się na niego, tylko jeśli planowali przejazd przez całą Afrykę lub przynajmniej Sardynię; teraz jednak stał się modny, jego linia nieco vintage uwodziła, w każdym razie był uważany za szpanerski.

W Bazoches-au-Houlme skręciła w kierunku Rabodanges i w tym momencie nabrałem pewności, że mieszka z synkiem sama. Nie chodziło tylko o moje pragnienie, lecz o intuicyjną, potężną, choć niczym nieuzasadnioną pewność.

Na drodze do Rabodanges byliśmy sami, zwolniłem i zostałem nieco z tyłu; podniosła się mgła i ledwo widziałem tylne światła jej samochodu.

Jezioro Rabodanges, nad którym zaczynało zachodzić słońce, zrobiło na mnie duże wrażenie: ciągnęło się kilometrami po obu stronach mostu, wśród gęstych lasów pełnych dębów i wiązów; prawdopodobnie był to zbiornik zaporowy bez jakichkolwiek śladów ludzkiej obecności; krajobraz nie przypominał niczego, co kiedykolwiek widziałem we Francji, raczej Norwegię lub Kanadę. Zatrzymałem się na tyłach jakiejś knajpy na szczycie wzgórza, o tej porze roku zamkniętej, z tarasem oferującym „panoramiczny widok na jezioro", organizującej bankiety na zamówienie i o dowolnej godzinie serwującej lody. Samochód Camille wjechał na most; ze schowka na rękawiczki wyciągnąłem lornetkę Schmidt & Bender, teraz już wiedziałem, że nie stracę jej z oczu, gdyż zgadłem, dokąd jedzie: do małej drewnianej chatki za mostem, kilkaset metrów dalej, z tarasem wychodzącym na jezioro. Stojąca na zboczu, otoczona lasem chatka przypominała oblężony przez ogry dom dla lalek.

I faktycznie, zaraz za mostem nissan micra skręcił w ścieżkę prowadzącą stromo pod górę i zatrzymał się tuż pod tarasem. Na spotkanie Camille wyszła ta sama nastolatka, którą widziałem poprzedniego dnia. Zamieniły parę słów i dziewczyna odjechała skuterem.

Czyli Camille tu właśnie mieszkała, w domku stojącym samotnie w środku lasu, wiele kilometrów od najbliższych sąsiadów – przesadzam, trochę dalej na północ, jakieś dwa kilometry dalej stał jeszcze jeden, nieco większy dom, ale najwyraźniej tylko wakacyjny: teraz jego okiennice były zamknięte. No i ta restauracja z panoramicznym widokiem, La Rotonde, na której tyłach zaparkowałem; przy bliższych oględzinach stwierdziłem, że otwiera się w kwietniu, na początku ferii wielkanocnych (tuż obok mieścił się klub nart wodnych, który miał wznowić działalność w tym samym czasie). Wejście do restauracji było chronione instalacją alarmową z migającym czerwonym światełkiem pod klawiaturą numeryczną, ale udało mi się bez kłopotu sforsować zamek w drzwiach dla dostawców. W środku było dość ciepło, w każdym razie cieplej niż na zewnątrz, musieli mieć jakąś instalację z termostatem, przede wszystkim dla ochrony piwnicy – pięknej piwnicy z setkami butelek wina. Z jedzeniem sprawa przedstawiała się nieco gorzej, tylko kilka półek z konserwami, przede wszystkim warzywa i owoce w syropie. Na małym żelaznym łóżku w pomieszczeniu służbowym znalazłem cieniutki materac, pewnie służący sezonowym robotnikom, kiedy chcieli chwilę odpocząć. Z łatwością wniosłem go na górę do sali restauracyjnej i usiadłem z lornetką na podoredziu. Materac był koszmarnie niewygodny, ale w barze stało pełno napoczętych butelek, trudno mi wytłumaczyć całą sytuację, lecz po raz pierwszy od wielu miesięcy, a nawet lat, czułem, że jestem tam, gdzie powinienem być, czyli mówiąc po prostu – byłem szczęśliwy.

Siedziała na kanapie w salonie z synkiem u boku; wpatrzeni w ekran oglądali jakiś film na DVD, którego nie mogłem zidentyfikować, chyba *Króla Lwa*, po pewnym czasie dziecko zasnęło, wzięła je na ręce i skierowała się w stronę schodów. Wkrótce w całym domu zgasły światła. Miałem przy sobie tylko latarkę i tylko z niej mogłem skorzystać: byłem pewien, że z tej odległości mnie nie zobaczy, gdybym natomiast zapalił światło w sali restauracyjnej, mogłaby nabrać podejrzeń. W pomieszczeniu na zapleczu pochłonąłem groszek z puszki i brzoskwinie w syropie, popijając butelką saint-émilion, po czym błyskawicznie zasnąłem.

Następnego dnia koło jedenastej Camille wyszła z domu, posadziła małego w foteliku samochodowym i ruszyła w odwrotnym kierunku, jej samochód przejechał dziesięć metrów od sali restauracyjnej; przed dwunastą powinna dotrzeć do Bagnoles-de-l'Orne.

Każda rzecz istnieje, dąży do zaistnienia, sytuacje układają się w pewną całość, niekiedy niosąc ze sobą potężne konfiguracje emocjonalne, aż w końcu dokonuje się przeznaczenie. Sytuacja, którą opisałem, trwała jakieś trzy tygodnie. Przyjeżdżałem zazwyczaj koło piątej po południu i zasiadałem na swoim stanowisku obserwacyjnym, teraz byłem już dobrze zorganizowany, miałem popielniczkę i latarkę; czasami przynosiłem kilka plastrów szynki, które zjadałem z warzywami z puszki na zapleczu, raz nawet przyniosłem kiełbasę z czosnkiem. Zaś zapasy alkoholu mogły mi wystarczyć na miesiące.

Teraz byłem pewien, że Camille nie tylko mieszka sama i nie ma żadnego kochanka, ale również nie ma przyjaciół; w ciągu tych trzech tygodni nikt nie przyszedł do niej z wizytą. Jak mogła do tego dopuścić? Jak oboje mogliśmy do tego dopuścić? A nawiązując do słów komunistycznego barda: *Est-ce ainsi que les hommes vivent**?

---

* „Czy tak żyją ludzie?" – tytuł piosenki napisanej przez Léo Ferré na podstawie wiersza Louisa Aragona, wykonywanej m.in. przez Léo Ferré, Catherine Sauvage, Bernarda Lavilliers'a i Yves'a Montanda.

Owszem, odpowiedź brzmi: tak, właśnie tak żyją ludzie, z wolna zaczynałem to rozumieć. Zaczynałem również rozumieć, że nic się już nie poukłada. Camille spełniała się teraz w głębokiej i wyłącznej relacji z synkiem, co potrwa jeszcze przynajmniej dziesięć, jeśli nie piętnaście lat, zanim chłopak wyjedzie na studia – bo na pewno przy wsparciu uważnej i pełnej poświęcenia matki będzie się dobrze uczyć i pójdzie na studia, to także nie budziło moich wątpliwości. Stopniowo sytuacja zacznie się komplikować, pojawią się dziewczyny – a potem, co gorsza, t a j e d n a dziewczyna, którą Camille źle przyjmie, stając się przeszkodą (nawet jeśli to nie będzie dziewczyna, tylko chłopak, sprawa będzie niewiele łatwiejsza; skończyły się czasy, kiedy matki z ulgą przyjmowały wiadomość o homoseksualnej orientacji syna, dzisiaj pedały też zakładają rodziny, uciekając tym samym przed matczyną dominacją). Będzie jeszcze walczyć, aby zachować jedyną miłość swego życia, przez jakiś czas sytuacja będzie dla niej bolesna, aż w końcu się podda, ulegnie „prawom natury". I wtedy stanie się wolna, znowu wolna i sama – ale będzie już mieć pięćdziesiąt lat i dla niej oczywiście będzie już za późno, o mnie nawet nie warto wspominać, już teraz byłem ledwo żywy, za piętnaście lat będę zimnym trupem.

Od dwóch miesięcy nie używałem steyra mannlichera, ale wszystkie elementy dały się złożyć łatwo, miękko i precyzyjnie, ich wykończenie było naprawdę godne podziwu. Resztę popołudnia spędziłem na trenowaniu strzelania do opuszczonego domu położonego trochę dalej w lesie, gdzie zostało kilka szyb do wytłuczenia: nie straciłem dotychczasowych umiejętności, moja precyzja z pięciuset metrów nadal była doskonała.

Czy można sobie wyobrazić, że Camille zaryzykuje dla mnie swoją idealną, głęboką więź z synem? I czy można sobie wyobrazić, że on, mały chłopiec, zgodzi się dzielić uczucie matki z innym człowiekiem? Odpowiedź na oba pytania była dość przewidywalna, a konkluzja nieunikniona: albo on, albo ja.

Zabójstwo czteroletniego dziecka nieuchronnie wywołuje silne reakcje medialne, mogłem się spodziewać, że zostaną podjęte poważne kroki w celu znalezienia sprawcy. Restauracja z panoramicznym widokiem zostanie szybko zidentyfikowana jako miejsce, skąd padł strzał, tyle że ja ani na chwilę nie zdejmowałem lateksowych rękawiczek, byłem więc pewien, że nie zostawiam żadnych odcisków palców. Jeśli chodzi o DNA, nie wiedziałem dokładnie, skąd można pobrać próbki: z krwi, spermy, włosów, śliny? Przewidująco przywiozłem ze sobą plastikową torbę i wrzucałem do niej wszystkie pety, które przedtem trzymałem w zębach; w ostatniej chwili dołożyłem tam sztućce, którymi wkładałem jedzenie do ust, choć odnosiłem wrażenie, że podejmuję nieco przesadne środki ostrożności; prawdę mówiąc, nikt nigdy nie pobierał moich próbek DNA, ustawa o systematycznym pobieraniu próbek DNA, kiedy nie popełniono żadnego przestępstwa, nigdy nie została przegłosowana, pod pewnymi względami żyliśmy w kraju wolnym, w każdym razie nie czułem jakiegoś szczególnego zagrożenia. Moim zdaniem klucz do sukcesu leżał w szybkości działania: w ciągu mniej niż minuty po strzale powinienem definitywnie opuścić La Rotonde, a w ciągu mniej niż godziny jechać autostradą do Paryża.

Pewnego wieczoru, gdy układałem sobie w głowie wszystkie parametry zabójstwa, wróciło do mnie wspomnienie innego wieczoru, trzydziestego pierwszego grudnia w Morzine, pierwszego sylwestra, kiedy rodzice pozwolili mi nie spać do północy, zaprosili kilkoro znajomych, zorganizowali małe przyjęcie, ale ten akurat aspekt nie pozostał mi w pamięci, pamiętałem natomiast swój stan absolutnego upojenia na myśl, że wkraczamy w zupełnie nowy rok, w którym każda, nawet najbardziej obojętna czynność, choćby wypicie kubka czekolady Nesquik, zostanie w pewnym sensie wykonana po raz pierwszy, miałem wtedy pewnie pięć lat, trochę więcej niż synek Camille, ale życie widziałem jako następstwo chwil szczęścia, które może tylko wzrastać, przynosząc w przyszłości chwile coraz większego i bardziej różnorodnego szczęścia, a w momencie, kiedy wróciło do mnie to wspomnienie, zdałem sobie sprawę, że rozumiem synka Camille, że mogę się postawić na jego miejscu i że ta identyczność daje mi prawo, by go zabić. Prawdę mówiąc, gdybym był jeleniem lub brazylijskim makakiem, nawet bym sobie nie zadał takiego pytania: u ssaków pierwsze, co robi dorosły samiec po zdobyciu samicy, to wymordowanie jej potomstwa, by zapewnić dominację własnych genów. To samo zachowanie zaobserwowano również u pierwszych ludzi.

Mam teraz mnóstwo czasu, by przemyśleć kilka tamtych godzin, a nawet kilka tamtych minut, nie mam nic więcej do roboty, żadnych innych planów życiowych, jak tylko myślenie; nie sądzę, by siły, które próbowały mnie powstrzymać przed staczaniem się w morderstwo, miały cokolwiek wspólnego z moralnością; była to raczej kwestia antropologiczna, kwestia przynależności do gatunku późniejszego, przyjęcia kodów gatunku późniejszego – inaczej mówiąc, była to kwestia konformizmu.

Jeśli zdołam pokonać te ograniczenia, nagroda nie przyjdzie rzecz jasna od razu. Camille będzie cierpieć, będzie nawet bardzo cierpieć, będę musiał odczekać przynajmniej pół roku, zanim nawiążę z nią kontakt. A potem wrócę i ona znowu mnie pokocha, bo przecież nigdy nie przestała mnie kochać, sprawa była nadzwyczaj prosta, ale będzie chciała mieć kolejne dziecko i będzie tego chciała szybko; tak to właśnie będzie wyglądać. Kilka lat wcześniej strasznie zboczyliśmy z drogi, rozminęliśmy się ze swoim losem; to ja jako pierwszy popełniłem błąd, lecz Camille dołożyła swoje; przyszła pora, by błąd naprawić, właśnie teraz przyszła na to pora, nasza ostatnia szansa, i tylko ja mogłem tego dokonać, tylko ja miałem w ręku wszystkie karty, rozwiązanie tkwiło na końcu lufy mojego steyra mannlichera.

Okazja nadarzyła się w następną sobotę przed południem. Był początek marca, w powietrzu czuło się wiosenne ciepło, a kiedy uchyliłem jedno z olbrzymich, wychodzących na jezioro okien, by wysunąć przez nie lufę karabinu, nie poczułem żadnego powiewu chłodu, niczego, co mogłoby osłabić moją precyzję celowania. Chłopiec usiadł przy stole na tarasie, postawiwszy przed sobą wielkie kartonowe pudło z układanką Disneya – przez lornetkę zobaczyłem, że to Królewna Śnieżka, na razie zdołał ułożyć tylko twarz i tors bohaterki. Zanim przycisnąłem broń do ramienia, maksymalnie wyostrzyłem wizjer celownika, po czym mój oddech stał się powolny i regularny. Widoczna z profilu głowa dziecka zajmowała całą powierzchnię wizjera; chłopiec był bez reszty skupiony na układance i nie poruszał się – nie da się ukryć, że jest to zajęcie wymagające ogromnej koncentracji. Parę minut wcześniej zobaczyłem opiekunkę wchodzącą po schodach na górę – jak już zauważyłem, kiedy dziecko zabierało się do lektury lub zabawy, korzystała z tego, by założywszy słuchawki, posurfować po internecie, pewnie zajmie ją to na kilka godzin i dziewczyna nie zejdzie wcześniej niż na obiad małego.

Przez dziesięć minut chłopiec siedział zupełnie nieruchomo, tylko od czasu do czasu powoli sięgał do pudła, by wyciągnąć jeden z elementów układanki; bluzkę Królewny Śnieżki zdołał już ułożyć prawie w całości. Jego bezruch mógł się równać tylko z moim – nigdy tak powoli i głęboko nie oddychałem, nigdy moje dłonie nie były tak wyzbyte drżenia, nigdy nie miałem takiej kontroli nad bronią; czułem, że mój strzał będzie doskonały, wyzwalający i unikalny, najważniejszy strzał w moim życiu, jedyny mój cel po miesiącach treningu.

Minęło dziesięć nieruchomych minut, może nawet piętnaście lub dwadzieścia, zanim moje palce zaczęły drżeć, a ja osunąłem się na ziemię, lądując policzkiem na wykładzinie podłogowej; zrozumiałem, że sprawa jest przegrana, nie oddam strzału, nie zdołam zmienić biegu wydarzeń, mechanizmy nieszczęścia są ode mnie silniejsze, nigdy nie spotkam się ponownie z Camille, umrzemy jako ludzie samotni, nieszczęśliwi i samotni, z dala od siebie. Wstałem, dygocąc, wzrok zasnuwały mi łzy, nacisnąłem na spust, do niczego nie mierząc, szyba w oknie sali z panoramicznym widokiem rozprysła się na tysiąc kawałków z takim hukiem, że w domu naprzeciwko musieli go chyba usłyszeć. Skierowałem lornetkę na chłopca: nie, ani drgnął, siedział skupiony nad układanką, kompletując sukienkę Królewny Śnieżki.

Powoli, bardzo powoli, z powolnością ceremonii pogrzebowej rozkręciłem steyra mannlichera, którego poszczególne elementy miękko i precyzyjnie ułożyły się w zagłębieniach z pianki. Zamknąłem futerał z poliwęglanu i przez chwilę kusiło mnie, by go wyrzucić do jeziora, lecz tak ostentacyjną manifestację porażki uznałem za zbędną, porażka i tak była oczywista, jej dalsze podkreślanie byłoby niesprawiedliwe względem uczciwego karabinu, który nie prosił o nic, jak tylko o możliwość służenia właścicielowi i odgrywania swojej roli z precyzją i doskonałością.

W drugiej chwili przyszło mi do głowy, by przejechać przez most i zapoznać się z chłopcem. Przez parę minut obracałem pomysł w głowie, osuszyłem do dna butelkę guignolet kirsch i wtedy wrócił mi rozsądek lub przynajmniej jakaś szczątkowa forma rozsądku: mogłem być dla niego tylko ojcem lub substytutem ojca, a na cholerę temu dzieciakowi ojciec, do czego miałby mu służyć jakikolwiek ojciec? Do niczego, miałem wrażenie, że obracam w głowie składowe jakiegoś dawno rozwiązanego równania, rozwiązanego na moją niekorzyść; jak już mówiłem, albo on, albo ja – wyszło na to, że on.

W trzeciej chwili zachowałem się jeszcze bardziej rozsądnie: włożyłem broń do bagażnika i ruszyłem, nie oglądając się za siebie, do Saint-Aubert. Za jakiś miesiąc przyjdą ludzie, żeby otworzyć restaurację, zobaczą ślady czyjegoś pobytu na dziko, oskarżą zapewne jakiegoś bezdomnego, postanowią założyć dodatkową instalację alarmową na drzwiach dla dostawców, żandarmeria może nawet nie rozpocznie żadnego śledztwa ani poszukiwania odcisków palców.

Nic już chyba nie mogło zahamować mojego staczania się w niebyt. Nie wyprowadziłem się jednak z domu w Saint-Aubert-sur-Orne, w każdym razie nie natychmiast, czego patrząc z dystansu, nie potrafię wyjaśnić. Nie miałem nadziei na nic, byłem w pełni świadomy, że na nic nie mogę mieć nadziei, moja analiza sytuacji wydawała mi się kompletna i trafna. Pewne obszary psychiki człowieka pozostają słabo rozpoznane, ponieważ nigdy ich dokładnie nie przebadano: na szczęście mało ludzi stanęło wobec takiej konieczności, a ci, którzy musieli to zrobić, zachowali zbyt mało jasności myślenia, by sporządzić wiarygodny opis. Obszary te można zgłębić, tylko odwołując się do paradoksalnych, wręcz absurdalnych formuł, z których jedynie zwrot n a d z i e j a w b r e w n a d z i e i naprawdę wraca mi na myśl. Nie jest to podobne do nocy, lecz znacznie gorsze; nie przeżywszy osobiście takiego doświadczenia, odnoszę wrażenie, że nawet kiedy człowiek pogrąża się w prawdziwej nocy, w nocy polarnej, która trwa przez pół roku, pozostaje w nim świadomość czy też wspomnienie słońca. Wkroczyłem w noc bez końca, a jednak w głębi mojego jestestwa coś pozostawało: mniej niż nadzieja, raczej niepewność. Można też powiedzieć, że nawet kiedy człowiek osobiście przegrał partię, kiedy położył swoją ostatnią kartę, u niektórych – nie u wszystkich, oj, nie u wszystkich – pozostaje przekonanie, że c o ś w n i e -

b i o s a c h przejmie rozgrywkę, arbitralnie zdecyduje

o nowym rozdaniu kart, o ponownym rzuceniu kośćmi, i to nawet wówczas, kiedy człowiek w żadnym momencie swojego życia nie wierzył w interwencję czy zgoła w istnienie jakiejś siły wyższej, nawet kiedy jest świadomy, że nie zasługuje na szczególną interwencję przychylnej siły wyższej, nawet kiedy zdaje sobie sprawę, że biorąc pod uwagę nagromadzenie popełnionych błędów i grzechów, z jakich składa się jego życie, zasługuje na nią mniej niż ktokolwiek inny.

Umowa wynajmu obowiązywała jeszcze przez trzy tygodnie, co miało przynajmniej tę zaletę, że stawiało konkretną granicę mojemu obłędowi – nawet jeśli prawdopodobieństwo, że wytrzymam w tej sytuacji więcej niż kilka dni, było zgoła niewielkie. Pojawiła się jednak pewna pilna konieczność: musiałem pojechać do Paryża, żeby zmienić dawkę captorixu na dwudziestomiligramową, co stanowiło elementarny warunek przeżycia, którego nie mogłem lekceważyć. Umówiłem się z doktorem Azote na wizytę dwa dni później o jedenastej rano, niedługo po przyjeździe na dworzec Saint-Lazare, z niewielkim marginesem na wypadek spóźnienia pociągu.

O dziwo podróż dobrze mi zrobiła, odwracając moje myśli w stronę rozważań, owszem, negatywnych, ale przynajmniej bezosobowych. Pociąg wjechał na dworzec Saint-Lazare z trzydziestopięciominutowym opóźnieniem, czyli mniej więcej takim, jakie przewidziałem. Tradycyjne przestrzeganie rozkładu jazdy, prawdziwa duma francuskich kolejarzy, na początku dwudziestego wieku zakotwiczone tak silnie, że chłopi na wsiach regulowali zegary według przejeżdżających pociągów, dawno już trafiło do lamusa. SNCF należało do tych przedsiębiorstw, których bankructwa i upadku miałem za własnego życia być świadkiem. Nie tylko przybliżony rozkład jazdy należało już traktować jak czysty żart, ale i z pociągów Intercity zniknęło wszelkie pojęcie o gastronomii, podobnie jak wszelka myśl o konserwacji taboru: z pociętych nożem siedzeń wyłaziły brudnoszare bebechy, a toalety – przynajmniej te, których drzwi nie były zamknięte na amen, zapewne przez zapomnienie – pozostawały w tak odrażającym stanie, że nie zdołałem do nich wejść 294 / i wolałem się odlać na platformie między wagonami.

Nastrój globalnej katastrofy zawsze choć trochę pomaga w odbiorze katastrofy osobistej, pewnie dlatego samobójstwa tak rzadko się zdarzają podczas wojny, więc niemal radosnym krokiem ruszyłem w kierunku ulicy d'Athènes. Spojrzenie, jakim obrzucił mnie doktor Azote od samego wejścia, szybko pozbawiło mnie złudzeń. Było mieszaniną niepokoju, współczucia i czystego zainteresowania zawodowego.

– Chyba z panem nietęgo... – powiedział krótko.

Nie mogłem zaprzeczyć, tym bardziej że nie widział mnie od kilku miesięcy i miał możliwość porównania, której ja siłą rzeczy byłem pozbawiony.

– Przestawię pana na dwadzieścia miligramów – ciągnął. – Chociaż piętnaście czy dwadzieścia... Chyba zdaje pan sobie sprawę, że leki antydepresyjne nie dokonają cudu. – Zdawałem sobie sprawę. – Trzeba poza tym pamiętać, że dwadzieścia miligramów to maksymalna dawka na rynku. Może pan oczywiście brać dwie tabletki, przejść na dwadzieścia pięć, trzydzieści, nawet trzydzieści pięć miligramów, ale do czego to ma doprowadzić? Szczerze mówiąc, odradzam. Maksymalna testowana dawka to dwadzieścia, nie więcej, wolałbym nie ryzykować. Jak wygląda pańskie życie seksualne?

Zatkało mnie. Trzeba przyznać, że pytanie nie było głupie, miało pewien związek z moją sytuacją, odległy i niepewny, jakiś jednak miało. Nic nie powiedziałem, ale chyba rozłożyłem ręce, otworzyłem szeroko usta, jednoznacznie pokazując, że moje życie seksualne nie istnieje, gdyż powiedział:

– Okej, okej, rozumiem... Proszę jednak zrobić badanie krwi, żeby sprawdzić poziom testosteronu. Prawdopodobnie jest fatalny, wytwarzana pod wpływem captorixu serotonina, w przeciwieństwie do serotoniny produkowanej naturalnie, hamuje syntezę testosteronu i proszę nie pytać dlaczego, bo nikt tego nie wie. Mówię „prawdopodobnie", skutki są jak najbardziej odwracalne, jak tylko odstawi pan captorix, wszystko wróci do normy, w każdym razie tak wynika z badań, choć nigdy nie możemy być pewni na sto procent, gdybyśmy mieli czekać na absolutną pewność naukową, żaden lek nie zostałby wprowadzony na rynek, rozumie pan, prawda? – Przytaknąłem. – Nie ograniczymy się jednak do testosteronu, skieruję pana na pełne badania hormonalne. Tyle że ja nie jestem endokrynologiem, niektóre sprawy nie mieszczą się w moich kompetencjach, może powinien się pan wybrać do specjalisty, znam całkiem niezłego...

– Wolałbym nie.

– Wolałby pan nie... Cóż, przyjmę to jako oznakę zaufania. Okej, spróbujemy kontynuować terapię. W sumie hormony to nic takiego, mamy ich raptem kilkanaście. W czasie studiów lubiłem zresztą endokrynologię, była jednym z moich ulubionych przedmiotów, z przyjemnością do niej wrócę.

Wyglądało na to, że dopadła go jakaś fala nostalgii, co od pewnego wieku jest chyba nieuniknione, kiedy człowiek powraca myślami do swoich lat studenckich; rozumiałem go tym lepiej, że sam bardzo lubiłem biochemię, z jakąś dziwną przyjemnością studiowałem właściwości złożonych związków chemicznych, tyle że mnie interesowały raczej cząsteczki roślinne w rodzaju chlorofilu czy antocyjanów, podstawy musiały jednak być dość podobne, więc świetnie rozumiałem, co ma na myśli.

Wyszedłem z dwiema receptami, w aptece niedaleko dworca Saint-Lazare wykupiłem captorix dwadzieścia miligramów, z analizą hormonalną poczekam na ponowny przyjazd do Paryża, w obecnej sytuacji musiałem tu wrócić, było to nieuniknione, doskonała samotność jest tam stanem bardziej normalnym, bardziej dopasowanym do otoczenia.

A jednak wybrałem się po raz ostatni nad jezioro Rabodanges. W niedzielę w południe, kiedy byłem pewien,
że Camille nie będzie w domu, bo pojedzie do Bagnoles-
-de-l'Orne na obiad u rodziców. Nie potrafiłbym chyba
definitywnie się pożegnać, gdyby Camille była na miejscu. Definitywnie pożegnać? Czy naprawdę w to wierzyłem? Tak, naprawdę, przecież widywałem już umierających, sam niedługo miałem umrzeć, z ostatecznymi
pożegnaniami mamy do czynienia przez całe życie, chyba że nasze własne życie szczęśliwie okaże się krótkie,
mamy z nimi do czynienia praktycznie każdego dnia.
Pogoda była absurdalnie piękna, ciepłe, ostre promie-
nie słoneczne oświetlały wody jeziora, nadawały połysk
drzewom w lesie. Wiatr nie zawodził, fale nie szem-
rały, cała przyroda okazywała niemal obelżywy brak
empatii. Wszystko było ciche, majestatyczne i spokojne. Czy mógłbym przez wiele lat mieszkać sam z Camille w domu położonym w głębi lasu i być szczęśliwy?
Tak, wiedziałem, że tak. Moja kiedyś słaba potrzeba

więzi towarzyskich (jeśli mamy na myśli więzi inne niż

miłosne) z biegiem lat znikła całkowicie. Czy to normalne? Faktem jest, że mało ponętni przodkowie ludzkości żyli w grupach liczących po kilkadziesiąt osobników, tyle co w małej wiosce, i formuła ta przetrwała długo zarówno u plemion myśliwych i zbieraczy, jak i u pierwszych ludów osiadłych zajmujących się rolnictwem. Minęło jednak sporo czasu, ludzkość wynalazła miasta z ich naturalnym skutkiem, czyli samotnością, dla której tylko życie w parze może stanowić alternatywę, nigdy nie wrócimy do stadium życia plemiennego, niektórzy mało inteligentni socjologowie plotą, że odpowiednikiem nowych plemion są „rodziny zrekonstruowane"; niewykluczone, choć żadnej rodziny zrekonstruowanej nigdy nie spotkałem, natomiast zdekonstruowanych całkiem sporo, właściwie tylko takie widywałem, nie mówiąc o licznych przypadkach, kiedy proces dekonstrukcji rozpoczynał się już na etapie pary, zanim przyszły na świat dzieci. Jeśli chodzi o proces rekonstrukcji, nigdy go nie widziałem na żywo. „Skoro się dokonało w sercu winobrania, życie staje się męką"*, jak słusznie pisał jeden facet, cała ta historia zrekonstruowanych rodzin to moim zdaniem obrzydliwa bzdura, jeśli nie czysta, optymistyczna i postmodernistyczna propaganda, przesunięta w czasie, skierowana do szefów przedsiębiorstw i wolnych zawodów, niezrozumiała poza Porte de Charenton. Tak więc owszem, mógłbym mieszkać sam z Camille w domu położonym w głębi lasu, codziennie patrząc na słońce wschodzące nad jeziorem, i sądzę – na

---

* Charles Baudelaire, *Semper eadem*, przeł. Bogdan Wydżga.

tyle, na ile mogę cokolwiek sądzić – że mógłbym być szczęśliwy. Lecz życie, jak to się mówi, ułożyło się inaczej, byłem spakowany i już wczesnym popołudniem mogłem dotrzeć do Paryża.

Bez problemu rozpoznałem recepcjonistkę z hotelu Mercure, ona mnie też.

– A więc wrócił pan? – zapytała.

Przytaknąłem nie bez pewnej emocji, gdyż poczułem, z całą pewnością poczułem, że chciała zapytać: „A więc wrócił pan m i ę d z y n a s?", a powstrzymała się tylko wiedziona jakąś resztką profesjonalnej ogłady, musiała się doskonale orientować, na jaką poufałość może sobie pozwolić z klientem, nawet wiernym. Jej następne pytanie: „Czy zamierza pan zostać u nas przez tydzień?", brzmiało chyba dokładnie tak samo jak kilka miesięcy wcześniej, kiedy przyjechałem po raz pierwszy.

Z chłopięcą satysfakcją i autentycznym wzruszeniem ponownie zobaczyłem swój malutki pokój, jego sprytny i funkcjonalny wystrój, a od następnego dnia wróciłem do dawnych zwyczajów, kursując między kafejką O'Jules a Carrefour City, wędrując ulicą Abel-Hovelacque, kawałek avenue des Gobelins, do skrętu w avenue de la Sœur-Rosalie. Coś się jednak zmieniło w ogólnym nastroju, minął prawie rok, był początek wyjątkowo ciepłego maja, zapowiedź gorącego lata. W zasadzie powinienem poczuć jakieś pożądanie, a przynajmniej pragnienie na widok młodych dziewczyn w krótkich spódniczkach lub obcisłych legginsach, które siedziały niedaleko ode mnie w kafejce O'Jules i piły kawę, być może wymieniając się jakimiś zwierzeniami miłosnymi, bo chyba raczej nie porównując swoje umowy ubezpieczenia na życie. A jednak nie czułem niczego, dosłownie niczego, choć teoretycznie należeliśmy do tego samego gatunku; powinienem się zająć analizą hormonalną, doktor Azote prosił, bym mu wysłał kopię wyników badań.

Zadzwoniłem do niego trzy dni później, sprawiał wrażenie zakłopotanego.
– Wie pan, to dziwne... Jeśli to panu nie przeszkadza, chciałbym się skonsultować ze specjalistą. Możemy się umówić na przyszły tydzień?
Nie skomentowałem, tylko wpisałem wizytę do swojego kalendarza. Kiedy lekarz mówi, że w wynikach badań zobaczył coś dziwnego, powinno się odczuć choćby ślad niepokoju, lecz nic takiego nie nastąpiło. Ledwo odłożyłem słuchawkę, pomyślałem, że trzeba było przynajmniej udać niepokój, wyrazić jakieś zainteresowanie, tego pewnie oczekiwał. Chyba że – przyszło mi po chwili do głowy – naprawdę zrozumiał, w jakim jestem stanie; na tę myśl poczułem pewne skrępowanie.

Umówiliśmy się na następny poniedziałek, na wpół do
ósmej wieczorem, była to jego ostatnia wizyta tego dnia,

którą nawet nieco przedłużył. Wyglądał na wykończonego, zapalił camela i mnie też poczęstował – jak skazańca na chwilę przed egzekucją. Zauważyłem, że na moich wynikach badań nagryzmolił jakieś obliczenia.

– Cóż, pański poziom testosteronu jest naprawdę niski, można się było spodziewać, tak działa captorix. Ale poza tym ma pan bardzo wysoki poziom kortyzolu, to po prostu niewiarygodne, ile pan wydziela kortyzolu. Prawdę mówiąc... Mogę być z panem szczery?

Powiedziałem, że tak, nasze dotychczasowe rozmowy zawsze cechowała szczerość.

– No więc, prawdę mówiąc... – Zawahał się, a jego wargi leciutko zadrżały. – Wydaje mi się, że umiera pan ze smutku.

– Czy można umrzeć ze smutku? Czy to ma jakiś sens? – Była to jedyna odpowiedź, jaka mi przyszła do głowy.

– Nie brzmi to zbyt naukowo, ale nazwijmy sprawy po imieniu. To nie smutek pana zabije, przynajmniej nie bezpośrednio. Przypuszczam, że zaczął pan już tyć?

– Chyba tak, nie jestem całkiem pewien, ale niewykluczone.

– Przy kortyzolu nie ma innej opcji, będzie pan coraz bardziej przybierać na wadze, w końcu dojdzie do otyłości. U ludzi otyłych nie brak chorób śmiertelnych, do wyboru, do koloru. To właśnie z powodu kortyzolu postanowiłem zmienić pańskie leczenie. Wahałem się, czy nie zaproponować, by odstawił pan captorix, obawiając się wzrostu poziomu kortyzolu, ale szczerze mówiąc, nie wyobrażam sobie, żeby mógł wzrosnąć jeszcze bardziej.

– Czyli radzi mi pan odstawić captorix?

– To nie takie oczywiste, trudna decyzja. Jeśli go pan odstawi, nastąpi nawrót depresji, i to znacznie silniejszej, zamieni się pan w larwę. Z drugiej strony, biorąc go dalej, może pan postawić krzyżyk na swojej seksualności. Należałoby teraz utrzymać właściwy poziom serotoniny, w tej chwili akurat jest prawidłowy, ale obniżyć poziom kortyzolu, może trochę podwyższając poziom dopaminy i endorfin, tak byłoby najlepiej. Obawiam się, że nie mówię zbyt jasno, czy pan za mną nadąża?

– Prawdę mówiąc, nie całkiem.

– Cóż... – Znowu zerknął na kartkę nieco zagubionym spojrzeniem, jakby przestał wierzyć we własne obliczenia, po czym podniósł na mnie wzrok i rzucił: – Myślał pan o pójściu na dziwki?

Zbaraniałem, chyba rozdziawiłem gębę, musiałem wyglądać na osłupiałego, bo dodał:

– Dzisiaj to się nazywa *escort girls*, ale wychodzi na to samo. Nie ma pan chyba problemów finansowych?

Potwierdziłem, że przynajmniej pod tym względem sprawy mają się dobrze.

– Świetnie. – Moja reakcja nieco go rozchmurzyła. – Bywają całkiem niezłe. Chociaż, bądźmy szczerzy, to wyjątki, większość to zwykłe maszyny do zarabiania, poza tym czują się w obowiązku odgrywać komedię pożądania, rozkoszy, miłości i czego tam jeszcze, może to działa na gówniarzy i idiotów, ale nie na takich ludzi jak my. – Chciał chyba powiedzieć „jak pan", niemniej powiedział „jak my", dziwny facet jak na lekarza. – W przypadku
takich ludzi jak my chodzenie na dziwki może tylko

pogrążyć nas w większej rozpaczy. No ale przynajmniej możemy pobzykać, co nie jest bez znaczenia, byłoby jeszcze lepiej, gdybyśmy mogli bzyknąć jakąś fajną dziewczynę, sam pan zresztą rozumie. Tak czy owak przyszykowałem panu krótką listę… – Wyjął z szuflady biurka kartkę A4 z trzema imionami: Samantha, Tim i Alice, przy każdym imieniu był podany numer komórki. – Nie musi pan mówić, że dostał ich telefony ode mnie. Chociaż może lepiej tak, te dziewczyny są dość nieufne, trzeba je zrozumieć, uprawiają niełatwy zawód.

Chwilę potrwało, zanim się otrząsnąłem. W pewnym sensie mogłem zrozumieć, lekarze nie są wszechmocni, a każdy potrzebuje odrobiny przyjemności, by żyć czy też – jak to się mówi – krok po kroku iść do przodu; propozycja skorzystania z usług *escort girls* była jednak zaskakująca, milczałem, a jemu też zajęło parę minut, nim podjął wątek (na ulicy d'Athènes wszelki ruch zamarł, w gabinecie zapadła całkowita cisza).

– Nie jestem zwolennikiem śmierci. W zasadzie śmierci nie lubię. Chociaż, no cóż, w pewnych sytuacjach… – Machnął ręką, jakby chciał odeprzeć jakieś głupie, wciąż powracające obiekcje. – W pewnych sytuacjach śmierć jest najlepszym rozwiązaniem, takie sytuacje są rzadkie, znacznie rzadsze, niż się powszechnie sądzi, morfina prawie zawsze działa, a w nielicznych przypadkach nietolerancji na morfinę pozostaje hipnoza, lecz pan nie jest na tym etapie, mój Boże, przecież pan nawet nie ma pięćdziesięciu lat! Pamiętajmy również, że gdyby pan mieszkał w Belgii lub Holandii i zażądał eutanazji, przy pańskiej depresji bez problemu uzyskałby pan zgodę.

Lecz ja jestem lekarzem. Jeśli przychodzi do mnie facet i mówi: „Mam depresję, chcę sobie strzelić w łeb", czy mam mu odpowiedzieć: „Jasne, strzelaj pan, chętnie pomogę"? Otóż nie, przykro mi, ale nie, nie po to kończyłem medycynę.

Oświadczyłem, że przynajmniej na razie nie mam zamiaru jechać do Belgii lub Holandii. Uspokoił się, chyba oczekiwał ode mnie takiego oświadczenia; czy naprawdę wyglądałem, jakbym już doszedł do takiego stanu? Zrozumiałem z grubsza jego wyjaśnienia, choć jeden punkt mi umykał, zadałem mu więc pytanie: czy uprawianie seksu jest jedynym sposobem, by ograniczyć nadmierne wydzielanie kortyzolu?

– Skądże znowu. Kortyzol bywa często nazywany hormonem stresu, i nie bez powodu. Jestem na przykład pewien, że zakonnicy wydzielają bardzo mało kortyzolu; to jednak wykracza poza zakres moich kompetencji. Wiem, to może wyglądać dziwnie, że uznałem pana za zestresowanego, podczas gdy pan całymi dniami nic nie robi, ale liczby nie kłamią! – Energicznie poklepał kartkę z wynikami moich analiz. – Jest pan zestresowany, jest pan wręcz koszmarnie zestresowany, jakby pan przeżywał *burnout* w bezruchu, jakby się pan spalał od wewnątrz. Trudno wyjaśnić te sprawy. Poza tym robi się późno...

Spojrzałem na zegarek, faktycznie było już po dziewiątej, naprawdę nadużyłem jego czasu, zaczynałem zresztą być głodny, przemknęło mi przez myśl, że mógłbym pójść na kolację do restauracji Mollard, jak w czasach Camille, natychmiast jednak z przerażeniem tę myśl przegoniłem, bez wątpienia jestem idiotą.

– Dam panu receptę na captorix dziesięć miligramów na wypadek, gdyby jednak postanowił pan go odstawić – oznajmił na zakończenie. – Ale jeszcze raz powtarzam, żadnych nagłych ruchów. Z drugiej strony nie komplikujmy zanadto procedury: przez dwa tygodnie będzie pan brać po dziesięć miligramów, a potem koniec. Nie ukrywam, że może być ciężko, bo już od dawna jest pan na lekach antydepresyjnych. Będzie ciężko, ale moim zdaniem innego wyjścia nie ma…

Stojąc w progu gabinetu, długo ściskał mi dłoń. Chciałem coś powiedzieć, znaleźć jakieś zdanie, które wyraziłoby moją wdzięczność i podziw; przez trzydzieści sekund, wkładając płaszcz i idąc do drzwi, nerwowo poszukiwałem jakiejś formuły, lecz po raz kolejny zabrakło mi słów.

Minęły dwa, może trzy miesiące, często miałem przed oczami receptę na captorix dziesięć miligramów, który miał mnie doprowadzić do pełnego odstawienia; miałem również kartkę A4 z telefonami trzech *escort girls*; nie robiłem jednak niczego z wyjątkiem oglądania telewizji. Włączałem ją zaraz po powrocie ze spaceru, parę minut po dwunastej, i praktycznie nigdy nie gasiłem, telewizor był wyposażony w ekologiczny mechanizm energooszczędności, zmuszający do naciskania co godzina przycisku OK, naciskałem więc co godzina, aż w końcu zapadałem w sen, który przynosił tymczasowe wyzwolenie. Włączałem telewizor parę minut po ósmej, debaty w *Poranku z polityką* znakomicie pomagały mi przy myciu, co prawda trudno byłoby powiedzieć, że je w pełni rozumiałem, wciąż myliłem La République En Marche z La France Insoumise, oba ugrupowania były do siebie dość podobne, obie nazwy wyzwalały energię na granicy wytrzymałości, lecz to właśnie mi pomagało: zamiast od razu rzucić się na

butelkę grand marnier, szorowałem ciało namydloną

rękawicą i wkrótce byłem gotowy na swój codzienny spacer.

Pozostałe programy były kompletnie nieważne, spokojnie się upijałem, z umiarem skacząc po kanałach w dojmującym poczuciu, że przechodzę od jednego programu kulinarnego do drugiego, programy kulinarne rozpleniły się w niebywałym stopniu – przy równoczesnym zaniku erotyki na wszystkich kanałach. Francja, a może cały Zachód, cofały się do fazy oralnej, ujmując to słowami austriackiego pajaca. Bez wątpienia szedłem tą samą drogą, powolutku przybierałem na wadze, a alternatywa seksualna wyglądała w moich oczach coraz bardziej mgliście. Nie byłem w tej sytuacji samotny i choć na pewno gdzieś istniały jeszcze jakieś jebaki płci obojga, to teraz było to już tylko szczególne hobby dla nielicznych, przywilej elity (do której, pomyślałem przelotnie pewnego ranka w kafejce O'Jules – i był to chyba ostatni raz, kiedy o niej pomyślałem – należała Yuzu), w pewnym sensie powróciliśmy do osiemnastego wieku, kiedy libertynizm był zarezerwowany dla arystokracji wszelkiego autoramentu – z urodzenia, fortuny lub urody.

Istnieli pewnie jacyś młodzi, przynajmniej niektórzy młodzi, przez samą swoją młodość należący do arystokracji urody, którzy może jeszcze przez jakiś czas będą w to wierzyli, przez dwa do pięciu lat, na pewno mniej niż dziesięć; był początek czerwca i każdego ranka, idąc do kafejki, musiałem patrzeć prawdzie w oczy: młode dziewczyny nie były niczemu winne, młode dziewczyny zostały na placu boju, podczas gdy trzydziesto- czy czterdziestolatki już się gremialnie poddały: „szykowna i seksowna" paryżanka była teraz tylko niemrawym mitem, w ramach zachodniego zaniku libido młode dziewczyny, posłuszne chyba jakiemuś nieopanowanemu impulsowi hormonalnemu, nadal przypominały mężczyźnie o konieczności utrzymania gatunku, obiektywnie niczego nie można im było zarzucić; siedziały w kafejce O'Jules, zaledwie kilka metrów ode mnie, i w odpowiednim momencie zakładały nogę na nogę, a nawet oddawały się rozkosznym gierkom: oblizywały palce, jedząc pistacjowo-waniliowe lody i bardziej niż rzetelnie wykonując swoje zadanie erotyzacji życia; były na posterunku, tylko mnie tam nie było, ani dla nich, ani dla nikogo innego, i nie sądziłem, bym jeszcze kiedykolwiek się tam znalazł.

Wczesnym wieczorem, mniej więcej w porze *Pytań za milion*, dopadały mnie bolesne chwile użalania się nad sobą. Przypominałem sobie wówczas doktora Azote, nie wiedziałem, czy tak samo zachowuje się wobec innych pacjentów, bo jeśli tak, to święty z niego człowiek, przypominałem sobie również Aymerica, lecz wszystko się zmieniło, zestarzałem się, nie miałem zamiaru zapraszać do siebie doktora Azote na słuchanie płyt, między nami nigdy nie miała się narodzić przyjaźń, czas więzi międzyludzkich bezpowrotnie minął – przynajmniej dla mnie.

Byłem więc w stanie ustabilizowanym, choć w nastroju nieco pochmurnym, kiedy recepcjonistka przekazała mi dość kiepską wiadomość. Był poniedziałek rano, jak co dzień właśnie wychodziłem do O'Jules, czując się nieźle na myśl o początku nowego tygodnia, gdy dziewczyna zatrzymała mnie dyskretnym „Proszę pana…". Chciała, musiała, miała smutny obowiązek poinformować mnie, że wkrótce hotel będzie dostępny tylko dla niepalących, na szczeblu grupy wprowadzono nowe normy, powiedziała, i sam hotel nie ma nic do gadania. Powiedziałem, że to zaiste bardzo przykre, będę musiał kupić mieszkanie, ale nawet jeśli kupię pierwsze z brzegu, formalności zajmą sporo czasu, tyle rzeczy trzeba teraz sprawdzać, energooszczędność, gazy cieplarniane czy co tam jeszcze, to wszystko może zająć miesiące, przynajmniej dwa lub trzy, zanim będę mógł się przeprowadzić.

Spojrzała na mnie z zakłopotaniem, jakby nie do końca zrozumiawszy moje słowa, po czym dla jasności zapytała, czy mam zamiar kupić mieszkanie, bo nie mogę zostać dłużej w hotelu. Czy o to chodzi? Czy tak odbieram sytuację?

Owszem, tak właśnie ją odbierałem, co innego mogłem powiedzieć? Są takie chwile, kiedy poczucie wstydu musi ustąpić, bo nie da się dalej przy nim obstawać. Tak właśnie odbierałem sytuację. Patrzyła mi prosto w oczy, widziałem współczucie na jej twarzy, której rysy stopniowo się zmieniały, miałem tylko nadzieję, że nie wybuchnie płaczem, byłem przekonany, że to miła dziewczyna, jej facet musiał być z nią szczęśliwy, ale co mogła zrobić? Co my wszyscy możemy zrobić, w jakiejkolwiek zresztą sprawie?

Powiedziała, że porozmawia ze swoim przełożonym, porozmawia z nim tego samego ranka, na pewno znajdzie się jakieś rozwiązanie. Wychodząc, szeroko się do niej uśmiechnąłem, szczerym i przyjacielskim uśmiechem, który próbował jej przekazać jakiś heroiczny optymizm – wszystko w porządku, pozbieram się – co było kompletnie nieuczciwe. Nic nie było w porządku, nie pozbieram się i świetnie o tym wiedziałem.

Przyglądałem się, jak Gérard Depardieu kwiczy z zachwytu nad procesem produkcji ekologicznych kiełbasek w Apulii, kiedy wspomniany przełożony zaprosił mnie na rozmowę. Jego wygląd mnie zaskoczył, facet bardziej przypominał Bernarda Kouchnera, czy też ogólnie jakiegoś lekarza z organizacji humanitarnej niż kierownika hotelu Mercure; nie mogłem zrozumieć, jakim cudem codzienna praca mogła pokryć jego twarz tyloma zmarszczkami i taką opalenizną. Prawdopodobnie podczas weekendów uprawiał survivalowy trekking w nieprzyjaznym środowisku, to jedyne wytłumaczenie. Przyjął mnie u siebie w biurze, poczęstował gitane'em i sam zapalił. „Audrey mi wyjaśniła pańską sytuację" – zaczął, czyli dziewczyna miała na imię Audrey. Wyglądał na zakłopotanego moją obecnością, nie patrzył mi w oczy – normalne, kiedy człowiek ma do czynienia ze skazańcem i nie ma pojęcia, jak sobie z tym poradzić, mężczyźni kompletnie tego nie umieją, kobiety czasem potrafią, choć rzadko.

– Dogadamy się – ciągnął. – Będę mieć jakąś inspekcję, ale nie od razu, moim zdaniem najwcześniej za pół roku, ale raczej za rok. To daje panu czas na znalezienie jakiegoś rozwiązania…

Przytaknąłem i potwierdziłem, że wyprowadzę się w ciągu trzech, czterech miesięcy. Nic więcej nie mieliśmy sobie do powiedzenia. Zaoferował mi pomoc. Podziękowałem i wyszedłem z biura, powiedział, że nie ma za co, przynajmniej tyle może dla mnie zrobić, wyczułem, że chce wygłosić jakąś mowę o debilach, którzy nam psują życie, lecz w końcu nic nie powiedział, tę mowę wygłaszał chyba już zbyt często i wiedział, że to i tak niczego nie zmieni, debile zawsze będą górą. Przed wyjściem przeprosiłem za zamieszanie, a kiedy wypowiadałem te banalne słowa, zrozumiałem, że teraz moje życie będzie się sprowadzać właśnie do tego: do przeprosin za zamieszanie.

Doszedłem więc do stadium starzejącego się skatowanego zwierzęcia, świadomego, że zostało śmiertelnie trafione, a teraz szuka kryjówki, by zakończyć życie. Potrzeby w zakresie umeblowania są wówczas ograniczone: wystarczy łóżko, wiadomo, że już się z niego nie wstanie; nie trzeba stołów, kanap ani foteli, to nieprzydatne akcesoria, zbędne, a nawet bolesne przypomnienie życia społecznego, którego już nie będzie. Telewizja jest konieczna, telewizja to rozrywka. Wszystko to kierowało moje myśli ku kawalerce – dużej kawalerce, przecież trzeba sobie dać trochę przestrzeni.

Kwestia dzielnicy okazała się nieco trudniejsza. Wraz z upływem czasu zbudowałem sobie małą sieć specjalistów, z których każdy sprawował pieczę nad jednym z moich organów, żebym przed faktycznym nadejściem godziny śmierci nie musiał przesadnie cierpieć. Większość przyjmowała w piątej dzielnicy Paryża; w ostatnim, medycznym okresie swojego życia, tym prawdziwym, dochowałem wierności dzielnicy z lat studiów, z lat młodości, z lat życia wyśnionego. Uważałem za logiczne trzymać się w pobliżu swoich lekarzy, którzy teraz mieli się stać moimi głównymi rozmówcami. Wycieczki do ich gabinetów były w pewnym sensie aseptyczne, nieszkodliwe ze względu na swój medyczny charakter. Natomiast zamieszkanie w tej samej dzielnicy stanowiłoby – z czego zdawałem sobie sprawę od samego początku poszukiwań na rynku nieruchomości – straszliwy błąd.

Pierwsza kawalerka, którą poszedłem oglądać, przy ulicy Laromiguière, sprawiała bardzo przyjemne wrażenie: wysoka, jasna, z oknami wychodzącymi na duże, zarośnięte drzewami podwórze, cena była oczywiście wysoka, ale chyba mogłem sobie na nią pozwolić, choć nie miałem całkowitej pewności, byłem jednak w zasadzie zdecydowany podpisać umowę, kiedy zaraz po wyjściu, u wylotu ulicy Lhomond, dopadła mnie straszliwa, powalająca fala smutku, która odebrała mi dech w piersiach, nie mogłem złapać powietrza w płuca i ledwo przebierałem nogami, musiałem się schronić w pierwszej napotkanej kawiarni, co oczywiście niczego nie załatwiło, a nawet przeciwnie; natychmiast rozpoznałem jedną z tych kafejek, do których chadzałem w latach studenckich, na pewno bywałem tutaj z Kate, wystrój prawie się nie zmienił. Złożyłem zamówienie, omlet z ziemniakami i trzy piwa Leffe pomogły mi odzyskać równowagę, faktycznie Zachód cofał się do fazy oralnej i świetnie rozumiałem dlaczego; wychodząc z kafejki, miałem wrażenie, że wyszedłem z opresji, lecz wszystko zaczęło się na nowo, kiedy dotarłem do ulicy Mouffetard, moja droga zamieniała się w drogę krzyżową, tym razem zaczęły do mnie wracać obrazy Camille, jej dziecięcej radości podczas niedzielnych zakupów na targu, jej zachwytu nad szparagami, serami, egzotycznymi warzywami, żywymi homarami, dotarcie do metra Monge zajęło mi ponad dwadzieścia minut, chwiałem się jak staruszek, ledwo dyszałem z niepojętego bólu, który czasem dopada bardzo starych ludzi, a który stanowi po prostu ciężar życia; no nie, piątą dzielnicę należało bezwzględnie wykluczyć.

I tak rozpocząłem powolną podróż wzdłuż siódmej linii metra, której to podróży towarzyszył stosowny spadek cen, aż ku własnemu zdumieniu na początku lipca zorientowałem się, że oglądam kawalerkę przy avenue de la Sœur-Rosalie, niemal naprzeciwko hotelu Mercure. Zrezygnowałem z niej od razu, kiedy zdałem sobie sprawę, że gdzieś w głębi mojej duszy tkwi niewypowiedziana chęć, by pozostać w kontakcie z Audrey, mój Boże, kto by pomyślał, że nadzieja jest tak trudna do wyplenienia, że jest tak uparta i cwana, czy wszyscy mężczyźni są tacy?

Musiałem szukać dalej, bardziej na południu, odsunąć od siebie wszelką nadzieję na możliwość życia, inaczej nie mogłem z tego wybrnąć, w takim właśnie stanie ducha rozpocząłem oglądanie mieszkań w wieżowcach między porte de Choisy a porte d'Ivry. Musiałem szukać czegoś pustego, białego, z gołymi ścianami; okolica niemal idealnie pasowała do moich potrzeb, zamieszkanie w jednym z tych wieżowców oznaczało zamieszkanie w pustce, może nie całkiem w pustce, ale w bezpośrednim sąsiedztwie pustki. Przy okazji w tej dzielnicy zamieszkanej przez urzędników cena za metr kwadratowy stawała się coraz bardziej przystępna, za kwotę, którą przeznaczyłem na ten cel, mogłem kupić mieszkanie dwu-, nawet trzypokojowe, tyle że z kim miałbym je dzielić?

Wszystkie wieżowce były do siebie podobne, wszystkie kawalerki też, wybrałem chyba najbardziej pustą, spokojną, nieurządzoną, w jednym z najbardziej anonimowych wieżowców, gdzie przynajmniej mogłem mieć pewność, że moje wprowadzenie się przejdzie niezauważone, nie wzbudzając żadnych komentarzy – podobnie jak moja śmierć. Sąsiedzi, przede wszystkim Chińczycy, będą uprzejmi i obojętni. Z okien rozciągał się niepotrzebnie rozległy widok na południowe przedmieścia Paryża – w oddali można było zobaczyć Massy i zapewne Corbeil-Essonnes; to bez znaczenia, w oknach zainstalowano żaluzje, które zaraz po przeprowadzce miałem zamiar spuścić raz na zawsze. W kuchni był zsyp i to mnie chyba definitywnie uwiodło; używając zsypu i nowej usługi Amazona oferującego dostawy żywności do domu, mogłem osiągnąć niemal idealną samowystarczalność.

Wyprowadzka z hotelu Mercure okazała się nadspodziewanie trudna, głównie z powodu młodziutkiej Audrey, która miała łzy w oczach; co jednak mogłem zrobić, jeśli dziewczyna nie zniesie tego, to nie zniesie niczego innego w życiu, miała najwyżej dwadzieścia pięć lat, musiała się uodpornić. Pocałowałem ją w policzek, raz, drugi, czwarty, kompletnie się poddała moim całusom, przelotnie mnie uścisnęła i wszystko zostało powiedziane, taksówka zajechała pod drzwi hotelu.

Przeprowadzka okazała się natomiast nadzwyczaj łatwa, szybko znalazłem meble, podpisałem nową umowę z SFR – postanowiłem pozostać wierny temu operatorowi, wierny do końca swych dni, to jedna z tych rzeczy, których nauczyło mnie życie. Ich oferta kanałów sportowych interesowała mnie już jednak mniej, z czego zdałem sobie sprawę po paru tygodniach, z wiekiem sport pociągał mnie coraz słabiej. W ofercie programowej SFR pozostawało wszakże kilka perełek, zwłaszcza kanały kulinarne, stawałem się podstarzałym grubasem, czemu nie epikurejskim filozofem, właściwie co innego miał w głowie Epikur? Tyle że pajda czerstwego chleba z paroma kroplami oliwy stanowiła nieco ograniczoną dietę, potrzebowałem medalionów z homara i przegrzebków z warzywami, w końcu byłem dekadentem, a nie jakimś greckim wsiowym pedałem.

W połowie października programy kulinarne zaczęły mnie nudzić, choć były bez zarzutu, i wtedy zaczął się mój prawdziwy upadek. Próbowałem się zainteresować debatami na tematy społeczne, lecz ten epizod okazał się krótki i rozczarowujący: niesłychany konformizm uczestników, irytująca monotonia przyczyn ich oburzenia i entuzjazmu sprawiały, że potrafiłem przewidzieć nie tylko ogólny ton, ale i treść ich wypowiedzi niemal co do słowa, znani felietoniści i celebryci zasiadali w studiu jeden po drugim jak zbędne europejskie marionetki, jedni kretyni za drugimi, gratulując sobie wzajemnie celności i poziomu moralnego swoich punktów widzenia, sam mogłem układać ich dialogi, w końcu definitywnie wyłączyłem telewizor, wszystko to tylko jeszcze bardziej by mnie zasmucało, nawet gdybym miał siłę dalej ich słuchać.

Od dawna chciałem przeczytać *Czarodziejską górę* Tomasza Manna, czułem, że jest to książka żałobna, co w sumie pasowało do mojej sytuacji, chyba nadeszła właściwa chwila. Zatopiłem się więc w lekturze – początkowo z podziwem, później z rosnącą rezerwą. Nawet jeśli jej rozmach i ambicje były znacznie większe, ostateczny sens książki nie wykraczał poza *Śmierć w Wenecji*. Podobnie jak ten półgłówek Goethe (niemiecki humanista ze śródziemnomorskimi zapędami, jeden z najbardziej ponurych nudziarzy w literaturze światowej), podobnie jak jego bohater Gustaw von Aschenbach (zdecydowanie sympatyczniejszy), Tomasz Mann, sam Tomasz Mann (a to już była naprawdę poważna sprawa) nie potrafił się uwolnić od fascynacji młodością i pięknem, które ostatecznie postawił ponad wszystkim innym, ponad wszelkimi cechami intelektualnymi i moralnymi, przed którymi w końcu bez cienia wstydu obrzydliwie padł plackiem. Zatem cała kultura świata niczemu nie służy, cała kultura świata nie przynosi żadnych korzyści moralnych, żadnego pożytku, skoro w tych samych, dokładnie tych samych latach Marcel Proust ze zdumiewającą szczerością stwierdza pod koniec *Czasu odnalezionego*, że nie tylko relacje towarzyskie, ale i relacje przyjacielskie nie oferują niczego istotnego, są bowiem zwykłą stratą czasu, oraz że wbrew opiniom ludzi światowych, którzy za pożyteczne dla pisarza uważają intelektualne rozmowy, pisarz potrzebuje „miłostek z zakwitającymi dziewczętami"*. Na obecnym etapie wzmożenia bardzo bym chciał zamienić „zakwitające dziewczęta" na „wilgotne młode cipki", wiele by to wniosło do jasności wywodu bez szkody dla jego poetyckości. (Cóż jest piękniejszego, cóż bardziej poetyckiego od wilgotniejącej cipki? Proponuję przed udzieleniem odpowiedzi poważnie się zastanowić. Fiut, który zaczyna się prężyć? Właściwie czemu nie. Jak wiele rzeczy na świecie, to również zależy od seksualnego punktu widzenia, który przyjmujemy).

Wracając do tematu, chociaż Marcel Proust i Tomasz Mann władali kulturą na najwyższym poziomie, chociaż sami stali na czele (na tym jakże imponującym początku dwudziestego wieku, stanowiącym syntezę ośmiu, o ile nie więcej, stuleci europejskiej kultury) całej wiedzy i inteligencji świata, chociaż reprezentowali szczyt francuskiej i niemieckiej cywilizacji, czyli najbardziej błyskotliwych, głębokich i wyrafinowanych cywilizacji

---

* Marcel Proust, *Czas odnaleziony*, przeł. Julian Rogoziński.

owych czasów, obaj byli jednak zdani na łaskę, gotowi pokłonić się przed pierwszą lepszą wilgotną młodą cipką lub bojowo sterczącym fiutem – w zależności od swoich preferencji seksualnych. Z tego punktu widzenia Tomasz Mann nie był do końca określony, w sumie Marcel Proust też nie potrafił postawić sprawy jasno. Zakończenie *Czarodziejskiej góry* było jeszcze smutniejsze, niż się zdawało przy pierwszej lekturze; pogrążenie się w tysiąc dziewięćset czternastym roku w wojnie równie absurdalnej co morderczej dwóch najbardziej rozwiniętych cywilizacji nie tylko wskazywało na bankructwo wszelkiej myśli o kulturze europejskiej; ostateczne zwycięstwo zwierzęcego pożądania wskazywało na definitywny kres wszelkiej cywilizacji i wszelkiej kultury. Dowolna młoda laska mogłaby doprowadzić Tomasza Manna do obłędnego wzwodu; Rihanna mogłaby zawrócić w głowie Marcelowi Proustowi; inaczej mówiąc, ci dwaj autorzy, ukoronowanie niemieckiej i francuskiej literatury, nie byli ludźmi honoru, a chcąc odetchnąć zdrowszym i czystszym powietrzem, trzeba by się cofnąć znacznie wcześniej, zapewne do początku dziewiętnastego wieku, do czasu narodzin romantyzmu.

Tyle że ta czystość również zdaje się dyskusyjna, w sumie Lamartine był kimś w rodzaju Elvisa Presleya, swoim liryzmem potrafił rzucać dziewczyny na kolana, jednak przynajmniej jego podboje były dokonywane w imię czystego liryzmu, Lamartine kręcił biodrami z większym umiarem niż Elvis, tak mi się w każdym razie wydaje, należałoby obejrzeć dokumenty wideo, które wówczas nie istniały, choć nie miało to już większego znaczenia, nasz świat był martwy, był martwy dla mnie, ale nie tylko dla mnie, był po prostu martwy. Pewną otuchę znalazłem dopiero w nieco łatwiejszej lekturze, czyli w książkach sir Arthura Conan Doyle'a. Poza serią o Sherlocku Holmesie napisał on imponująco dużo nowel, które można czytać z nieprzerwaną przyjemnością, często wręcz z zapartym tchem; przez całe swoje życie był autorem wyjątkowo wciągających czytadeł, bez wątpienia najlepszym w historii światowej literatury, choć w jego oczach nie odgrywało to zapewne szczególnej roli, nie na tym polegał jego przekaz; prawda o Conan Doyle'u jest taka, że na każdej napisanej przez niego stronie czujemy wibrujący protest szlachetnej duszy, dobrego i szczerego serca. Najbardziej poruszająca była bez wątpienia jego postawa wobec śmierci; oddaliwszy się od wiary w Boga pod wpływem rozpaczliwie materialistycznych studiów medycznych, przez całe życie ponosząc kolejne okrutne straty, w tym śmierć synów, którzy polegli w imię wojennych planów Anglii, w ostatnich swych chwilach mógł się zwrócić tylko w stronę spirytyzmu, ostatniej nadziei, ostatniej pociechy tych, którzy nie potrafią ani pogodzić się ze śmiercią najbliższych, ani powrócić do chrześcijaństwa.

Nie mając nikogo bliskiego, sądziłem, że coraz łatwiej mi przyjdzie oswoić się z myślą o śmierci; chciałbym oczywiście być szczęśliwy, należeć do wspólnoty ludzi szczęśliwych, wszyscy o tym marzą, tyle że na obecnym etapie było to absolutnie wykluczone. Na początku grudnia kupiłem drukarkę do zdjęć i sto pudełek papieru Epson mat formatu 10×15. Jedną ze ścian kawalerki zajmowało od sufitu do połowy wysokości okno z opuszczonymi na stałe żaluzjami, poniżej wisiał olbrzymi kaloryfer. Drugą zajmowało łóżko, stolik nocny i dwie etażerki z książkami. Otwarte przejście w trzeciej prowadziło do przedpokoju z kącikiem łazienkowym po prawej i wnęką kuchenną po lewej. Tylko czwarta ściana, naprzeciwko łóżka, była całkowicie wolna. Ograniczając się dla wygody do dwóch ostatnich, miałem do dyspozycji szesnaście metrów kwadratowych powierzchni wystawienniczej; przy formacie 10×15 mogłem powiesić ponad tysiąc zdjęć. W komputerze miałem ich z górą trzy tysiące z wszystkich okresów swojego życia. Wybranie co trzeciego wydało mi się rozsądne, nawet bardzo rozsądne, dawało mi wrażenie dobrze przeżytego życia.

(Chociaż prawdę mówiąc, dość dziwacznie się ułożyło. Przez wiele lat po rozstaniu z Camille w głębi duszy sądziłem, że wcześniej czy później do siebie wrócimy, że to nieuniknione, skoro się kochamy, że musimy – jak to się mówi – dać się zabliźnić ranom, ale że wciąż jesteśmy młodzi i całe życie przed nami. Oglądając się teraz do tyłu, zdałem sobie sprawę, że moje życie już się skończyło, przeszło obok nas, nie dając żadnych znaków, po czym dyskretnie, elegancko i łagodnie zabrało swoje karty i się od nas odwróciło; kiedy przyjrzeć mu się baczniej, nasze życie nie trwało zbyt długo).

W pewnym sensie chciałem opracować swój profil face-bookowy, ale tylko do własnego użytku, profil, którego nikt poza mną nie zobaczy – poza mną i pracownikiem agencji nieruchomości, który po mojej śmierci przyjdzie wycenić mieszkanie; po chwili zaskoczenia wyrzuci wszystko do śmieci i zamówi ekipę do zeskrobania resztek kleju przed malowaniem.

Zadanie było ułatwione dzięki możliwościom, jakie stwarzają nowoczesne aparaty fotograficzne; każde ze zdjęć było datowane, nic więc łatwiejszego niż dokonać selekcji według tego kryterium. Gdybym w swoich kolejnych aparatach uruchamiał funkcję GPS, mógłbym również dokładnie ustalić miejsce, gdzie każde zdjęcie zostało zrobione, ale to nie było potrzebne, ponieważ pamiętałem wszystkie miejsca swojego życia, znakomicie je pamiętałem, wręcz z chirurgiczną, choć zbędną precyzją. Moja pamięć do dat była mniej pewna, daty nie miały znaczenia; wszystko, co się wydarzyło, wydarzyło się na wieczność, teraz już to wiedziałem, lecz owa wieczność pozostawała zamknięta i niedostępna.

Podczas tej opowieści wspomniałem o kilku zdjęciach: na dwóch była Camille, na jednym Kate. Były jeszcze inne, trochę ponad trzy tysiące innych, zdecydowanie mniej ciekawych; to aż zdumiewające, do jakiego stopnia moje zdjęcia były kiepskie: jakieś wakacyjne ujęcia z Wenecji czy Florencji, dokładnie takie same jak u setek tysięcy innych turystów, dlaczego, do cholery, uważałem, że warto je pstrykać? I co mnie skłoniło do tego, żeby z tak banalnych fotografii robić odbitki? A jednak rozkleję je na ścianie, każdą na swoim miejscu, bez cienia nadziei, że ujawnią jakiekolwiek piękno czy sens; mimo wszystko będę kontynuować, do samego końca, bo mogę, bo materialnie mogę to zrobić i stać mnie na to fizycznie.

Tak też zrobiłem.

Zacząłem się również uważniej przyglądać opłatom za mieszkanie. W tych wieżowcach trzynastej dzielnicy Paryża były niewiarygodnie wysokie, czego nie przewidziałem, a co miało zasadniczo wpłynąć na moje plany życiowe. Jeszcze kilka miesięcy wcześniej (tylko kilka miesięcy? a może rok, dwa lata wcześniej? nie umiałem już dopasować do swojego życia żadnej chronologii, w niewyraźnej nicości pozostało jedynie parę obrazów, uważny czytelnik sam sobie uzupełni), w chwili, kiedy postanowiłem zniknąć, definitywnie się rozstać z Ministerstwem Rolnictwa i z Yuzu, miałem wrażenie, że jestem bogaty, a spadek po rodzicach wystarczy mi na życie przez czas nieograniczony.

Teraz okazało się, że mam na koncie nieco ponad dwieście tysięcy euro. Nie było naturalnie mowy o żadnych wakacjach (po co miałbym jechać na wakacje? na funboard, na narty? i na jakiej zasadzie? Kiedyś, w jakimś ośrodku na Fuerteventurze, gdzie pojechaliśmy z Camille, zobaczyłem pewnego faceta, który był tam sam: kolacje jadał sam i było jasne, że do końca pobytu / 327 będzie jadał sam; trzydziestolatek, chyba Hiszpan, nawet dość przystojny, zapewne z przyzwoitej warstwy społecznej, można by go sobie wyobrazić jako kasjera w banku; odwaga, którą musiał codziennie w sobie budzić, zwłaszcza w godzinach posiłków, wprawiała mnie w osłupienie, niemal w przerażenie). Na weekend też nigdzie nie pojadę, hotele z charakterem to już nie dla mnie, gdybym miał pojechać sam do jakiegoś hotelu z charakterem, równie dobrze mógłbym sobie od razu palnąć w łeb; jedyną chwilę prawdziwego smutku przeżyłem, stawiając samochód na trzecim poziomie ponurego podziemnego garażu, miejsce parkingowe kupiłem razem z mieszkaniem, posadzka była tłusta i odrażająca, atmosfera mdląca, tu i ówdzie walały się obierki: smętny koniec dla mojego starego mercedesa G350, zostać uwięzionym w tym brudnym posępnym garażu, on, który przemierzał górskie drogi, pokonywał bagna i rzeki w bród, na liczniku miał ponad trzysta osiemdziesiąt tysięcy kilometrów i nigdy, przenigdy mnie nie zawiódł.

Nie miałem też zamiaru korzystać z usług *escort girls*, zgubiłem zresztą kartkę, którą dał mi doktor Azote. Kiedy się zorientowałem, uznałem, że pewnie ją zostawiłem w hotelu Mercure, trochę się zdenerwowałem na myśl, że mogła ją znaleźć Audrey, co by zmąciło jej szacunek do mnie (ale co mnie to właściwie obchodziło? moja psychika była naprawdę w proszku). Mogłem oczywiście poprosić doktora Azote, żeby mi zapisał ich telefony jeszcze raz, mogłem sam poszukać, stron internetowych nie brakuje, lecz uważałem to za próżny wysiłek; chwilowo nie spodziewałem się niczego, co choć z daleka mogłoby przypominać erekcję, sporadyczne próby masturbacji nie pozostawiały cienia wątpliwości; tak oto mój świat zmienił się w obojętną, płaską i nieciekawą powierzchnię, a moje wydatki bieżące znacznie spadły; opłaty za mieszkanie były jednak tak nieprzyzwoicie wysokie, że nawet ograniczając się do umiarkowanych radości jedzenia i picia wina, mogłem liczyć maksymalnie na dziesięć lat, zanim saldo bankowe spadnie do zera.

Miałem zamiar dokonać swego czynu nocą, by nie powstrzymał mnie widok betonowej esplanady, nie dowierzałem własnej odwadze. Zgodnie z zakładaną sekwencją wydarzeń cała akcja miała być krótka i przeprowadzona idealnie: wyłącznik przy wejściu do pokoju pozwalał na błyskawiczne podniesienie żaluzji. Starając się o niczym nie myśleć, ruszałem w kierunku okna, otwierałem skrzydło, wychylałem się i gotowe.

Długo hamowała mnie myśl o czasie spadania, wyobrażałem sobie, że przez wiele minut bujam się w przestrzeni, stopniowo zdając sobie sprawę, że w chwili uderzenia moje organy nieuchronnie rozprysną się w drobny mak, przeniknie mnie potworny ból, a w każdej sekundzie spadania będzie mnie ogarniać narastające, koszmarne, absolutne przerażenie, którego nie złagodzi nawet błogosławiona łaska zemdlenia.

Coś mi jednak dały długie lata studiów z dziedziny nauk ścisłych: wysokość h, którą pokonuje ciało w swobodnym spadku przez czas t, jest dokładnie określona za pomocą wzoru $h = \frac{1}{2}gt^2$, gdzie g to stała grawitacji, a więc czas spadania t z wysokości h wynosi $\sqrt{2h/g}$. Biorąc pod uwagę wysokość budynku (prawie dokładnie sto metrów) oraz fakt, że przy takiej wysokości opór powietrza można pominąć, czas spadania wyniesie cztery i pół, maksimum pięć sekund (jeśli koniecznie chcemy uwzględnić opór powietrza); jak widać, nie ma z czego robić dramatu; po walnięciu paru kieliszków calvadosu prawdopodobnie nie będzie czasu na myślenie. Ludzie popełnialiby samobójstwo zapewne znacznie częściej, gdyby znali tę prostą wartość: cztery i pół sekundy. Do ziemi dotrę z prędkością stu pięćdziesięciu dziewięciu kilometrów na godzinę, co stanowiło nieco mniej przyjemną perspektywę, ale cóż, to nie uderzenia się obawiałem, lecz samego lotu, a fizyka jednoznacznie wskazywała, że będzie krótki.

Dziesięć lat to długo, moje cierpienia moralne znacznie wcześniej osiągną poziom nie do zniesienia, osiągną poziom śmiertelny, z drugiej jednak strony nie wyobrażałem sobie, żebym mógł zostawić jakiś spadek (komu zresztą miałbym go zostawić? państwu? arcyniemiła perspektywa), musiałem więc zwiększyć tempo wydawania, co wyglądało gorzej niż małostkowo, wręcz żałośnie, lecz perspektywy umierania z pieniędzmi na koncie nie mogłem znieść. Mógłbym okazać szczodrość, rozdać pieniądze, ale komu? Paralitykom, bezdomnym, imigrantom, niewidomym? Przecież nie oddam kasy Rumunom. Sam dostałem niewiele i nie miałem ochoty

dawać; dobro się we mnie nie rozwinęło, taki proces

psychologiczny nigdy nie nastąpił, ludzie jako tacy byli mi coraz bardziej obojętni, nie mówiąc o przypadkach, kiedy czułem do nich czystą wrogość. Próbowałem się zbliżyć do wybranych osób (zwłaszcza płci żeńskiej, która zasadniczo pociągała mnie silniej, ale o tym już wspominałem), wydaje mi się, że liczba podjętych przeze mnie prób była normalna, standardowa, mieszcząca się w średniej, lecz z wielu różnych przyczyn (o których również wspominałem) nic się nie skonkretyzowało, nic nie pozwalało mi sądzić, że mam jakieś miejsce na ziemi, jakieś otoczenie, jakikolwiek powód, by dalej żyć.

Jedynym sposobem, by zmniejszyć saldo rachunku bankowego, było dalsze żarcie, próba zainteresowania się daniami wyrafinowanymi i kosztownymi (trufle z Alby? homary z Maine?), niedawno osiągnąłem osiemdziesiąt kilo wagi, ale to nie wpłynie na czas spadania, jak ustalił Galileusz w swoich znakomitych doświadczeniach, przeprowadzonych, jak głosi legenda, ze szczytu wieży w Pizie, choć bardziej prawdopodobne, że ze szczytu wieży w Padwie.

Moja wieża, a raczej wieżowiec, również nosiła nazwę jakiegoś włoskiego miasta (Rawenna? Ankona? Rimini?). Ten zbieg okoliczności nie miał w sobie niczego radosnego, nie uważałem jednak za absurdalne, by przyjąć postawę humorystyczną, uznać za dobry żart ów moment, kiedy wychylę się przez okno i poddam działaniu siły ciężkości; poczucie humoru na temat śmierci było osiągalne, w każdej sekundzie mnóstwo ludzi umierało i świetnie sobie z tym radziło, nie robiąc wokół tego

żadnych ceregieli, niektórzy potrafili nawet z tego skorzystać, układając jakieś bon moty.

Dam radę, czułem, że dam radę, byłem na ostatniej
prostej. Captorixu zostało mi jeszcze na dwa miesiące,
pewnie będę musiał kolejny raz pójść do doktora Azote
po receptę; tym razem muszę nakłamać, udając, że mi
się poprawiło, uchylić się przed jego próbami przynie-
sienia mi ratunku, przed nagłą hospitalizacją czy czymś
w tym guście; moje zachowanie musi sprawiać wrażenie
lekkiego i optymistycznego, ale bez przesady: moje talenty aktorskie były dość ograniczone. Nie będzie łatwo,
facet nie jest głupi, nie mogłem sobie jednak wyobrazić
ani jednego dnia bez captorixu. Nie wolno pozwolić, by
cierpienie przekroczyło pewien poziom, bo człowiek zacznie robić jakieś idiotyzmy, łykne roraxu i jego organy
wewnętrzne, zbudowane z tych samych substancji, które zazwyczaj zatykają zlewy, rozłożą się w koszmarnych
bólach, albo rzuci się pod metro i zostanie bez obu nóg
i z jajami w kawałkach, ale wciąż żywy.

Mała biała owalna tabletka, dzielona na pół.

Nie tworzy, nie przekształca. Interpretuje. To, co było ostateczne, czyni przejściowym; to, co było nieuniknione, czyni przypadkowym. Nadaje życiu nową interpretację – uboższą, bardziej sztuczną, napiętnowaną pewną sztywnością. Nie przynosi żadnego szczęścia ani prawdziwej ulgi, jej działanie polega na czym innym: zamieniając życie w ciąg formalności, pozwala skierować człowieka na inne tory. Pozwala ludziom żyć, a przynajmniej nie umierać – przez pewien czas.

Śmierć jednak w końcu nadchodzi, osłona molekularna pęka, proces rozpadu nabiera tempa. Następuje to zapewne szybciej u tych, którzy nigdy nie należeli do świata, nigdy nie zamierzali żyć, kochać ani być kochanymi, u tych, którzy zawsze wiedzieli, że życie nie leży w ich zasięgu. Ci, jakże liczni, nie mają czego żałować; lecz nie jest to mój przypadek.

Mogłem dać szczęście jakiejś kobiecie. Może nawet dwóm; mówiłem już którym. Wszystko było jasne, nadzwyczaj jasne od samego początku, lecz nie braliśmy tego pod uwagę. Czy ulegliśmy złudzeniom indywidualnej wolności, otwartego życia, nieskończonych możliwości? Niewykluczone, takie myśli były zgodne z duchem czasów; nie sformalizowaliśmy ich, nie mieliśmy na to ochoty; zadowoliliśmy się tym, by się do nich dostosować, pozwolić im, by nas zniszczyły i byśmy bardzo długo przez nie cierpieli.

W rzeczywistości Bóg się nami zajmuje, myśli o nas w każdej sekundzie i daje nam niekiedy bardzo precyzyjne wskazówki. Te przypływy miłości, które zalewają nam piersi i odbierają dech, te iluminacje, ekstazy – niewytłumaczalne, uwzględniwszy naszą biologiczną naturę, nasz status naczelnych – to niezwykle jasne znaki.

Dzisiaj już rozumiem punkt widzenia Chrystusa, jego nieustanne zniecierpliwienie zatwardziałością naszych serc: otrzymali wszystkie znaki i nie biorą ich pod uwagę. Czy naprawdę muszę oddawać za tych nieszczęśników życie? Czy naprawdę trzeba być do tego stopnia dosłownym?

Wygląda na to, że tak.